公元787年,唐封疆大吏马总集诸子精华,编著成《意林》一书6卷,流传至今

意林: 始于公元787年,距今1200余年

意林®轻文库

青春最美,梦想出发

中国式好看轻小说优鲜品牌

千凰令（六）

江山为聘

QIANHUANG LING LIU
JIANGSHAN WEI PIN

元宝儿 作品

吉林摄影出版社
·长春·

图书在版编目（CIP）数据

千凰令.六,江山为聘/元宝儿著.－－长春：吉林摄影出版社,2017.10
（意林·轻文库.绘梦古风系列；033号）
ISBN 978-7-5498-3378-8
Ⅰ.①千… Ⅱ.①元… Ⅲ.①长篇小说－中国－当代 Ⅳ.①I247.5

中国版本图书馆CIP数据核字(2017)第263003号

千凰令（六）江山为聘
QIANHUANG LING（LIU）JIANGSHAN WEI PIN

著　　者	元宝儿
出 版 人	孙洪军
总 策 划	安　雅　张　星
责任编辑	李　彬
图书统筹	空心菜
特约编辑	魏　娜
绘　　图	源　雪
书籍装帧	胡静梅
图书设计	赵艳红
开　　本	700mm×1000mm　1/16
字　　数	200千字
印　　张	11.5
版　　次	2017年10月第1版
印　　次	2017年10月第1次印刷

出　　版	吉林摄影出版社
发　　行	吉林摄影出版社
地　　址	长春市泰来街1825号
	邮编：130062
电　　话	总编办：0431-86012616
	发行科：0431-86012602
网　　址	www.jlsycbs.net
经　　销	全国各地新华书店
印　　刷	河北鹏润印刷有限公司

书　　号	ISBN 978-7-5498-3378-8	定价：22.80元

版权所有　侵权必究
如发现印装质量问题，请与印务部联系退换，电话：010-51908584

目录 CONTENTS

第六十章
遭暗算身陷北漠　　001

第六十一章
争玉兔结下私怨　　017

第六十二章
急上位迫在眉睫　　033

第六十三章
访北漠真相大白　　049

第六十四章
露真身破镜重圆　　065

第六十五章
使奸计斩草除根　　081

第六十六章
设死局谁争高下　　097

第六十七章
逢劫难扭转乾坤　　113

第六十八章
误闯入诡异森林　　127

第六十九章
乱天下惊变北漠　　143

第七十章
大业成班师回朝　　155

第七十一章
帝与后共享江山　　167

第六十章 遭暗算身陷北漠

萧倾尘容色淡定地冲水月挥了挥手，示意她先行离开，自己则寻了把椅子，慢条斯理地坐了下来。

　　面对洛千凰的厉声指责，他非但没有流露出半分恼意，反而从袖袋里拿出一面小小的铜镜，递送到她的面前。

　　"先看看你镜中的模样，再来找我发脾气也不迟。"

　　洛千凰这才想起，自从她被关在这个地方几天以来，找遍房中所有的地方，都不曾发现镜子的踪影。

　　此时萧倾尘突然递来一面镜子，她忙不迭接过来，对着镜面仔细看了看，才发现镜中的自己，不知从何时起，已经恢复了从前的模样。

　　她又震惊又欣喜，不断摸着自己的脸："我的容貌终于恢复了……"

　　一抬头，就见萧倾尘正似笑非笑地看着自己，洛千凰怒从心来，一把将铜镜丢到他的怀里，怒不可遏道："你还没有回答我的问题，从头到尾我被整得这么惨，是不是你在暗中做的手脚？"

　　"是！"

　　本以为萧倾尘还会推脱一二，没想到他却答得这么干脆利落，这倒是把兴师问罪、还想再责骂他几句的洛千凰给堵得哑口无言。

　　萧倾尘丝毫没有做错事的自觉，还满脸自信地说道："事实证明，我的计策非常成功。不然，即将成为黑阙朝皇后的你，怎么会出现在我北漠的皇宫？"

　　洛千凰瞪圆双眼，震惊道："你说什么？这里是北漠皇宫？"

　　隐约想起在她迷迷糊糊昏迷不醒的那些日子里，好像是身处在晃晃悠悠类似船舱一样的地方。

　　因为始终没能从水月的口中问到详细的情况，被囚禁在屋子里的这几天，她还曾天真地认为，自己只是被人绑出了京城，并没有离开黑阙的地界。

第六十章 遭暗算身陷北漠

此时听萧倾尘揭穿事情的真相,她才绝望地意识到,黑阙,已经离她很远很远了。

看着萧倾尘那一脸自鸣得意的样子,洛千凰气不打一处来地将手指放到唇边。

既然她的容貌已经彻底恢复,就意味着她召唤动物的天赋也随之归来。

只是她刚刚有了这个小动作,萧倾尘便凉凉地说了一句:"你尽可以利用你的天赋来对付我,甚至还可以让你那些动物朋友将我撕个粉身碎骨。但有句话,我必须在你付之于行动之前提醒你,一旦你这么做了,你远在江州城的好姐妹关幽幽的尸骨,就会被人挖出坟墓,曝尸荒野,即便到了地府,她也会因为你的任性无知,而死不瞑目!"

洛千凰气得双眼直冒火,顺手抄起桌上的茶杯,对着萧倾尘便狠狠砸了下去,边砸还边骂:"你简直冷血无情,心理变态!"

萧倾尘微微侧身,轻而易举地躲过茶杯的袭击。

杯子落地,发出脆响,碎得四分五裂,他对此却并不恼怒,依旧用纵容的语气说道:"砸碎东西可以让你消除心中的怒气的话,你尽可以将整个屋子里所有的东西全都砸个稀巴烂。"

多日以来积压在心头的愤怒和不满,在这一刻彻底爆发!

洛千凰几乎是使尽浑身上下所有的力气,将屋子里所有能砸的东西,全都砸了个面目全非。

自始至终,萧倾尘只是神色淡然地端着唯一一只没被砸碎的杯子,边喝着温热的茶水,边欣赏洛千凰发疯的模样。

直到屋子里所有能砸的东西全部粉碎,她才气不打一处来地扑到萧倾尘面前,一把夺过他手中的杯子,并当着他的面,用力摔在地上,发出一道刺耳的巨响。

可怜的阿布龟缩到屋子的一角被吓得瑟瑟发抖,连头都不敢冒一下。

倒是萧倾尘的表现十分冷静,由着她夺走自己的茶杯,他只是无奈又纵容地笑了笑,才好脾气地问:"累了吗?要不要我命人再抬来几箱子翡翠玉件,让你接着砸?"

洛千凰是真的累了个半死,她一屁股坐在萧倾尘对面,气喘吁吁地瞪着他,怒问:"你处心积虑地采取了这么多阴谋诡计,把我从黑阙抓来北漠,到底想要干什么?"

萧倾尘见她发泄了一通之后,情绪渐渐稳定了下来,这才说出自己这么做的想法:"我要娶你为妻,成为我北漠名正言顺的皇后娘娘。"

"你说什么?当北漠的皇后?"

洛千凰简直要被这个答案给活活气死:"你明知道这根本就是不可能的,先不说我已经跟朝阳哥哥定了亲,就算没有定亲,我凭什么要嫁给你?萧倾尘,早在黑阙与北漠的战争结束之后，咱们两国就立下了君子协议，五十年内绝不开战。而且，作为战败国，你们北漠用这种方式把我抓来，等于是破坏了两国之间的邦交。难道作为北漠下一任帝王人选，你要背弃自己当初的承诺，做个不讲信用的小人吗？"

萧倾尘毫不在意地笑了笑，反问一句："洛姑娘，在你说出这番话之前，可曾想过，你心心念念的朝阳哥哥，不久之后，就要娶别人做他的皇后了？"

不提这个还好，提到这个，洛千凰火气更大："那个冒牌货到底是谁？"

"她是谁并不重要，重要的是，不久的将来，她会以新娘子的身份，被黑阙的帝王娶进后宫，顶替你的存在，成为黑阙王朝的国母。一旦生米煮成熟饭，也就意味着，在感情上，你的朝阳哥哥已经彻底背叛你们之间的誓言和承诺了。"

洛千凰恨恨地瞪他："你以为他娶了别人，我就会如你所愿地嫁你为妻？"

萧倾尘自负地笑笑："我知道你身怀绝技，不但拥有一身不错的轻功，还可以召唤你的动物大军来对付我北漠军队。可惜的是，心地仁善是你致命的弱点，一旦你真这么做了，受到殃及的，将是我北漠成千上万的无辜百姓。眼下黑阙与北漠已经正式签署建交协议，你若真做出伤害北漠百姓的事情，不但会成为北漠的罪人，就是黑阙，恐怕也不会容忍一个引起战争的郡主重回国土的怀抱。所以我很遗憾地告诉你，你现在已经没有任何退路了。"

经他这么一分析，原本还张牙舞爪、准备和萧倾尘大干一场的洛千凰顿时没了之前的气焰。

是啊，她可以在冲动之下做出脱身之举，却从未想过这么做之后，究竟会给两国百姓带来怎样的灾难。

一旦引起战争，她将会成为黑阙与北漠共同的敌人。

到那时，就算朝阳哥哥知道她被人陷害的来龙去脉，为了整个黑阙朝的前途和命运着想，也注定会为了国家利益，不得不牺牲掉两个人之间的感情。

这么一思量，她不得不冷静下来，开始静静思考自己目前所面临的处境。

至少召出几条毒蛇把萧倾尘这个浑蛋活活咬死的计划是肯定行不通了。

寻思了片刻，洛千凰忽然灵机一动："如果冒牌货顶替我的身份嫁给朝阳哥哥，那么浣洗阁里的玲珑突然失踪，一定会引起朝阳哥哥的注意，到时候……"

话还没说完，就被萧倾尘笑着打断："你放心，从你被掳来北漠的那一刻起，真正的玲珑，已经回到属于她的位置上，继续做她自己了。"

洛千凰咬了咬牙，强压着怒气问道："也就是说，你和那个冒牌货是一伙的？"

萧倾尘也没瞒她："我们只是合作关系，各取所需。她想成为黑阙的皇后，而我，却处心积虑地想要你成为我的妻子。你被下蛊的这段时间里，冒牌货一直在追问你的下落，为了你的人身安全着想，我并没有将你被替换为浣洗阁婢女一事告诉她。"

洛千凰眯了眯眼："你给我下的到底是什么蛊？"

"易容噬心蛊！蛊毒发作之后，你的容貌会在一夜之间发生改变，这个蛊最大的特点就是，每当中蛊之人想要说出与身世有关的真相时，就会导致蛊毒发作，不得不承受噬心之痛。"

顿了顿，萧倾尘又道："不过你放心，这个蛊虽然会改变人的容貌，却无法维持长久的毒性，超过二十七天，便无药自医，且不会给人体带来任何健康上的伤害。"

洛千凰冷笑："所以我还要感谢你对我的不杀之恩吗？"

萧倾尘自动忽略她语气中的讥讽，发自肺腑道："虽然有些话说出来可能会让你觉得很可笑，但我还是想说，我是真的很喜欢你，并不是为了和黑阙皇帝斗一时之气，才做出这样冒险的决定。况且……"

他嘴边勾出一个邪气的笑容："在我看来，那个被你心心念念的朝阳哥哥，也并非是你最佳的选择。如果他真的喜欢你，怎么可能连真假未婚妻都分辨不清？说白了，他喜欢的只是你那张脸，一旦你变成了另外的模样，在他眼中，就成了彻头彻尾的陌生人。洛千凰，你问问你自己，这样的男人，真值得你托付终身吗？"

"他值与不值已经不重要了，重要的是，你觉得你值吗？"

萧倾尘笑容不减："至少我会为了你，与整个黑阙再次为敌。"

洛千凰气得大吼："你这么做，只会将我逼至绝境，根本不会让我对你产生任何感情……"

"感情是需要慢慢培养的，你如何知道我们在一起真正相处之后，不会日久生情，爱上彼此？"

洛千凰的眼泪被气得流了出来，歇斯底里地对他说："除非我疯了，才会爱上一个将我害得如此凄惨的刽子手！"

萧倾尘非常贴心地将丝帕递到她面前，柔声道："先不要把话说得这么武断，谁又能预言自己人生的未来呢？擦擦眼泪吧。"

洛千凰恶狠狠地将他递来的丝帕拍落在地，不甘心地问道："既然你找了一个冒牌货来顶替我，为什么还要强行给我安排一个浣洗阁婢女的身份，每天留在皇宫与我最爱的男人朝夕相处？"

萧倾尘好脾气地将地上的丝帕捡了起来，拉过她的手臂，轻轻拭去她脸上的泪水，一边擦，一边在她耳边低声说："只有让你身临现场，才能看清楚被你深爱的那个男人，与冒牌货在一起卿卿我我时，会给你带来怎样的痛苦……"

啪！

一记重重的耳光狠狠抽上萧倾尘的脸，洛千凰不顾手掌上传来的刺骨痛，恶狠狠地对他道："我恨你！"

萧倾尘却抚着自己被抽过的脸颊，无声地笑了笑，呓语般说道："我有信心，你现在有多恨我，不久的将来，就会有多爱我！"

直到那天为止，洛千凰才知道自己目前所居住的宫殿，名叫云清宫。

与黑阙皇宫的奢华相比，北漠宫殿在建筑方面更注重实用性。

北方不比南方，进入十月，气候就会被严寒所取代，所以每间屋子都设有取暖的地龙，到了冬季之后，才不至于挨冷受冻。

总体来说，北漠皇宫的辉煌程度并不比黑阙逊色多少，高墙大院，琉璃彩瓦，放眼望去，一片富丽堂皇。

云清宫除了位置相对其他宫殿略显偏僻，吃穿用度方面却极其讲究，并没有让洛千凰在这里受到半点儿委屈。值得庆幸的是，萧倾尘离去之后，便解除了她的禁足令，只要有婢女在身边陪伴，她已经可以在宫中自由走动了。

每天陪在她身边最久的，是一直伺候她起居饮食的水月，相处时间长了，洛千凰对水月也没有之前那么深的敌意和不满了。

毕竟水月只是偌大深宫中的一个使唤丫头，她做的一切都是在服从主子的命令，就算洛千凰想恨，也该恨她的主子，不该随随便便拿一个使唤丫头来撒气。

"水月，你来宫里有多久了？"

这天吃过午膳，洛千凰在水月的陪伴下外出散步。闲来无事，便与水月聊天解闷。

水月恭敬回答："从奴婢进宫那天直到现在，已经有三年出头。"

走在前面的洛千凰挑了挑眉，好奇地问："也就是说，你是十四岁那年才入的宫？"

"是啊！"水月点头，"按照我北漠宫廷的规矩，民间少女到了十四岁，便有资格进宫选秀。但凡被帝王看中的姑娘，会被封为小主，从此留在宫中，享受到主子的待遇。若有幸怀上龙种，还有机会被封为妃嫔，从此在后宫之中飞黄腾达。至于未能入选的姑娘，如果不想回到民间，可以申请留在宫中当使唤婢女，奴婢当初就是落了选的，因为家贫不想离开，便自愿留在皇宫谋一份差事，以补贴家用。"

洛千凰听得啧啧称奇，北漠这种选秀仪式，倒是和黑阙朝略有几分不同。

因为黑阙皇宫在婢女和太监的挑选方面十分严格，能够留在宫中伺候主子的，多数是家生的奴才，外来者很少有这样的机会可以接近主子。

杂七杂八问了些有的没的，见水月渐渐放下心防，洛千凰故意漫不经心地问道："你入宫之前，应该听说过黑阙吧？"

水月笑道："黑阙王朝乃众国之首，国力强大，几次降服我北漠，如此鼎鼎有名的地方，奴婢怎么会没听说过呢？"

"那么你可知，从北漠坐船回黑阙，需要几天的行程？"

"呃……"

这个话题似乎踩到了水月的禁忌。

洛千凰赶紧解释："你别误会，我之所以这么问，只是好奇两国之间到底有多远的距离，毕竟我之前对北漠都城了解不多，初来乍到，总要了解一下最基本的常识，也免得日后被人问起时闹出笑话。"

水月犹豫了片刻，才说："据奴婢所知，从北漠到黑阙，坐船的话，要三到四天的行程。"

三到四天？还好，也不算太久。

水月担心她继续追问不该问的事情，便转移话题道："既然洛姑娘初到北漠，就好好逛逛咱们北漠的皇宫……"

洛千凰对逛皇宫这种事毫无兴趣，她又不是乡下来的土包子，早已见识过黑阙宫殿的华美，北漠的皇宫如今看在她眼中也不过尔尔。奈何水月的过度热情让她不好直言拒绝，只能强颜欢笑地与水月边逛边聊。

与黑阙的温湿气候相比，北漠天气干燥，呼吸久了，喉咙会变得很不舒服。

水月丝毫没有看出洛千凰的不自在，将她带到一个类似花园的地方，兴致勃勃地给她讲解："这里是御花园，园子里种的花花草草，都是各宫娘娘们的杰作。"

听到这里，洛千凰略显诧异："娘娘们身娇肉贵，不是应该十指不沾阳春水地享受着宫女们的殷切伺候吗？种花种草这种粗糙的活计，怎么能让娘娘们来做？"

水月笑道："说起这个，还要追溯到十几年前。当年皇上从民间挑了一批漂亮姑娘进宫选妃，被选的姑娘个个年轻貌美，多才多艺，而当时留给这些姑娘的妃子之位只有四个。皇上一时挑花了眼，便下了一道旨意，谁能种出奇花异草，取悦龙心，谁就能在众多应选者之中脱颖而出，成为嫔妃。"

洛千凰哭笑不得："还有这样奇特的选妃方式？"

水月点头："可不嘛！"

她向种满鲜花的方向指了指："这些花便是当年那些候选妃子的杰作，虽然有些姑娘最终落选，没能如愿地坐上妃子之位，她们留在这里的痕迹直到今日还不曾令人忘记。"

洛千凰心中万分感慨，看来天底下想嫁给皇帝的姑娘真是不计其数。

思及此，她不禁又想起朝阳哥哥，也不知他现在怎样？身体如何？"哎呀，起风了……"

来来回回逛了大半个时辰，到了下午，风忽然大了起来。

水月带着洛千凰来到一处八角凉亭处，恭恭敬敬道："虽然现在正值夏季，但每到下午都会起风。洛姑娘，您在这里稍坐片刻，奴婢这就回云清宫给您取件外袍披上，以免着凉生病。"

与风和日丽的南方相比，北方的气候的确让洛千凰有些不太适应。

出门的时候她只穿了一袭薄薄的衣裙，被风一吹，浑身上下有了凉意，便点头对水月道："你去吧！"

水月前脚刚走，洛千凰就起了几分歪心。周围没有旁人看管，她是不是可以趁这个机会逃出皇宫，再想办法偷偷离开北漠这个是非之地？

这个大胆的想法一旦生出，她再也按捺不住内心的雀跃，急三火四地开始寻找出宫的路线。

奈何她对北漠皇宫的地形了解不多，转来转去，她竟然走到了一处极为偏僻的地方。

四周是一片茂密的丛林，她顺着一条一人宽的小路匆匆向前走，眼看前面的视野越来越宽阔，忽然，她听到一阵凌乱的脚步声由远及近而来。

"站住，何人如此大胆，竟敢私闯皇家禁地？"

突如其来的吼声把洛千凰给吓了个措手不及，就见四五个宫廷侍卫打扮的男子虎视眈眈地拦住她的去路，其中一个人还拎起长剑，非常不客气地架到了她的脖子上。

这阵势着实把洛千凰给吓着了，忙摆手解释："刀剑无眼，几位大哥，咱们有话好说……"

几个侍卫根本不给她解释的机会，厉声道："凡擅闯皇家禁地者，死罪一条。"

洛千凰快要被吓哭了，摇头道："什么皇家禁地？我根本就不知道。"

侍卫指了指立在路边的一块牌子,只见上面写着"冷霄殿"三个大字。

"早在十三年前,皇上便颁下圣旨,凡私闯冷霄殿者,可立刻就地正法。"

说完,对两旁侍卫命令:"杀!"

"住手!"

就在几个侍卫即将要把洛千凰给就地正法时,一道陌生的嗓音忽然在这偏僻又诡异的地方响了起来。循声望去,就见一个身穿紫色锦袍的年轻男子缓步向这边走了过来。这男子十八九岁的模样,生得面若冠玉,极为养眼。

从他那身价格不菲的锦袍,以及戴在头上的金丝玉冠来看,这个人在北漠的地位应该是非比寻常。

几个侍卫看到来人,忙下跪行礼:"属下见过八殿下。"

八殿下?洛千凰在心中暗忖,莫非是萧倾尘的弟弟?

仔细打量,这个男人眉尾上扬,眼眸生辉,五官轮廓与萧倾尘倒有三五分相似之处。

只不过和霸气邪佞的萧倾尘相比,这个男人的长相略显阴柔,也更加和善温柔了一些。

年轻男子负着双手向这边走了过来,不客气地对几个侍卫道:"你们为何要难为一个年轻的姑娘?"

其中一个人回道:"这姑娘擅闯皇家禁地冷霄殿,属下只是按照宫规,欲对她处以死刑。"

年轻男子在洛千凰脸上打量了几眼,对几个侍卫道:"这件事交给我处理就好,你们先行退下吧。"

几个侍卫自然不敢违背八殿下的命令,躬了躬身,便顺从地离去了。

好不容易捡回一条小命的洛千凰心有余悸地对年轻男子说道:"刚刚多谢公子出手相救,不然我这条小命今儿怕是要交待在这里了。不知公子姓甚名谁?如何称呼?"

八殿下挑了挑眉,嘴边勾出一记非常好看的笑容:"你不认得我?"

洛千凰诚实点头:"我初来乍到,对北漠的情况的确是一无所知。"

"哦?初来乍到?难怪看着有些眼生,说话的口音也与我们北漠略有不同。你是谁?为什么会出现在这里?谁带你进的宫?"

一连串的问题把洛千凰问得不知该从何说起,不过念在他刚刚好歹在关键时刻救过自己性命的分儿上,还是老老实实回道:"严格来说,我应该算是七殿下的客人,之所以对北漠不甚了解,是因为我根本就不是北漠子民……"

年轻男子饶有兴味地挑了挑眉："原来你是七皇兄的人，难怪看着有些眼生，七皇兄倒是很少会安排姑娘住进皇宫。你叫什么名字？来自何处？是哪位大臣家的小姐？"

之所以会这么问，也是因为洛千凰在穿着打扮上与普通宫女有很大不同。

自从她来到北漠，吃穿用度方面，萧倾尘从未亏待过半分，所以在外人看来，洛千凰就是十足的千金小姐出身。

还没等洛千凰回答这些问题，萧倾尘的声音突然从身后传了过来："千凰，你真是不听话，在没有人陪同的情况下，怎么会到这么偏僻的地方来散步？"

说话之间，萧倾尘已走了过来，轻轻扯住洛千凰的衣袖，将她拉到自己的身后。

看到来人，八殿下勾唇笑笑："看来这位姑娘，果真是七皇兄的客人。"

萧倾尘似笑非笑地看了八殿下一眼："她是不是我的客人并不重要，重要的是，你为什么会出现在这里？"

八殿下道："我进宫来探望母妃，恰巧在这里遇到这位姑娘被侍卫刁难，既然她是你的客人，七皇兄不给我介绍一下吗？"

萧倾尘冷笑一声："没那个必要，你慢慢逛，我们先走一步。"

说着，他一把拉起还沉浸在不解之中的洛千凰，转身离开了这块是非之地。

直到两个人双双回到云清宫，萧倾尘的脸色才彻底沉了下来，他忍不住质问："你是不是想趁没人看管你的时候偷偷离开皇宫，逃出北漠？"

这还是洛千凰第一次从他脸上看到这么明显的怒意，她本来心底有些发虚，见他质问得这么理所应当，积压在心底的不满一下子就爆发了出来："我本来就不属于北漠，要不是你使用奸计把我掳来这里，你以为我愿意待在这么一个破地方？萧倾尘，你给我听清楚，从前的我不会喜欢你，今后的我也一样不会喜欢你。你要是以为把我像囚犯一样关在这里就会让我对你乖乖就范，我劝你趁早还是死了这条心吧。"

萧倾尘不怒反笑："我之所以会生气，不是气你想要逃出北漠，而是在不分青红皂白的情况下，随随便便就把坏人当好人。你初来乍到，对北漠的情况完全不了解，人家问你什么你就回答什么，你是不是傻？万一对方心怀不轨，你岂不是被人卖了还要帮人去数钱？"

洛千凰被骂得牙根直发痒，气极败坏道："如果你所暗示的坏人是刚刚那个自称是八殿下的男人，我可以很负责地告诉你，若没有他及时出现救了我，我已经被那些不长眼的侍卫给活活杀死了。"

萧倾尘冷笑："说你天真无知你还不信，你觉得宫中那些侍卫都是傻瓜笨蛋吗？

从你的穿着打扮就可以看得出来,你并不是普普通通的宫中婢女。他们突然出现在那里,以擅闯禁地为由要夺你性命,这本身就存在着极大的不合理性。而且冷霄殿较为偏僻,老八贵为皇子,没事的情况下怎么可能会刚好出现在那个地方与你偶遇?拜托你用你这颗笨脑袋瓜好好想想,这么多巧合凑在一起,你就没想过这是一场针对你而设的局吗?"

经他这么一说,洛千凰微微吃了一惊。

一场专门为她而设的局?她只是一个对任何人来说都不造成威胁的小姑娘,哪能劳烦这些高高在上的皇子殿下为她设局?

她不甘心被萧倾尘教训,于是出言辩解:"你怎么知道这所有的一切,真的不是一场巧合?"

萧倾尘已经放弃跟她继续讲道理的念头,不由得放柔语气,低声劝道:"不管是有意还是巧合,以后在宫中行事,切记不要再这么马马虎虎。另外,冷霄殿的确是宫中禁地,那里常年有人看守,没事的情况下,尽量远离那里,莫要给自己招惹不必要的是非。"

洛千凰也不是得理不饶人的主儿,见萧倾尘先缓了脾气,也就没再坚持之前的狡辩。

虽然心里仍对萧倾尘有诸多不满,却还是耐着性子问了一句:"为什么冷霄殿会成为皇宫禁地,那里曾发生过什么很可怕的事情吗?"

萧倾尘见她肯心平气和地与自己讲话,心情瞬间好转了不少,于是颇有几分耐心地对她解释:"具体发生过什么事情,我知道得也不是很多。毕竟那里成为禁地的时候,我的年纪还很小,只听身边稍微上了些年纪的人在私下里说,冷霄殿里关着一个疯掉了的妃子,那妃子是父皇后宫中的女人之一。当年大概是犯了错事,被父皇下令关押在冷霄殿,终其一生,不许她踏出殿门一步,只派了一个老宫女负责她的日常起居。很久以前,冷霄殿四周并不像现在那么萧条败落,由于这些年一直没人敢踏足那里,时间久了,那附近便因无人打理而杂草丛生,到了晚上也会因怨气太重而变得异常恐怖。"

洛千凰听得啧啧称奇:"按你这么说,这冷霄殿,岂不是与冷宫无异?"

萧倾尘笑了笑:"你说得没错,在某种意义上来说,冷霄殿的确就是一座无人问津的冷宫。"

洛千凰听得心里颇有几分不是滋味,总觉得那些被关在冷宫中的女人非常可怜,仅仅因为无法取悦帝王,就要被关在囚笼一样的地方,一辈子都见不得天日。

像是看出她眼底的落寞，萧倾尘安慰道："你放心，属于那个妃子的悲惨命运，绝不会降临到你的头上。"

洛千凰瞪他一眼，加重语气道："再说一次，我是不会嫁给你的。"

萧倾尘也不生气，像个宠爱妹妹的大哥哥般拍了拍她的头，柔声道："在外面吹了那么久的风，又受了一番惊吓，相信你现在一定是累坏了。待会儿我让人伺候你洗一个舒服的热水澡，再好好睡上一觉，醒来之后，一切不开心都会过去的。"

简单安慰了几句，萧倾尘便转身走了。

踏出云清宫的那一刻，原本还挂在他脸上的笑容渐渐消失无踪。

此时，东宫太子殿里，闯下弥天大祸的水月，正被罚跪在冰冷坚硬的地面上。

虽然萧倾尘还没有被正式封为太子，但以他目前的身份，却有足够的资格住进这座东宫太子殿。

太子殿和云清宫只有数步之遥，这也是萧倾尘将洛千凰安排在云清宫的主要原因。

看到七殿下冷着俊脸从门外进来，水月满脸泪痕地磕头请罪："主子饶命，奴婢当时真的是一时失职，并没有想到洛姑娘会独闯禁地，甚至还差一点儿酿下了杀身之祸……"

萧倾尘负手站在水月的面前，垂首冷冷看了她一眼："我只问你一个问题，你肯如实回答，我今日可以饶你不死。如若不然，明年的今天，便是你的周年忌日。"

伏跪在地上的水月瑟瑟发抖地抬起头："奴婢一定知无不言，言无不尽。"

沉吟片刻，萧倾尘冷声问："你和老八合作多久了？"

话音刚落，就见水月的俏脸瞬间变得惨白不已，她"砰砰砰"用力磕头，一迭声地辩解："主子明鉴，从奴婢进宫开始直到现在，一直对主子忠心耿耿，绝不会做出任何背叛主子的行为。如有半句谎言，奴婢愿遭五雷轰顶，死无葬身之地……"

萧倾尘冷笑一声："别在我面前发这种没用的毒誓，水月，你已经放弃我给你这最后一次赎罪的机会。你以为你死不承认，我就不知道你是老八安排在我身边的奸细？虽然你隐藏得很好，但这次这件事你做得却是一点儿都不明智。洛姑娘初来乍到，对北漠皇宫的情况一无所知。冷霄殿较为偏僻，在无人引领的情况下，她是不会随便踏足皇宫禁地的。表面上看，你只是一时失职，其实所有的事情都在你和老八的计划之内。"

不理会水月惊惶不安的面孔，萧倾尘无比同情地对她道："本来我还想多留你一些日子逗逗那个不成器的老八，既然他已经把手伸得这么长，再周旋下去，就没什么意思了。"

说完这句话,萧倾尘冲自己的心腹使了个眼色,冷声道:"老规矩,记得处理的时候手脚干净一些,别留下痕迹!"

话说到这个地步,水月一瞬间就明白了自己接下来将要接受的命运。

她大哭不止,用力磕头,请求主子再给她一个将功赎罪的机会。

萧倾尘的几个心腹根本不理会水月的哭喊,一掌将她劈昏过去,将这个叛徒拖出了东宫太子殿。

一觉醒来,洛千凰惊讶地发现,从前一直在她身边伺候的水月忽然不见了踪影,取而代之的是一个长相乖巧、笑容和善的姑娘。

她自称自己名叫眉儿,是主子新派到这边来伺候的使唤丫头。

"水月呢?"

人都是有感情的,洛千凰自然也不例外。

从她被掳来北漠,睁开眼认识的第一个人便是水月,难免会生出几分主仆之情。

眉儿笑着接口:"回洛姑娘,水月的父亲不久前从远亲那里继承下来一大笔钱财,他舍不得女儿留在宫中被人呼来喝去,便进宫跪求主子放水月离开。主子一向心慈仁善,从不勉强身边的下人做她们不想做的事情,便应了水月父亲的请求,放水月出宫还她自由了。"

洛千凰听得啧啧称奇:"宫中的婢女在契约还没满之前,可以由家人来赎身吗?"

眉儿点了点头:"自然是可以的。"

"没想到你们北漠皇宫的规矩制定得还挺人性化。"

"承蒙洛姑娘夸奖!另外,从今以后,就由奴婢来伺候您的起居饮食,有什么要求您尽管对奴婢吩咐,千万不要跟奴婢客气。"

洛千凰只是稍稍讶异片刻,便不再继续追问水月的下落。

有了之前误闯禁地的遭遇,她对外出散心渐渐没了兴趣,每天留在云清宫苦思冥想,究竟怎么做,才能逃离北漠,全身而退。

她甚至还让眉儿给她找来了一张地图,认真研究北漠与黑阙之间的距离究竟有多远。

这认真思考的一幕,被踏进云清宫的萧倾尘给逮了个正着。

他先是挥退房中婢女,嘴边才扯出一个调侃的笑容:"你以为你看懂了地图,就能全须全尾地离开北漠?"

洛千凰只是抬起头面无表情地看他一眼,又继续低下头,去钻研桌案上的这张地图。

她的怠慢,并没有让萧倾尘动怒。

萧倾尘缓步走到她身边,在她认真打量的地方指了指:"看到这里没有?这个地方名叫无魂岛,是北漠通往黑阙的必经之地。凭你一个手无缚鸡之力的姑娘家想要只身通过无魂岛,那根本就是在白日做梦。因为无魂岛地势险峻,岛上毒虫蛇蚁不计其数,还有很多吃人的大型野兽。就算你可以凭借你的天赋让那些野兽臣服于你,也防备不了经常在岛上出没的海盗。那些都是被各个朝廷通缉的亡命之徒,夺人财物,杀人性命,简直比地狱的恶鬼还要可怕。所以,你想离开北漠唯一的办法,就是走水路。不过……"

话锋一转,萧倾尘又继续道:"除非有朝廷的队伍保驾护航,不然,就算你逃出了北漠皇宫,也逃不过那些海盗的手掌心。一旦落到他们手里,保不齐你就会成为他们的压寨夫人,从此再没了重见天日的机会。"

"你骗人!"洛千凰瞪他一眼,"按你这么说,两国边境之处岂不是恶匪横行,毫无法纪?"

萧倾尘挑了挑眉:"国之边境一向如此,毕竟涉及两国利益,管理起来十分棘手。那些亡命之徒就是利用这一点,才会在犯案之后逃到边境一带为自己找容身之所。"

被他这么一吓唬,洛千凰也没了继续钻研地图的想法。

她一屁股坐在椅子上,冷着俏脸对满脸自负笑容的萧倾尘道:"就算我没本事离开北漠,你也不用妄想我会如你所愿,嫁你为妻。婚姻讲究的是你情我愿,我以前不喜欢你,以后也不会喜欢你。你要是够聪明,就放我离开,然后在本国找一位与你门当户对的姑娘与你成亲生子,好好过你的日子。不然,咱们就死磕到底,实在把我给逼急了,我就和你同归于尽,来个鱼死网破。"

"哈哈哈……"

这番话,把萧倾尘给逗得哈哈大笑。

洛千凰被他气得脸红脖子粗,怒道:"你笑什么?"

萧倾尘越发觉得她那娇嗔愤恨的小模样十分讨喜可爱,便强忍笑意道:"我笑你单纯无知,居然连这么幼稚可笑的话都说得出来。同归于尽?鱼死网破?这样做对你究竟有什么好处?别说你那个不负责任的朝阳哥哥对你有多好,他能为你做到的事情,我一样也可以为你做得到。他能赐予你皇后之尊,我一样也可以赐予你。另外,我承认在国力上,北漠暂时及不上黑阙。但你仔细想想,假如当日两国交兵之时,你没有带着你的

动物大军横加阻拦，最后获得那场战役胜利的，说不定是咱们北漠，而非你们黑阙。只要我肯努力，不出数年，就可以将北漠的经济发展得和黑阙一样强大……"

洛千凰没好气地翻了他一个白眼："我对你如何治国没有兴趣，也不想去重新假设已经成为事实的定局。眼前摆在我俩之间的难题与身份地位并无关系，我可以不计前嫌地把你当成朋友，却不会为了妥协而毁了自己一辈子的幸福。先不说咱们之间还有关幽幽这笔账永远都抹不掉，就算没有幽幽，茫茫人海之中，我又为什么一定要选你做我的夫君？"

说到这里，她突然冷笑了一声："你仔细想一想，咱们从相识到现在，你究竟换了几个身份？初遇你时，你姓段名景珂，是江州知州的独生子。二次遇你，你姓楚名昭然，是竹枫小楼才华与天赋并存的楼主。三次遇你，你摇身变成北漠七皇子萧倾尘。依此类推下去，我不知道第四次、第五次或是第六次遇你之后，你会不会再变成另外什么身份的人。你看，你我之间连最基本的诚信都没有，你又怎么好意思来和我谈什么见鬼的感情？"

萧倾尘道："不会再有之后的那些次了，除了第一次江州城公子段景珂这个身份的确是我伪造的之外，楚昭然和萧倾尘，都是我如假包换的名字。在此之前，相信你或多或少已经从旁人口中听说一些关于我身世的说法。我的父亲虽然是北漠皇帝，可我的母亲却是真真正正的黑阙子民。当年父皇还没有继位时，曾以皇子的身份游历过黑阙，机缘巧合之下偶遇我娘。那时我娘是竹枫小楼楼主的独生女，外公不同意膝下唯一的女儿嫁给北漠皇子，拼命阻挠这门亲事。不过最后，我娘还是被纳进了北漠皇宫，成为父皇身边众多妻妾之中的一个。"

话至此，他长长叹了口气："许是我娘对爱情的憧憬过于梦幻，嫁过来没有几年，便因为得不到夫君独一无二的宠爱而香消玉殒。"

这还是洛千凰第一次听萧倾尘提起这些陈年往事，从他眼底流露出来的遗憾和叹息不像在作假。

见她迟迟没有应声，萧倾尘又继续说："我娘去世之后没多久，我便身染恶疾，险些一命呜呼。父皇以为我活不成，就派人把我送到了外公那里死马当活马医。可能是我真的命不该绝，历经整整三年时间，外公不但救活了我，还亲自教会了我许多本事，甚至在他离世之前，将他花了一辈子心血建成的竹枫小楼留给了我。"

洛千凰总算是有了些许反应，好奇地问："你外公对你这样好，你为什么还要回到北漠，做你的七皇子？"

萧倾尘无奈地看她一眼："不是我想回北漠贪图这份荣华富贵，而是我在这边的兄弟们担心远在黑阙的我有朝一日会成为他们上位之路的绊脚石，所以在我年少的时候便对我痛下杀手，希望我在这个世界上彻底消失掉。为了保住性命，我不得不做出各种反击。久而久之……"

他摊了摊手："我就被逼到了今天这个万不得已的地步。"

洛千凰噘了噘嘴，小声哼道："肯定是你表现出想要争夺皇位的想法，你那些兄弟才会这样对你。"

萧倾尘也不生气，而是反问一句："你觉得萧霸天人品如何？"

洛千凰好奇地问："那个之前去黑阙叫嚣的三皇子？"

萧倾尘点头："就是他！"

洛千凰哼了一声："他坏透了！"

萧倾尘笑出声来："我其他的兄弟们，比萧霸天还要坏十倍。"

洛千凰嗤之以鼻："所以你想说，你会有今天，是万不得已喽？"

萧倾尘想了想，很认真地回道："你可以这么认为。"

洛千凰不为所动："既然你那些兄弟那么坏，本着一脉相传的道理，和他们流有同样血液的你，肯定也是一个坏人。"

萧倾尘好脾气地解释："我与他们不同，我身体里还流着一半黑阙的血液，就算坏，也只及他们一半，没有坏透到骨子里。"

洛千凰恨得牙根直痒："哼！如果你不坏，怎么可能会三番五次设计我？陷害我？"

萧倾尘很是无奈："之所以会那么做，只是因为我发自内心地喜欢你。"

这样的情话，若是从尔桀口中说出，洛千凰必会感动不已。可她对萧倾尘的印象实在不好，就算这句话他说得发自肺腑，也只会增加她的烦恼。

停顿片刻，她忽然想到一个很重要的问题："我要是没记错，北漠当初与我黑阙建交之时，曾在协议里说，只要黑阙撤兵，你这个七皇子便可以顺理成章地登上皇位，成为下一任北漠国君，你到底什么时候会正式登基？"

这个问题，着实把萧倾尘给问愣了。

沉吟片刻，他微微一笑，含糊其词地回答："时机未到而已。"

第六十一章
争玉兔结下私怨

洛千凰虽然不够聪明，却也从他的只言片语中听出了几分不对劲。

她隐约意识到，自己这次被掳到北漠，搞不好，与萧倾尘继位一事有扯不清的关系。

那天之后，萧倾尘的时间好像一下子变得空闲了不少，几乎每天都会抽出时间来云清宫陪洛千凰聊天解闷。

虽然洛千凰一点儿也不稀罕他抽时间来陪自己，但萧倾尘却坚定地认为，只要两个人多多接触，就会培养出深厚的感情，进而让洛千凰对他产生爱慕和依恋。

甚至为了讨她欢心，他还脱去他那身昂贵的皇子朝服，换上便装，伪装成寻常百姓的模样，亲自带她出宫长见识。

洛千凰是打心底不爱搭理萧倾尘的，但这并不影响趁这个机会出宫熟悉北漠都城的路线图。

她这点儿小心思，萧倾尘自是看在眼里，只是他非常聪明，从来不提，任由她做一切想要做的事情，只要不过分，他什么事情都愿意依着她，顺着她，纵着她。

就连洛千凰都不得不承认，为了讨自己欢心，萧倾尘真的是使尽了浑身解数。

起初她还对外出一事有所防备，出来的次数多了，她渐渐放下对萧倾尘的成见，开始认认真真去适应北漠民间的环境。

总体来说，北漠的都城与黑阙的皇城并没有什么太大的区别，都是繁华不减，人声鼎沸，热闹非凡。

那些在街头巷尾摆摊做生意的小贩一个个很是热情，看到客人上门，会不厌其烦地介绍小摊子上的商品。

不管任何东西，只要洛千凰稍稍看上眼，萧倾尘就会为了博她一笑，出手大方地全部买下。

为此，洛千凰很是无奈，觉得萧倾尘每天抽出大把时间为她做这些无意义的事情，根本就是多此一举，浪费感情。

"你不要以为你陪我出来逛街玩耍，我就会对你感激涕零，对你态度有改观。要不是因为你，我的人生也不会陷入这样的绝境，所以无论你怎样讨我欢心，我都不可能会喜欢上你，你还是尽早死了这条心吧。"

她的警告，并没有让萧倾尘打退堂鼓，反而还笑意盈盈道："谁说我带你出来玩是为了讨你欢心的？我是怕你在宫里憋出毛病，才陪你出来见识见识我北漠的风采。怎么样？比起黑阙皇城，咱们北漠也不算很差吧？"

洛千凰不想单方面评价北漠的好坏，只能无视他的话，走走逛逛，故意不去理他。

萧倾尘也不恼，亦步亦趋地陪在她身边东聊聊、西扯扯，甚至还搬出过往来拉近两个人之间的感情："说起来，我认识你的时间，也不比你那个负心汉晚上多少。假如你我之间没有关幽幽这条人命债，说不定被你爱得死去活来的男人是我而不是他呢！"

洛千凰瞪他："你说谁是负心汉呢？"

萧倾尘故意气她："难道你敢否认他没有负了你？"

仔细琢磨了一下，洛千凰居然找不到合理的措辞来反驳他，只能干巴巴地回骂道："都是你害的。"

萧倾尘的语气忽然变得温柔起来，他笑着在她耳边说："我虽然做了很多对不起你的事，但我愿意用余下的人生来补偿对你的亏欠，不知道你愿不愿意给我这个补偿的机会？"

洛千凰哼了一声，干脆利落地答："你死了这条心吧！"

萧倾尘叹气，嗔骂一声："真是个傻丫头！"

洛千凰不想理他，扭头进了一家玉器店，她本无心欣赏店内的商品，却在不经意的情况下，看到了一只用上好的羊脂白玉雕刻而成的小白玉兔。

这小兔子雕得玲珑精致、软萌可爱，那栩栩如生的表情，仿佛活物一般令人爱不释手。

看到这只小玉兔，她忽然想起很多往事。

还记得萧倾尘第一次送给她的礼物，就是一只小玉兔，为了这只小兔子，轩辕尔桀吃了她好几次干醋，想想曾经的过往，真是让人觉得又是好气，又是好笑。

她刚要伸手将小白玉兔拿到手中把玩，一个不知从哪里冒出来的姑娘非常不客气地从她手中抢走了玉兔，对她说："本小姐看上了这只兔子，它是我的！"

循声望去，就见抢走小白玉兔的是一个十六七岁的绿衣姑娘，这姑娘皮肤白皙，五官艳丽，在精致妆容的点缀之下，倒显得比同龄姑娘略成熟一些。

从她满头插着的昂贵珠钗不难看出，这姑娘非富即贵，应该是某个大户人家的千金小姐。

乍一看，她容貌精致，煞是好看，仔细观察她的面相，才发现她细长的眼角微微上挑，右唇下方有一颗耀眼的黑痣，给人造成一种泼辣刁蛮、极不好惹的第一印象。

许是洛千凰打量她的目光过于直接，绿衣姑娘一下子就怒了，恶狠狠地对她道："看什么看？再看就挖了你的眼睛。"

洛千凰被她那狠戾的语气吓了一跳，皱眉道："这只兔子明明是我先看上的，你抢了我的东西我都没说什么，你居然还要挖我的眼睛？你这姑娘真是好生不讲理！"

她的话一下子就把绿衣姑娘给惹怒了，挥手就要抽她一记耳光。

只是手臂才刚刚扬起，就被人隔空拦住，捏住她手腕的，正是随之而来的萧倾尘。

萧倾尘面无表情地看着要动手打人的姑娘，用冷漠到不能更冷漠的声音道："陈小姐，你似乎逾越了！"

绿衣姑娘显然没想到萧倾尘会出现在这里，她先是被吓了一跳，随后才露出畏惧和恭维的眼神，放低声音道："七殿下，怎么是您？"

萧倾尘没有理会她的询问，一把将她的手腕甩开，顺便从绿衣姑娘的手中将那只小白玉兔给抢了过来，转而对已经呆掉了的洛千凰露出笑容："你喜欢这只小白玉兔？"

仍有些没搞清状况的洛千凰傻傻地点了点头："它很可爱。"

萧倾尘无比宠溺地笑了笑："你喜欢就好。"

说罢，他也不理会绿衣姑娘脸上的菜色，径自掏出银票付给掌柜，然后，在绿衣姑娘极度不可思议的目光中，拉着洛千凰离开了古董玉器店。

直到两个人踏出店门，洛千凰才茫然问道："刚刚那个人……"

萧倾尘没等她问完，就给出答案："她是本朝丞相陈子诚之女陈香香。陈氏一族在我们北漠势力庞大，各省各县都遍布着陈家的势力和眼线。而且陈子诚平时很会做人，与朝中不少大臣私交甚笃。陈子诚膝下只有她一个女儿，从小受宠，渐渐养成了泼辣又蛮不讲理的性子。这种人，你以后别理就是。"

回想那绿衣姑娘开口闭口就要挖人眼睛时的恶毒模样，洛千凰道："她一定是把我给记恨上了。"

萧倾尘拍了拍她的肩膀，安慰道："放心吧，有我在，没有人敢欺负你。"

话虽如此，洛千凰还是隐隐觉得，北漠危机重重，绝不是最佳的容身之所。

她必须尽快想到办法离开这里，回到黑阙才是上上良策。

那天夜里，洛千凰做了一个梦。

梦中，她以旁观者的身份看到轩辕尔桀和那个顶替她的冒牌货正式拜堂成亲了。

黑阙帝王终于大婚，婚宴场面究竟有多么盛大和隆重可想而知。

无数宾朋好友、朝中重臣在帝王大婚这天热烈庆祝，其中还包括她的亲生父母，逍遥王夫妇。

眼睁睁看着自己心爱的男人与另一个姑娘成双成对，不甘受到这种委屈的洛千凰哭着大喊："朝阳哥哥，我才是真正的洛洛，她是假的，她是假的……"

她的哭喊声打破了婚宴的喜庆，众人齐齐向她移来视线，被指控为冒牌货的新娘子一把掀开头上的红盖头，赫然露出一张与洛千凰一模一样的面孔。

她用无比得意的目光盯着自己，厉声呵斥："大胆奴才，你说谁是假的？"

包括太上皇夫妇、逍遥王夫妇，以及身穿新郎喜服的轩辕尔桀，全都用陌生的目光打量着自己。

洛千凰急不可待地想要扑过去，却被不知从哪里冒出来的侍卫们给死死拦住。

无可奈何之下，她只能用绝望的声音大喊："我被人下了易容噬心蛊，不但容貌发生了改变，每当我想说出实情的时候还会承受万蛊噬心之痛。朝阳哥哥，你看看清楚，我才是真正的洛千凰，那个站在你身边的新娘子，她只是一个冒名顶替我的冒牌货……"

俊美逼人的年轻帝王居高临下地看了她一眼，对两旁侍卫道："这个婢女已经疯了，不但当众折辱朕的皇后，还公然在这种场合阻止朕的大婚之礼，来人，还不将这个妖言惑众的奴才拖下去乱棍打死！"

万万没想到他会如此绝情的洛千凰，被"乱棍打死"这四个字给吓得浑身一抖。

她又哭着向逍遥王夫妇投去求救的目光，声嘶力竭地大喊："爹、娘，连你们也不认得女儿了吗？"

夫妇二人用陌生而冷酷的眼神看着自己。

那一刻，洛千凰彻底崩溃了，她绝望地大喊："为什么你们所有的人都不相信我？为什么？为什么？"

当她从嘶吼声中挣扎着醒来，才发现浑身上下已经被冷汗湿透。

眉儿站在她床边一脸担忧地看着她，见她睁眼，小心翼翼地问："洛姑娘，您刚刚做噩梦了吗？"

洛千凰大口大口地喘息了一会儿，才惊魂未定地看向眉儿："我……我这是怎么了？"

眉儿忙拿过帕子替她擦了擦额上的汗水："您刚刚一直在梦中大哭大喊，就像是受到了什么可怕的惊吓。奴婢一连叫了您好几声，才把您从睡梦中叫醒。洛姑娘，您浑身上下都已经被汗水给打湿了，奴婢再给您找一套干净的衣裳换上吧。"

直到醒来之后很久，洛千凰依旧忘不了梦中出现的那一幕幕画面。

她真是做梦也想不到，一向爱她如命的轩辕尔桀，竟然会为了一个冒牌货要下令将她乱棍打死。

虽然只是一个梦，可只要一想到梦中的场景，她的心就会揪痛不已，甚至连呼吸都变得无比困难。

她麻木地在眉儿的侍奉下换上一套干净的衣裳，想了想，她忽然问："眉儿，今天是什么日子了？"

眉儿将她脱下来的衣裳叠放整齐，恭恭敬敬地回答："今天是六月十二。"

六月十二？

如果她没记错，那个冒牌货为了早点儿嫁进皇宫，曾嚷嚷着要将婚期提前，据说婚宴的时间，就定在六月中旬。

按这么算，再过几天，就是尔桀和冒牌货正式举办婚宴的日子了。

想到这里，洛千凰的心头忽然被满满的绝望所取代，她不能接受，本属于她的婚姻和幸福，现如今，竟然被另一个女人轻而易举地给抢走。

不行，她必须想办法离开北漠，回到黑阙，就算不能阻止一切，她也要竭尽所能揭穿冒牌货的计划。

轩辕尔桀还喜不喜欢她已经不重要了，重要的是，她绝对不能把自己好不容易认回来的父母也拱手让人。

眉儿并不知道她心底的纠结，笑意盈盈地端着一盘新鲜的水果从外面走了进来：

"这是主子刚刚派人送来的水果,主子说,姑娘家多吃些带水分的果子,对皮肤可是有很多好处的。您看,这些水果都是各个地方送来的贡品,普通老百姓家里想吃都是吃不到的。"

说话间,眉儿已经将水果盘放到了洛千凰的面前。

看着果盘里琳琅满目的各种水果,洛千凰按捺不住焦躁的心情,一把将果盘挥落在地。

她气极败坏道:"什么主子不主子的?对你来说,他是你的主子,对我来说,他就是我的仇人。从今以后,你不要再拿他送来的东西给我,我讨厌他,就算他把金山银山送到我面前,我还是讨厌他、讨厌他!"

果盘落地的声音十分清脆,眉儿被吓了一跳,忙不迭地弯下身,将盘中的水果一一捡起,一边捡一边劝:"洛姑娘又何必非要执着于自己的过去呢?从主子安排您住进宫里的这些日子开始,可曾在任何事情上亏待过您?"

洛千凰冷笑着反问:"你所认为亏待的标准是什么?仅仅是他每天好吃好喝好穿地派人伺候我,我就要对他感激涕零吗?我本不属于北漠,是他不顾我的意愿,用世间最卑鄙的方式把我掳到了这里。黑阙有我的父母亲人,可是现在,他们非但连我的下落都不知道,还在你主子的恶意安排下,将一个冒牌货当成宝贝,顶替了本该属于我的位置。眉儿,假如你我立场对调,你会心甘情愿留在这里,受你主子的摆布吗?"

眉儿被她一连串的质问给问得哑口无言,作为一个婢女,她知道的事情毕竟有限,只能干巴巴地回道:"如果主子处心积虑的目的是想奴婢成为他想守护一辈子的女人的话,奴婢觉得与这样一个爱得深沉的男人在一起,也没什么不好。"

洛千凰直接被眉儿的话给气乐了:"即使这个人害得你有家不能回、有苦不能说,你也无所谓?"

眉儿摇头:"假如真有一个男人为了他心爱的女人做出世俗所不能容忍的事情,只能证明一点,就是这个男人定是爱极了这个女人。不然,他何必花费那么多心血去做费力不讨好的事情?"

洛千凰被这番神逻辑给气得无话可说,她霍然起身,义正词严地对眉儿道:"不管你主子在你心目中的形象有多伟大,在我心里,他就是一个恶魔浑蛋。我永远都不会原谅他对我的所作所为。我洛千凰生是黑阙的人,死是黑阙的鬼,就算拼了我这条命,我也不会留在这该死的北漠,成为被他禁锢的囚犯!"

说罢，她一把推开眉儿，大步流星地冲出了云清宫。

这番举动，把眉儿给吓了个措手不及，忙对外嚷道："洛姑娘，没有主子的命令，你不可以随便离开云清宫，来人哪，洛姑娘跑了，快抓住她……"

洛千凰哪管眉儿的警告，逃出宫门的那一刻，她纵身一跃，施展轻功以最快的速度跃上房顶，飞也似的在树枝和墙头上迅速游走。

也是直到这一刻她才发现，原来云清宫附近围了不少暗卫，当她跳上房顶时，一群训练有素的暗卫已经尾随她的身影追了过来。

洛千凰又急又怕，好几次被追上的时候，都被她险险逃脱。

眼看追捕她的人越来越多，她心底一惊，没控制好轻功的力道，整个人就这么毫无预兆地从树枝上摔了下去。

好在地上铺着一层厚厚的落叶，虽然她摔得不轻，却也只是摔到了屁股而已。

那些尾随她而来的脚步声越来越近，洛千凰自认倒霉地闭上眼，并在心里哀叹，没想到第一次逃走，竟会以这么丢人现眼的方式告终。

就在她绝望地等着被人抓捕时，一条有力的手臂忽然拉住她的手腕，接着，一道好听陌生又有些熟悉的声音在耳边响起，只听那个人道："跟我来！"

还没等洛千凰回神，她就被一个年轻男子从地上拉起，这个人好像对宫中的地形十分熟悉，没一会儿，他就将自己带到了一个偏僻无人的地方，成功躲过那些暗卫对她的跟踪。

"是你？"

当她看清楚来人的长相，暗暗吃了一惊，竟是之前有过一面之缘，并且在她误闯皇宫禁地时出手救过她一命的八殿下。

她也是后来才从旁人口中得知，这位八殿下名叫萧倾昱，排行第八，故人称八殿下。

萧倾昱的生母刘贵妃据说是北漠赫赫有名的大美人，不但容貌生得端庄标致，为人处世方面也极有手段。

自从三年前北漠皇后因病去世，后宫权柄就落到了这位刘贵妃的手中。

老皇帝之所以没有封刘贵妃为皇后，是因为这刘贵妃当年是以罪臣之女的身份被选进宫当婢女的。

因为样貌生得实在太好，刘贵妃入宫当婢女的时候被分配到了太医院，与一位医术高明的老御医学了一些按摩点穴的治疗之法。

老皇帝这些年身体一直不好，刘贵妃在机缘巧合之下被派到老皇帝身边伺候左右，利用从老御医那里学来的按摩方法将老皇帝的身体调理得越发神清气爽。

老皇帝一时喜上心头，便对貌美又懂得逢迎的刘贵妃生出了爱慕之情。

之后没多久，刘贵妃怀有身孕，生下龙子，老皇帝更是对刘贵妃宠爱有加，从此才有她飞上枝头做凤凰的机会。

按照北漠皇室的规矩，罪臣之女没有资格坐上皇后之位。

所以老皇帝对刘贵妃虽然宠爱有加，却没办法给她至尊无上的身份和地位。

萧倾昱自然不知道洛千凰的脑袋里都在想些什么乱七八糟的事，他神秘兮兮地冲她做了一个嘘的手势，直到确定云清宫附近的暗卫没再追过来，才面带笑容地说道："我一连救了你两次，你要用什么方式来感谢我？"

"呃……"

这个问题，洛千凰还真是无法接口。

虽然之前被萧倾尘警告过数次，不要跟他这位八弟有过多接触，但人家一连救了自己两次，的确是不可争辩的事实。

见她一脸呆怔的模样，八殿下哈哈大笑了两声："别摆出一副我要逼你以身相许的样子，我只是跟你开个玩笑。"

说着，他上上下下打量了她一番，神神秘秘地问道："我要是没猜错，你就是那位传说中拥有号令百兽、召唤动物大军，并把我北漠给打得落花流水的黑阙兽神——洛千凰吧？"

被人一下叫出真实姓名，洛千凰狠狠吃了一惊："黑阙兽神？这是什么奇怪的称呼？"

见她没有否认，八殿下勾了勾嘴角："果然是你！我原本以为那位传说中的人物当是三头六臂、面目狰狞，今日一见才发现，居然是一位年轻漂亮的小美人。"

洛千凰的心底生出几分危机意识，萧倾尘的身体里流着一半的黑阙血液，这个八殿下可是正宗的北漠血统。

对整个北漠来说，当日在战场上号令动物大军将他们击得溃不成军的罪魁祸首，一定会被当成北漠的头号敌人来看待。

由此不难推断，这个八殿下在得知她真正的身份之后，定会对她生出敌意，说不定还会想办法在这个偏僻无人的地方把她给毁尸灭迹。

这么一想，她连连后退了几步，摆出一脸防备的姿态："如果当初不是你们北漠先对黑阙发起挑战，也不会有后来两军在战场上的厮杀对决。说一千道一万，你不能将北漠战败一事归罪到我一个小女子的头上，是你们不仁在先，我们才防备在后的。"

八殿下赶紧解释："你别对我露出这么深的敌意，我当然知道两军对垒，必有伤亡和胜负。既然北漠与黑阙现在已经正式建交，我实在没必要向你一个姑娘家来讨公道。之所以肯一而再、再而三地对你出手相帮，只是觉得你我之间甚是有缘。另外，如果我没猜错的话，刚刚追你的那些人，应该是七皇兄的手下吧？"

提到这个，洛千凰就满肚子窝火，真没想到萧倾尘表面上对她各种客套恭维，却在云清宫附近安插了那么多监视她的眼线。

八殿下见她脸色难看，又故作好奇道："你和七皇兄到底是什么关系？他为什么要派人抓你？"

洛千凰虽然感谢他一连两次的搭救之恩，却也没傻到对这个连话都没说过几句的八殿下敞开心扉。

她顾左右而言他道："没什么，我们之间只是发生了一些小误会，刚刚的事情，不过就是闹着玩罢了。"

如此明显的推托之意，令八殿下的脸上蒙上了一层不太明显的阴郁之色。

他眼神戏谑地看着洛千凰，直言道："虽然有些话说出来可能会让你觉得我是在挑唆是非，但我还是要善意地提醒你一句，以我对七皇兄的了解，没有利用价值的人，他是不会留在身边为己所用的……"

"老八，你最近管的闲事，真是越来越多了。"

就在两个人说话的工夫，萧倾尘的声音忽然由远及近地传了过来。

只见他身后跟随了十几个侍卫，正是之前负责追捕洛千凰的那些暗卫。

他大步流星走到两个人面前，一把将洛千凰拉到自己的身后，不客气地对八殿下发出警告："这是我最后一次容忍你背着我做这样的小动作，再有下次，别怪我这个当兄长的对你不客气。"

八殿下满面微笑地回击："七皇兄是不是误会了什么？我只是刚好遇到这位姑娘被人追杀，才好心对她出手相救……"

萧倾尘冷哼："是好心还是歹意？大家都是聪明人，你我心知肚明。"

八殿下不甘示弱："可是我看这位姑娘，好像并不太情愿跟你在一起的样子。"

"这是我的事，与你无关，你最好有多远滚多远，别再让我抓到你心怀不轨的小把柄。"

说完，萧倾尘粗暴地抓起洛千凰的手臂，头也不回地将她带回了云清宫。

一进宫门，他便喝退两旁侍女，恶狠狠地将酿下这场弥天大祸的洛千凰推到了椅子上，并居高临下地呵斥："你究竟还要闹到什么时候？"

洛千凰被推了一个趔趄，差点儿摔倒在地，待她好不容易稳住心神，才起身叫嚷："我都还没有找你算账，你凭什么对我推推搡搡？萧倾尘，你给我说实话，你费尽心机把我抓来北漠，喜欢我是假，想要利用我达到某种目的才是真吧？亏我之前还差点儿相信了你伪装出来的情圣嘴脸，现在终于暴露了？"

萧倾尘眯眼瞪她，也不多言。

洛千凰用力推了他的肩膀一下："要么放我离开，要么说出实情！"

萧倾尘一把扯住她推搡自己的手腕，一字一句道："你说得没错，我处心积虑设下这个局将你掳到北漠，的确是另有目的。不过，你并不能否认，我对你是认真的。如果我不喜欢你，就算再大的利益在我面前吊着我，我也不会乖乖就范，非要将一个自己完全不喜欢的姑娘娶到身边当妻子。洛千凰，你可以怀疑我的人品，也可以辱骂我的卑鄙，但我对你的感情，是早在咱们相识之初就已经定下的。"

洛千凰挥开他的掌控，气极败坏道："我不管你喜欢我是真是假，我只想知道你抓我来的目的究竟是什么！"

见事情已经隐瞒不住，萧倾尘干脆开门见山地对她道："只有将你娶进家门，成为我名正言顺的妻子，我才可以顺理成章地继承北漠大统，成为北漠的下一任帝王。"

洛千凰紧皱眉头，不解地问："你这话到底是什么意思？当初黑阙与北漠在签署协议的时候已经明确提出，下一任帝王由你来当，为什么现在又有这么一个奇怪的附加条件？我是黑阙的子民，和你们北漠又有什么关系？"

萧倾尘苦笑一声："你以为皇位是这么好继承的？父皇今年才五十出头，无病无灾，身体健康，等他驾崩我再继位，还要再等个二三十年。可是当初为了安抚黑阙朝廷，父皇不得不做出退让，答应黑阙，让拥有一半黑阙血统的我来继承他的皇位。黑阙退兵之后，他就露出真实的嘴脸，誓死不提退位之事。甚至在明知道你和黑阙皇帝是什么关系的情况下，还给我出了一个天大的难题。他说，只要我有办法娶你进门，他便会在我大婚之后立刻退位。"

听到这话，洛千凰已经彻底傻了眼："他为什么要这么做？"

萧倾尘哼道："当然是为了难为我。他料定我根本没有能力娶你为妻，因为很多人都知道，不久之后，你很有可能会成为黑阙的皇后。一旦我做出强抢人妻之事，势必会再次挑起两国的争端。"

洛千凰一屁股坐回椅子，想了想，又问："既然你有能力将北漠发展得更好，你父亲为什么要用这么刁钻刻薄的方式来为难于你？他好歹是你的亲生父亲，总不至于将你活活逼死吧？"

萧倾尘冷下俊脸，自嘲道："因为自始至终，他从来都没想过将皇位传给我。不管当年他用什么甜言蜜语欺骗过我的母亲，到头来，他心底都十分介意我身体里流的那一半黑阙血液。在他看来，我是他所有儿子之中，血统最不值钱的那一个。"

洛千凰愤愤不平："你父皇简直太过分了，有一半黑阙血统又怎么样？只要能把江山大业发展妥当，让老百姓过上衣食无忧的生活，这样的帝王，哪怕没有皇室血统，我觉得也是天下人所期待的最佳人选。"

萧倾尘笑了笑："如果人人都像你一样天真单纯，这个世界也就不会有那么多钩心斗角和尔虞我诈了。"

顿了顿，他又对洛千凰道："既然你我之间已经将话说开，我也就实话跟你说了，无论如何，这个皇位我必须争到手，不然，我的下场就只有一个，那就是死！"

洛千凰挑了挑眉："所以呢？"

萧倾尘语气坚定："所以，不管你现在到底是爱我还是不爱我，都要嫁我为妻，成为我登上皇位的助力。"

洛千凰抗议："凭什么我要成为你踏上皇位的牺牲品？"

萧倾尘看她一眼："你现在不喜欢我，不代表以后也不喜欢我，何况现在的你已经没有退路了。按照时间来推算，再过几天，你的朝阳哥哥就会跟顶替你的冒牌货成亲。他马上要与另一个女人展开新生活，你又何必非要跟一个连你是谁都分不清楚的男人继续周旋下去？"

这些无情之言，再一次勾起洛千凰心底的难过，想到清晨醒来之前时做的那个梦，她忽然觉得自己的人生再一次被支离破碎所取代，泪水也不受控制地流了下来。

看出她眼底的伤心，萧倾尘退而求其次道："千凰，你现在无法接受我对你的感情我不计较，但我希望你能给彼此一个机会。不如这样，只要你答应嫁我为妻，我可以保证在你真正接受我之前，绝不碰你一根头发。也就是说，我们可以假成亲，对外演一场戏。如果在我登上皇位之后，你还是不想与我生活在一起，一年之后，我会放你离开，还你自由。"

洛千凰止住泪水，不太确定地问："演戏？"

萧倾尘点头："对，一场演给外人看的戏。演戏期间，我会尊重你的一切决定，并保证绝不会做伤害你的事情。期限是一年，到期之后，你如果想留在我身边，我会让你成为北漠最尊贵的女人，并保证不会再娶其他女子成为我萧倾尘的妃子。一年之后如果你仍旧接受不了我，我会亲自送你回黑阙，当着你亲人和朋友的面，解释你不告而别的苦衷。"

对洛千凰来说，这或许是她在别无选择之下，不得不选的最好的出路。

她神色复杂地看了他一眼，说道："你给我几天时间考虑看看。"

萧倾尘露出笑容，在她肩膀上轻轻拍了一下："好，我会等你给我一个满意的答案！"

萧倾尘的提议，让洛千凰陷入了犹豫和思考之中。

虽然能够回到黑阙与父母团聚是她一直以来期待的梦想和奢望，但她必须付出的代价却是与萧倾尘保持一年的夫妻名分。

即使他们之间的关系在这一年里有名无实，可传扬出去，难免会给她的名声带来不小的伤害。

她对萧倾尘这个人不敢说有十足十的了解，几次交手下来，也渐渐看清他在处事方面的不择手段。

看得出来，他对皇位志在必得，不然也不会冒着与黑阙再次为敌的危险，花费心机将她从黑阙给拐到北漠。

接受他的提议，就要赔上她的清白和名誉。

如若不然，她就只能被他关在这座如牢笼般的北漠皇宫，永远也不可能等到出头之日。

抱着阿布坐在御花园中乘凉想心事的洛千凰，对最近发生在她身上的一连串变故烦不胜烦。

她现在唯一从萧倾尘那里为自己争取到的利益，就是他答应自己，不会再把她当成囚犯一样每天派人寸步不离地监视左右，不然，她真是连在御花园赏花的心情都没有。

"唉……"

想到这里，她长长叹了口气，伸出手指，在阿布的小脑袋上轻轻揉搓了几下。

睡得正香的阿布撒娇般在她怀中打了个滚，还亲昵地用它的小脑袋在她手臂上轻轻磨蹭了几下。

洛千凰的心一下子就软了下来，在阿布柔软雪白的毛皮上亲了一口，嗔怪道："虽然你乖巧又可爱，但你的主人却是一个乌龟王八蛋。如果不是他一意孤行，我又何必面临这样的局面？阿布，你说说，天底下哪有像他这么缺德的男人？自己争抢不到皇位，就将歪主意打到我的头上，他是不是很过分？很可恶？很该死？"

阿布在她怀里吱吱叫了几声，也不知道它到底想表达什么。

洛千凰不轻不重地在它头上拍了两下，好笑又好气道："指望你回答我的问题，我想我一定是疯了。而且，你从小在他身边长大，就算他真的做了很多对不起我的事情，你心里头肯定也是向着他的，怎么可能会替我说话？哼！说不定你和你主子，就是狼狈为奸，一丘之貉！"

"吱吱——"

不知阿布是不是听懂了她的话，很不高兴地在她怀中抗议了两声。

洛千凰被阿布那一脸委屈的小样子逗得抿唇一笑，正要开口再说些什么，阿布忽然纵身一跃，从她怀中跳了出去，小身子一晃，便朝着前方跑了过去。

洛千凰有些不知所措，急忙起身追了过去，边追边喊："阿布，好端端的，你这是要去什么地方？我刚刚只是跟你开个玩笑，你不会这么小心眼儿，生我气了吧？喂，停下来，快别跑了，你跑丢了，我怎么向你主人交代……"

若是往常，阿布定会停下脚步，重新跳回洛千凰的怀里。

可此时此刻，它就像是受到了某种未知的吸引，不顾身后人的追赶和呼唤，一个劲儿地向着前方奔跑。

好在洛千凰还懂得一些轻功，即使阿布跑得飞快，她也没被落下太远的距离。

追着追着，洛千凰渐渐发现有些不太对劲，因为阿布奔跑的这条路她似曾来过。

当一块写有"冷霄殿"三个字的木牌子出现在视线里时，洛千凰心底大惊，急忙加快了脚步，提高嗓音道："阿布，给我停下，不准再向前面跑了，那里是皇家禁地，咱们进不得！"

阿布哪里肯理会她的叫嚷，小身子一跃，飞也似的蹿进了冷霄殿的禁地。

这下，洛千凰是彻底傻眼了，眼看阿布的身影越来越远，她一边担心阿布的安危，一边又害怕独闯皇宫禁地会给自己招来麻烦。

两难决择之下，她还是义无反顾地尾随阿布的脚步追了过去。

宫规是死的，阿布是活的，万一阿布在误入禁地的时候出了意外，她的良心一辈子都会过意不去。

上一次误闯禁地，她只是草草在禁地外围观望了几眼，除了杂草丛生之外，她对这个地方唯一的感觉就是肃静偏僻到连一丝人气都没有。

在阿布的引领下，她穿过一条布满荆棘的小路，渐渐地，一座破败而又年久失修的宫殿映入她的眼帘。

只见院门正上方挂着一块漆黑色的牌匾，上面写着三个金色的大字——冷霄殿。

许是太久没人打理，整座宫殿被高高的野草所包围。

放眼望去，尽是一片萧条孤寂，就连那两道落了锁的大门也因为年久失修，而呈现出一幅像是鬼宅的可怕画面。

阿布身材矮小，动作灵敏，三下两下，便顺着门缝挤了进去。

洛千凰又急又气，为了尽快追上阿布的脚步，只能咬咬牙，不顾宫规森严，纵身一跃，从高高的院墙上翻了过去。

到了院内才发现这里别有洞天，偌大而空旷的院子连一个人影都找不到，整个院子从里到外几乎全是半人高的野草。

直到这一刻，洛千凰才搞明白阿布之所以会对这皇宫禁地情有独钟，是因为不远处的墙角下长了一片红色的野生小果子，果实约有成年人拇指大小，前圆后尖，呈大红色。

很久以前，洛千凰曾在燕归山上看到过类似的小红果子，经常在山里行走的人给这种果子取了一个很吉利的名字，叫幸福果。

这种小果子虽然样子长得好看，却并不怎么被人们所喜爱，因为果肉又酸又涩，口感很差。

不过，人类不喜欢吃的东西，不代表动物也不喜欢。

阿布溜进冷霄殿，就直奔小果子的方向扑了过去，吃得那叫一个畅快淋漓。

洛千凰被阿布这种贪吃的行为气得哭笑不得，连忙上前，一把将阿布抱回了怀中，小声抱怨道："你这个坏蛋可真是把我害惨了，这种地方是咱们可以随便乱闯的吗？万一被人抓到把柄，就算有你主子给你撑腰，到头来你这条小命保不齐也要交待进去。趁人还没有发现咱们的行踪，赶紧跟我走。"

说着，她不顾阿布嘴馋的模样，抱着它就要往外走。

这时，空旷无人的冷霄殿内，忽然传来一道女人的哀泣声。

那声音又悲又惨，就像野兽的嘶鸣，夹杂着凄厉与绝望。

洛千凰被这恐怖的哭声给吓得脚下一抖，险些没出息地一头摔倒在地。

不能够吧？现在可是青天白日之下，头顶的阳光那么明媚，这冷霄殿怎么可能会闹鬼？

等等！

她忽然缓过神，猛地想起，这冷霄殿虽然位置偏僻，年久失修，却并不代表这里目前没人居住。

萧倾尘说，这里好像关着一个犯了错的妃子，那么刚刚的哭泣声，有没有可能是那个妃子发出来的？

很害怕惹上麻烦的洛千凰不想多管别人的闲事，她抱着阿布继续向门口的方向走，结果从屋子里传来的哭泣声越来越明显，越来越悲伤。

紧接着，她听到一个气若游丝的声音在极力高喊："杀了我，求求你，杀了我……"

不是幻觉，真的有人在说话，洛千凰被那苦苦的哀求声激出了几分同情之意。

本不想多管闲事的她，咬了咬牙，下了很大决心又折了回去。

她倒是想看看，这个被当成皇宫禁地的地方，究竟关着什么人？

第六十二章 急上位迫在眉睫

当她用力推开两扇紧闭的大门，一股恶臭和霉味扑鼻而来。

接着，她看到一张残破不堪的木板床上，躺着一个披头散发、没有手臂、下肢空空的中年女人。

从女人的面部五官来观察，已经看不出具体模样。

她整个人瘦成了一副皮包骨的样子，就像一具还喘着气的干尸，样子十分可怕，更可怕的是，她的四肢好像在酷刑的折磨下被强行砍断。

除了满屋子的恶臭和这个瘫在木板床上的残废女人之外，洛千凰还在屋子里看到了一张陌生的面孔。

这是一个十五六岁的漂亮姑娘，身材高挑，容貌绝美。不不，用"容貌绝美"这四个字已经不足以形容出这个姑娘的特点，有生以来，洛千凰还是第一次看到世界上竟然有长得这么好看的人，就连以美貌著称的黑阙太后凤九卿，跟这位姑娘的容貌相比，恐怕也要略差一些。

这姑娘的穿着打扮非常特别，干净利落，加上她那傲人的身高和不同寻常的冷傲气质，使她整个人看上去就像一枝傲立在冰雪中的红梅，浑身上下散发着生人勿近的气息。

面对洛千凰的闯入，那姑娘只是邪气地挑了挑眉，然后，在洛千凰极度不可思议的目光中，手起刀落，一刀结束了残废女人的性命。

"啊——"

第一次看到这么真实的杀人场面，洛千凰整个人都被吓得花容失色。

漂亮姑娘冷冷向她瞥来警告的一眼，用毫无感情的声音道："与其没有尊严地活着，不如死掉，重新投胎！"

好不容易稳住心神的洛千凰大胆地向前走了几步，她试探地在残废女人的脉搏上摸了摸，哑着声音道："她……她已经死了！"

漂亮姑娘动作利落地将短刀收回刀鞘，嘴边勾出一个好看到让人脸红心跳的笑容："我只是来帮她得偿所愿。"

洛千凰紧紧抱着怀中的阿布，问道："你是谁？"

漂亮姑娘冲她挑了挑眉："你又是谁？"

虽然漂亮姑娘说话的语气有点儿嚣张，洛千凰却发现自己对这个姑娘讨厌不起来，她刚要说出自己的身份，就听冷霄殿外传来一阵凌乱的脚步声。

两个姑娘同时向彼此对望了一眼，洛千凰急忙对她道："这里是皇宫禁地，咱们误闯进来，定是引起宫中侍卫的注意。你刚刚还动手杀了人，被他们抓到之后绝对饶不了你，此处不能久留，你赶紧跑。"

漂亮姑娘大概没想到她会说出这样一番话，不由得反问一句："我跑了，你怎么办？"

洛千凰神秘一笑："对某些人来说我还有一点儿利用价值，所以就算我误闯禁地坏了宫中的规矩，某个人为了达到目的，也会不计代价地保我性命。"

漂亮姑娘饶有兴味地挑了挑眉："咱俩素不相识，你为什么要帮我？"

洛千凰发自内心地说："因为你长得太好看，我实在舍不得你这样一个漂亮姑娘年纪轻轻就香消玉殒，快别问这么多了，你快点儿走吧……"

她的回答，换来漂亮姑娘一阵银铃般好听的笑声，临走前，她投给洛千凰一个善意的笑容："我今天欠你一个人情，来日有机会，我定会奉还。"

说完，那姑娘向后窗口的方向纵身一跃，眨眼之间便不见了踪影。

与此同时，发现冷霄殿闯进不速之客的侍卫也在这个时候破门而入，将抱着阿布的洛千凰给团团包围了起来。

洛千凰本来以为，有萧倾尘这个满腹谋略的七殿下给她撑腰，便可以像上次一样大事化小、小事化了，最后以不了了之收场。

让她没想到的是，她这次误闯禁地的动静搞得实在太大，而且冷霄殿现在还闹出了人命案，此事惊动了北漠皇帝，她也顺理成章地被当成杀人凶手，被扭送到了北漠皇帝的面前。

这还是洛千凰第一次有幸见到萧倾尘的父皇，皇帝看上去五十多岁的年纪，人高马大，满面威严。

看得出来，这位北漠帝王在年轻的时候也是一位风云人物，只不过现在上了年纪，使他整个人看上去憔悴不堪，满面疲惫，仿佛比实际年龄还要老上许多。

没等老皇帝对擅闯禁地的洛千凰提出任何质问，得知她身陷险境的萧倾尘便在第一时间英雄救美。

"父皇息怒，不管发生在冷霄殿的那起谋杀案与她有没有关系，您都不能以任何理由惩罚她的过失。因为她就是儿臣之前向您提过的，即将要娶进家门的千凰郡主，洛千凰！"

萧倾尘突然说出口的这个消息，着实把老皇帝给吓了一跳。

他上上下下在洛千凰身上打量了几眼，蹙紧眉头道："你就是那个传说中打败我北漠数十万大军的兽神首领，千凰郡主？"

洛千凰不是傻瓜，一眼就看出老皇帝在问出这个问题的时候，语气中夹杂着满满的愤恨和不满。

她下意识地向后退了几步，转而一想，一旦她在北漠皇帝面前流露出半分畏惧，等于是代表整个黑阙朝向北漠战败国露了怯。

于是，她骄傲地挺起小胸脯，故作无畏道："没错，我就是黑阙朝的千凰郡主，能够以这种方式拜见北漠皇帝，真是幸会了。"

她的桀骜不驯，让老皇帝的脸色更加难看了几分。

老皇帝没有针对她的身份再继续做文章，只是沉着脸说："你可知道，冷霄殿是我北漠皇廷任何人都不可以触犯的一块禁地。而你，不但擅闯禁地，甚至还犯下恶行，将关押在冷霄殿中的后宫罪人谋杀至死。就算你是老七即将要娶进门的王妃，法理面前，也难逃过错。"

萧倾尘刚要开口，洛千凰就为自己辩解道："有一件事，我想皇上您可能是误会了，我承认误闯禁地的确是我考虑不周，不过当时的情况比较特殊，擅闯那里，也是不得已之举。至于冷宫里的那起命案，真正的凶手并不是我。我出现在那里的时候，那个女人已经死了。还没等我搞清情况，负责抓捕的宫廷侍卫就把我抓来了这里。"

老皇帝冷笑："你以为你拒不承认，就可以逃脱制裁？"

洛千凰反唇相讥："自古以来，杀人害命总要有个适当的理由。我与冷霄殿那位受害者往日无冤近日无仇，皇上不能仅凭我误闯那里出现在事发地点，就将我认定为杀人凶手，受您盘问。我可以很肯定地说，今天所发生的一切事情都是冥冥之中注定的巧合。如果皇上因为我曾号令百兽大军代表黑阙攻打过北漠而对我生了必杀之意，我劝您最好还是三思而后行。我死了或许并没什么，但我死后将会给北漠带来怎样的灾难，以皇上的聪明程度，应该不会猜不出来。"

老皇帝万万没想到她会如此大胆，连这种威胁之言都说得出口："你可真是好大的胆子。"

洛千凰微微一笑："我胆子是大是小并不重要，重要的是，皇上切不可为了一时怒意，便伤了黑阙与北漠好不容易建立起来的情分。"

虽然她心底对自己即将面临的命运担忧个半死，但想到现在的她已经没有任何退路，她必须打起十二万分精神，和北漠这位老皇帝对抗到底。

萧倾尘自然不会眼睁睁看着好不容易拐到手的洛千凰陷入危险之中，他拱手恳求："儿臣相信千凰刚刚所言，她与冷霄殿的罪妃毫无瓜葛，完全没有理由为了谋杀对方而让她自己身陷险境。还望父皇能以大局为重，不要为了一个冷宫的罪人，便毁了儿臣和千凰之间的千里缘分。"

老皇帝没有理会萧倾尘的苦求，而是将质疑的目光移到洛千凰的脸上："你真的是黑阙那位传说中可以号令百兽的郡主？"

洛千凰强忍住翻他白眼的冲动，恭恭敬敬地点头："号令百兽不敢当，不过我确实是黑阙朝逍遥王之女，洛千凰！"

老皇帝轻哼一声："证明给朕看！"

洛千凰也没含糊，将食指放至唇边，轻轻吹了一记口哨，很快，就见偌大御书房的四周角落里，不知何时竟爬出十几二十条黑漆漆的毒蛇。

群蛇的出现，将在房里伺候的婢女、太监给吓得尖叫连连。

为了避免这些蛇惊了圣驾，在洛千凰的驱使下，这些蛇又顺着原路折了回去。

饶是北漠皇帝见多识广，甚至比这些年轻人还要多吃了几十年盐，当他亲眼看到洛千凰不费吹灰之力便召出十几二十条毒蛇，一下子就被这个令人震惊的场面给吓到了。

他一改之前不友善的态度，脸色稍稍缓和了一些，叹道："非亲眼所见，朕实在无法相信世间竟有如此奇人。"

洛千凰客气回道："雕虫小技而已，皇上不必为此感到诧异。"

至此，老皇帝总算是相信了她的身份，犹豫了片刻，他忍不住问："你与老七到底是什么关系？"

"父皇！"

萧倾尘不给洛千凰回答的机会，忙接口道："千凰到底还是个没嫁人的姑娘家，您问她这种羞人的问题，她怎么可能会好意思回答？既然她人已经来了北漠，与儿臣之间的关系自然是不言而喻。"

老皇帝莫测高深地看向洛千凰:"老七所言可是事实?"

虽然洛千凰心里仍不肯接受萧倾尘的提议,不过,眼下的情况已经容不得她做出过多的犹豫。

迫不得已的情况下,她只能轻轻点了点头,算是默认了萧倾尘的话。

老皇帝没再多言,只是佯装出和颜悦色的样子冲洛千凰笑笑:"既然是一场误会,倒是朕之前考虑不周,吓到千凰郡主了。老七,这件事你做得实在是不够妥当,黑阙朝赫赫有名的千凰郡主驾临我北漠皇宫,你怎么没有提前告知于朕,朕也好亲自带人前去迎接。"

萧倾尘急忙告罪:"是儿臣一时糊涂,欠缺考虑,请父皇恕罪。"

老皇帝没有理他,而是客气地对洛千凰道:"刚刚的事情吓到郡主了吧?朕先派人送你回去休息,待朕寻个合适的日子,再亲自为你举办一场接风盛宴。老七,你留下,朕有话要对你说。"

洛千凰直到踏出房门的时候仍有些不敢相信,擅闯冷霄殿并差点儿被当成杀人凶手的自己,竟然有惊无险地渡过了这一劫。

"听说你今天捅了一个天大的娄子。"

突如其来的声音,打断了洛千凰的思绪。

回头一看,就见永远都是一副笑模样的八殿下,神出鬼没一般出现在她的身后。

对于这个八殿下,洛千凰的心情一直都是十分复杂的。既感谢他之前的数次出手相救,又难免会对他的主动接近而产生怀疑和抗拒。

渐渐向她走过来的八殿下见她对自己露出防备之意,无奈地长叹了一口气:"好歹咱们也算是老熟人了吧?你每次见我,都把我当成坏人一样来防着,是不是七皇兄在你面前说了我什么坏话,才让你对我产生这么大的抗拒心?"

洛千凰没承认也没否认,只是客气地冲他点了点头:"一直忘了说,之前的事情,谢谢你的出手相帮。"

八殿下挑了挑眉:"只是谢谢而已?"

洛千凰反问:"你想要我如何回报?"

八殿下故作认真地想了想,嘴边依旧挂着温柔的笑意:"回报什么的就不必了,只是希望从今以后,你可不要像防贼一样防着我。我对你没有任何恶意,只是看你处境可怜,想出手帮帮你罢了。"

"处境可怜?"

"难道不是吗？"

八殿下向她耳边凑近了几分，低声道："你本是黑阙帝王未过门的妻子，却被七皇兄用不光明的手段拐来北漠。他这种做法，不但自私自利，还直接毁了本来属于你的幸福和婚姻。洛姑娘，我知道七皇兄在你面前从没说过我半句好话，但有一件事你必须明白，我是真心想要帮你，才会一次又一次冒着与七皇兄为敌的危险来接近你。如果你信我的话，我可以帮你离开北漠，回到真正属于你的地方去。"

洛千凰大惊："你能帮我回到黑阙？"

八殿下自负一笑："你若肯信我，又有何难？怎么样，要不要考虑看看？"

洛千凰没有答应也没有拒绝，只问了一句："你要什么？"

"无须你付出任何代价。"

"天底下没有白吃的午餐。"

八殿下笑得一脸温柔："我向来有一颗怜香惜玉之心。既然上天安排了你我之间有相识的缘分，我又岂能眼睁睁看着你的幸福就这么毁在七皇兄的手里？所以我帮你，可以不计任何回报，你应该相信我的人品。"

洛千凰犹豫了一下，对他道："容我考虑看看。"

八殿下自来熟地拍拍她的肩膀，用蛊惑人心的声音在她耳边道："等你想通了，可以随时来我府上找我。"

离开御书房，萧倾尘没有在第一时间回到东宫太子殿，而是气不打一处来，直奔洛千凰所居住的云清宫。

一进门，便呵斥房中婢女，对正在喝茶的洛千凰道："你真行啊，惹了那么大的麻烦之后，居然还有心思坐在这里喝茶？"

早就猜到他会来找自己算账的洛千凰，丝毫没有被责问和刁难的畏惧，她慢条斯理地啜了口杯中的茶水，才掀起眼皮对兴师问罪的萧倾尘道："我惹什么麻烦了？凭什么不可以坐在这里喝我的茶？"

萧倾尘被她那一脸没事人的样子气得牙根直痒痒，音调也不受控制地拔高了几分："你明知道冷霄殿是皇家禁地，为什么还要一而再、再而三地闯到那个地方去给自己找麻烦？"

洛千凰放下手中的茶碗，扬着下巴与他对质："我又不是吃饱了撑的，没有原因的前提下，怎么可能会以身涉险，去那么恐怖的地方给自己找不痛快？当时阿布就像中了邪，拼命朝冷霄殿的方向跑，我担心它会出事，才没头没脑地追了过去。你有心情在这里责问我的不是，最好问一问阿布，它为什么会对冷霄殿的野果子情有独钟！"

萧倾尘被她的歪理给气得哭笑不得，见她小脸涨红，满面怒气，知道她心里肯定也是不好受，这才渐渐缓下语气，心平气和地解释："我之所以会发脾气，还不是关心你的人身安危？从你被安排住进云清宫到现在，我并没有告诉父皇你已经来了北漠。万一他不明真相，将你当成误闯禁地的杀人凶手，这件事可就真的说不清道不明了。"

洛千凰冷笑一声："你之所以一直没有对外公开我来北漠的消息，是担心我不肯配合你演这场戏，而让你失去继承皇位的资格吧？"

萧倾尘非但没有被人拆穿真相的窘迫感，反而振振有词道："正因为你的存在对我来说十分重要，我才必须想尽一切办法来保护你在北漠的人身安全。你信也好，不信也罢，现在的我和你，是拴在一条绳子上的蚂蚱，你不肯帮我演好这场戏，我就没办法顺理成章地登上皇位。同样，没有我对你尽心竭力的保护，你在北漠的人身安全也会受到致命的威胁。"

"既然北漠上下这么不欢迎我，你用这种方式把我绑来，就不怕有心之人趁你不备结果了我的性命？"

萧倾尘笑了笑："关于这点你尽可放心，只要咱们之间的婚约成立，北漠上上下下会非常高兴地接纳你这位可以号令天下百兽的兽神首领的。毕竟在大多数人眼里，利益和权势才是最重要的东西。就算父皇曾经对你颇有微词，想到你嫁过来之后会给北漠带来的影响，也不敢再轻易对你做出任何不利之举。"

洛千凰皱起眉头，反驳道："若你想利用我来对付黑阙，我劝你最好还是歇了这份心思。"

萧倾尘哭笑不得："你怎么会有这么奇怪的想法？先不说以北漠现在的财力和军力根本就没办法和黑阙抗衡，即便有那个能力，难道你忘了我还有一半黑阙的血统这件事吗？我可以不顾忌黑阙皇帝怎么来看我，却不会对一手将我抚养成材的外公的故土做出侵占和伤害之事。"

有了这样的保证，洛千凰总算是稍稍安心了几分。

萧倾尘倒是没有在这个问题上与她继续周旋，而是将话题转移到冷霄殿上面："千凰，你跟我说实话，冷霄殿里的那起命案，真的不是你亲手所为？"

洛千凰没好气地白了他一眼："我已经说了，每个杀人犯在杀人的时候都有作案动机。我与她无冤无仇，怎么可能会动手杀她？"

萧倾尘若有所思地看了她一眼："你心地一向仁慈善良，看到被砍断四肢而生活无法自理的丽贵妃变成那么狼狈又憔悴的模样，说不定会心生恻隐，亲手给她一个痛快……"

洛千凰诧异道："丽贵妃？你是说冷霄殿里的那个女人吗？"

萧倾尘只是默作不声地看着她，像是在等她给自己一个合理的答案。

洛千凰急忙辩解："她真的不是我杀的，送她上路的凶手另有其人。"

"是谁？"

洛千凰摇头："那个人是谁我不清楚，为何会出现在冷霄殿我也一无所知。当时我为了追寻阿布，稀里糊涂被它引进了冷霄殿禁地。本想抱着阿布立刻离开，忽听冷宫里传来一阵女人的哭泣声。我也是一时好奇心驱使，就想走进去瞧瞧。没想到一进门，就看到一个年纪比我还略小几岁的漂亮姑娘，手起刀落，当场就结束了那个女人的性命。"

"漂亮姑娘？"

萧倾尘眉头紧锁："你可知道她是什么来头？"

洛千凰白了他一眼："这话你可真是问错人了，这里是北漠，是你的地盘。连你都不知道那姑娘是什么来头，我就更不可能知道了。我本想和她多说几句，侍卫来得太过及时，我担心她会被人抓捕，就放她提前离开了。"

"为什么你不让侍卫将她抓住？只要她被抓捕归案，你就可以还自己一个清白。"

"虽然她杀了人，可看上去并不像是个奸佞之辈。再者说，那个女人当时的处境实在是太可怜了，就算那个漂亮姑娘不对她动手，我这个局外人也有些看不过去。"

"你就不怕擅作主张放走杀人犯之后，会让自己卷进这起是非之中？"

洛千凰戏谑地看了他一眼："有你在，我相信你会竭尽所能地让我全身而退的。"

萧倾尘被堵了个哑口无言，而后失笑道："至少可以证明一点，我在你心目中，还没坏到一无是处的地步。"

洛千凰强忍住挥他一拳的冲动，瞪着他道："你有什么好得意的？"

萧倾尘赶紧哄劝道："好好好，是我蹬鼻子上脸，不该拿这件事来开你玩笑。你能在这起事件中安全抽身，对我们来说都是不幸中的万幸。至于冷霄殿那起谋杀案，就交给我来处理，你只管留在云清宫负责吃喝玩乐就好。"

"等等……"

洛千凰见他要走，急忙说："你还没告诉我，冷霄殿里的那个女人到底是怎么回事？既然你知道她的身份是丽贵妃，就该清楚她当年到底犯了什么过错被砍断四肢，还被关进了冷宫。"

萧倾尘冲她摇了摇头："知道太多宫廷秘密对你并没有什么好处。"

洛千凰冷哼："我已经在你的迫害下被逼着卷进了这起是非之中，到了这个时候，你还想跟我藏心眼吗？"

萧倾尘只能折回脚步，重新坐回到她面前，语重心长道："不是我故意跟你藏心眼，而是冷霄殿的那位丽贵妃，在咱们北漠皇宫，确实是一个人人都不敢提及的禁忌。太多的隐情我知道得也不算详细，只多多少少听人提起过一些，这位丽贵妃当年是以贡品的身份被地方官员送进宫给父皇当妾侍的，你应该知道，老八的生母刘贵妃之所以会受宠这么多年，是因为她有一张得天独厚的漂亮脸蛋。我可以很负责地告诉你，以美貌著称的刘贵妃在丽贵妃面前，是完全不够看的。"

洛千凰倒吸了一口凉气："按你这么说，这丽贵妃岂不是更得皇帝的喜欢？"

"是啊，她刚进宫那会儿，父皇对她无比迷恋，甚至还不顾大臣的阻拦，直接将贵妃之位封给了她。让很多人都没想到的是，这位丽贵妃打从进宫那天起，就义正词严地对父皇说，进宫并非她真心所愿，她是被逼迫的。早在进宫之前，她已经心有所属，希望父皇能够法外开恩，放她离开。"

说到这里，萧倾尘哼笑了一声："不然怎么都说你们女人头发长见识短呢，作为男人，而且是一个手握天下重权的男人，绝对容忍不了这样的情况发生。好在父皇在得知这件事情之后虽然暴怒，念在丽贵妃倾城倾国、过于养眼的分儿上，没有立刻下令杀了她。他以为只要给丽贵妃至高无上的地位，穿戴不完的珠宝，时间久了，就能感化丽贵妃，并心甘情愿留在他身边做他的妃子。没想到这丽贵妃也是个性格刚烈的女人，不但处处与父皇作对，甚至还背着父皇与情夫互通私信，策划逃出皇宫。"

洛千凰大惊："这丽贵妃的胆子也太大了吧？"

萧倾尘点了点头："这件事被父皇知道之后，他处决了那个情夫，还在怒极之下，让人砍了丽贵妃的双手和双脚，狠心将她丢到冷霄殿，并吩咐太医院的御医无论如何保住她的性命，绝不能让她轻易死掉。父皇留她性命，并非对她还有余情，而是要用这种残忍的方式折磨得丽贵妃求生不能、求死不得！"

洛千凰愤愤："你父皇真是过分，竟然用这么残酷的手段对待一个根本就不喜欢他的姑娘，真可惜了这位丽贵妃，明明拥有一张倾国倾城的面孔，却要承受这种非人的残酷折磨……"

萧倾尘对这件事看得却是很淡，他勾了勾嘴唇："虽然父皇当年的决定的确是残忍了一些，但如果丽贵妃向他妥协，顺便再给他生下一儿半女，这北漠的江山，搞不好就与我彻底绝缘了。"

洛千凰瞪圆双眼："都这个时候了，你居然还关心你的皇位？"

"不然呢？"

萧倾尘挑了挑眉："父皇后宫的妃子不计其数，活下来且有名分的儿子，如今只剩下了我和老八。并不是说我其他兄弟生下来体弱，而是他们在生长的环境中注定要面临尔虞我诈，互相伤害。假如丽贵妃当年肯向父皇妥协，那么她给父皇生的儿子，必会成为北漠下一任帝王的人选。到那时，哪里还有我萧倾尘活命的机会？"

洛千凰的心情变得复杂了不少，忍不住问："假如有一天，被你喜欢上的姑娘不肯接受你的感情，你也会像你父皇一样，断了对方的羽翼，将她关在牢笼之中，直到有朝一日她自生自灭吗？"

萧倾尘无比深情地看了她一眼："如果那个姑娘是你的话，我会舍不得下这个毒手。"

"我能信你？"

"你必须信我，因为现在的你，已经无路可退！"

洛千凰不知该作何回答，只越发觉得自己目前的处境非常艰难，必须尽快寻找到解脱途径方能脱身。

"另外……"

就在她愣神儿的工夫，萧倾尘的声音又在她耳边响起："从今以后，你千万不要再随便闯进冷霄殿的地界。那里之所以会被称之为皇宫禁地，不单单是因为那里是囚禁弃妃的冷宫，同时，也是我北漠人人都不敢轻易踏足的死亡之地。"

洛千凰不明所以地抬起眼眸："什么意思？"

萧倾尘笑着拍了拍她的肩膀："不该你问的，最好不要问。总之，那里危险重重，你今后不要再去！"

洛千凰对冷霄殿那种地方还真是没什么踏足的兴趣，眼下摆在她面前的难题只有一个，就是如何才能找到合适的办法，尽快离开北漠这块是非之地。

几经思量之后，她想到了萧倾昱。

至少，那个总喜欢以神秘方式出现在她面前的八殿下曾有言在先，只要她肯开口向他提出请求，他就会想办法将她送回黑阙。

不管八殿下在说出这个提议的时候是不是另有打算，对她来说，都是在绝境之中唯一可以抓住的一根救命稻草。

这些日子，她仔细分析了一番自己目前所面临的局面。

偌大的北漠皇城，除了萧倾尘之外，她根本求救无门。

可是投靠萧倾尘的唯一出路，是必须付出沉重的代价。就算有朝一日回到黑阙，她不见得能再跟尔桀共续前缘，也不想稀里糊涂地为了活命而牺牲掉自己的终身幸福。

思来想去，洛千凰做了一个比较冒险的决定，她想找八殿下帮忙，尽早离开北漠这块是非之地。

这样的想法一经形成，心头立刻长了草，她恨不能马上离开云清宫，让八殿下想办法送她离开。

好在她还没有糊涂到露出马脚，不然被眉儿发现了端倪，汇报给她的主子，事情可就麻烦了。

经过一番盘算，她想到了一个非常好的出宫借口：以外出散心为由，让眉儿陪着她去外面逛逛。

自从萧倾尘与她达成了某种合作协议，便不再像从前那般处处限制她的自由。

想出宫散心不是不可以，但身边一定要有人陪着才行。

眉儿在请示了她的主子之后获得准许，于是，寻了个风和日丽的天气，洛千凰便在眉儿的陪同下大大方方地踏出了皇宫大门。

逛街游玩的途中，她尽量表现出一副乖巧柔顺的模样。

起初，眉儿还担心她耍什么手段，小半天逛下来，眉儿渐渐对她放松警惕，料准了她不会趁这个机会脱身逃跑，便放心地带着她穿梭于各种豪华店铺之中。

经过洛千凰一番打探，得知萧倾昱所居住的八王府就坐落在距北漠皇宫不远的地方，位置很显眼，不愁找不到。

至于如影随形一直跟在她身侧的眉儿，洛千凰也另有打算。

"洛姑娘，看到前面那幢四层高的门面没有？它叫天下第一楼，在咱们北漠皇城可是颇有名气的，好多贵妇小姐们都喜欢到天下第一楼挑选布料饰品。既然咱们出了宫，倒不如去那里逛上一逛……"

一旦放下心底的防备，眉儿也是真心想要带这位洛姑娘见识见识北漠的繁华。

看着眉儿一脸眉飞色舞的样子，洛千凰有些于心不忍，但为了能够尽快脱身，她还是狠下心，在眉儿对她卸下所有防备之时，将事先准备好的迷药对着眉儿撒了过去。

这迷药是她这几天趁人不注意的时候偷偷制作的，药效很强，一旦吸入瞬间就会失去意识，而且醒来之后，昏迷这段时间究竟发生过什么事，也不会在她脑海中留有任何印象。

眼看眉儿中药之后身体慢慢瘫软了下来，洛千凰一把拖住她的身体，将她扶进了一家医馆，并对着医馆的伙计道："快来人啊，我家婢女不知出了什么状况，之前还好端端的，可是刚刚竟毫无预兆地昏死了过去……"

很快，医馆的大夫便带着几个学徒向这边围了过来。

众人齐齐将昏过去的眉儿扶躺在专门医人的病床上，洛千凰则将趁机抽身，对大夫道："你们好好给我家婢女看看到底犯了什么病，我有事先出去一趟，一个时辰后回来接人。"

说完，她留下一锭银子，便匆匆出了门。

就算医馆的大夫医术再怎么高明，想要将中了迷药的眉儿从昏睡中叫醒，最少也要等上一个时辰，所以她并不担心眉儿会在这段时间拖她后腿。

摆脱了眉儿，下一步就是尽快赶去八王府找萧倾昱帮忙商议对策。

她本想让八王府的家丁进去通传，后来又想，万一八王府这边有萧倾尘布置的眼线，那她和萧倾昱之间的约定岂不是会暴露于光天化日之下？

思来想去，她最后想出一个两全其美的方法，施展轻功偷偷溜进八王府的后门，在不引起任何人注意的情况下，直接去找萧倾昱。

好在八王府的院墙并没有高到可望而不可即的地步，洛千凰纵身一跃，三步两步便爬上了墙头。

也不知是不是她运气太好，还没等她冒险去寻找萧倾昱究竟住在哪座院子，就看到萧倾昱刚巧出现在八王府的后花园内。

像往常一样，即使在自己的王府之中，萧倾昱依旧喜欢把自己打扮得光鲜耀眼，十足一个皇家子弟的模样。

虽然和萧倾尘相比，这萧倾昱在气势上略输了几分，可比起外表粗犷的三皇子萧霸天，萧倾昱简直可以用"天人下凡"来形容了。

此时，他正负着双手，慢悠悠地在八王府的后花园散着步，身后跟了一个类似心腹侍卫模样的年轻男子，两个人走走停停，时不时低声交谈几句。

洛千凰身处的地方比较隐蔽，所以直到那两个人渐渐向这边走了过来，也没有人发现她的身影。

她正琢磨着，要不要现在跳下去跟萧倾昱打个招呼，又担心贸然出现，会被他身边的侍卫当成刺客抓起来。

就在她犹豫着该用哪种方式和萧倾昱见面时，一个身穿水粉色婢女装的小丫鬟，端着茶杯茶碗，踩着轻巧的莲步，向萧倾昱的方向走了过去。

定睛一看，距萧倾昱和他的侍卫不远的地方，修了一座精致的凉亭，那婢女应该是得了主子的命令，才端着泡好的茶水送来给主子解渴。

本来所有的一切看上去都十分平常，结果下一刻，那端着茶杯茶碗的婢女不小心被什么东西绊了一下。

紧接着，托在手中的杯碗应声落地，里面的茶水洒了出来，溅到了萧倾昱的袍角上。

现场的气氛一下子就变得紧张起来，那婢女自知闯了祸，顾不得摔伤的膝盖，急三火四地从地上爬了起来，一头跪倒在萧倾昱的面前，"砰砰砰"一连磕了好几个响头，边磕边告饶："奴婢该死，奴婢该死……"

然后，让洛千凰不敢相信的一幕出现了。

就见每次遇到自己都会露出一脸温柔和善笑容的萧倾昱，竟一改常态，露出一副狰狞的表情，他抬起腿，对着闯祸婢女的肚子狠狠踢了下去。

这一脚他仿佛用尽了全力，那婢女被踢翻倒地，当场就吐了一口鲜血出来。

本以为踹了婢女一脚足可以让他泄愤，更让洛千凰震惊的事情接着又发生了，就听萧倾昱沉着嗓音怒道："拖下去，乱棍打死！"

可怜那婢女只是不小心被绊了一下摔倒而已，就落得这么一个悲惨又可怜的下场。

很快就有人将婢女压倒在地，负责行刑的家丁举起手腕粗的木棍，对着婢女狠狠地打了下去。

起初，那婢女还有力气哭诉求饶，几十棍下去，她的臀股之间已经被打得鲜血淋漓，人也没了气息。

从头到尾，萧倾昱就像在看一场与他毫无关系的大戏，从婢女挨打直到她被活活打死，他眼底渐渐被一种说不出来的兴奋和激动所感染。

这样的萧倾昱，看在洛千凰眼里，简直觉得可怕到了极点。

直到行刑的家丁小心翼翼地走过来，告诉他婢女已经被杖毙时，萧倾昱才弯了弯嘴角，毫不在意地冲家丁挥了挥手："拖下去埋了！"

婢女被拖下去的时候，后花园里干净的青石路上，留下了一摊殷红艳丽的血迹。

躲在暗处的洛千凰看得头皮一阵阵发麻，若非亲眼所见，她实在不敢相信，外表那么善良无害的萧倾昱，竟然有这么杀人不眨眼的可怕一面。

难怪萧倾尘总是警告她，最好离萧倾昱远一点儿。

之前她还觉得萧倾尘是在危言耸听，直到目睹刚刚那血淋淋的一幕，她是彻底打消了找萧倾昱帮忙的念头。

连一个不小心做错事的无辜婢女都容不下，她实在无法相信，这种心胸狭窄的男人，究竟有什么本事和理由帮自己逃出北漠，回到黑阙。

就在洛千凰想不着痕迹地全身而退时，肩膀忽然被人轻轻拍了一下。

她头皮一阵发麻，刚要惊呼，一只大手便在这个时候堵住了她的嘴巴。

下一瞬，她被人拦腰抱起，纵身从八王府的后院墙上跳了下来，身子向下落的时候，她还悲剧地想，完了，她扒人墙角的事情，该不会被人给发现了吧。

直到两个人安全落地，洛千凰才看清对方的样貌，正是被她心心念念想要逃离的萧倾尘。

他此时的脸色可以用"非常难看"来形容，嘴边勾出一抹冷笑："千凰，你不想解释一下，为什么会出现在老八的后院吗？"

萧倾尘的突然出现，着实把洛千凰给吓个不轻，她连连后退了几步，惊魂未定道："你……你怎么会在这里？"

萧倾尘面沉似水，语气森冷："这个问题我刚好也想问问你。"

"我……"

没想到事情会败露的洛千凰，实在无法想象，前一刻刚刚打消与萧倾昱合作的念头，下一刻，就被萧倾尘给逮了个正着。

见他摆出一脸兴师问罪的样子死盯着自己，她强迫自己一定不能在他面前露怯，于是色厉内荏地狡辩："你不是答应过我，不会过问我出门的行踪，现在又是怎么回事？"

萧倾尘并没有将她的质问放在眼里，他用十分失望的语气道："你在消耗我对你最后那一点儿信任。"

听到这话，洛千凰顿时火了："信任？你和我也配谈什么信任？对，我承认我偷偷来找八殿下，是想求他帮我离开北漠。可我这么做又有什么错？我本来就不属于这该死的地方，更不想为了成就你的江山大业而牺牲掉我的人生。在你用卑劣的方式抓我来之前，你可曾问过我的想法？我的人生已经被你毁得一败涂地，你居然还好意思和我谈什么信任？"

萧倾尘眼眸一冷，语气也变得冰寒起来："所以你是想说，之前答应我的合作，就此失效了？"

洛千凰容色镇定地看着他，一字一顿道："我不想嫁给你，就算是演戏也不行！"

萧倾尘哼道："现在已经由不得你答应或是不答应了！为了试探你我之间婚姻的真实性，父皇拟下圣旨，向整个北漠诏告我们的婚期。这也就意味着，你和我已经没有退路。就算是含着泪，你也得陪我将这场戏继续演下去。"

洛千凰倒吸一口凉气："怎么会这样？你不是答应过我，会给我考虑的时间吗？"

萧倾尘面无表情道："这件事你怪不得我，要怪，就怪你多管闲事，误闯皇宫禁地，引起父皇对你的注意。我早就告诉过你，我并不是父皇心目中最理想的皇位继承人，为了将我逼至绝境，他会想出一万种方法来阻止我上位。而他之所以这么急着向北漠上下诏告我们的婚事，只是想亲眼验证，你到底是不是真心想要嫁给我。但凡你流露出一丝不情愿，父皇就可以借这个机会将我置于死地。一旦我死了，你以为你能独活？就算有朝一日黑阙带兵来追究北漠的罪责，他也会趁机将所有的罪名全部推到我的身上。所以现在摆在你面前的只有一条路，就是和我演好这场戏。我说过，待我坐上皇位那天，自会放你离开，还你自由，希望你不要让我再对你失望第二次！"

那天，洛千凰是被萧倾尘强行塞进轿子里送回了云清宫的。

至于"失职"的眉儿，萧倾尘法外开恩，并没有治她的罪。

不过经此一事，眉儿再一次对洛千凰防备了起来，总担心她再起事端，闹着要离开北漠皇宫。

第六十三章
访北漠真相大白

有了这次不成功的逃跑经历，洛千凰只能偃旗息鼓，再想办法。

而事实却证明，萧倾尘并没有故意吓唬她。

就在她试图找萧倾昱帮忙策划逃跑未果的第三天，老皇帝用接待贵客的方式，专门为洛千凰准备了一场盛大而隆重的接风盛宴。

之所以会用"盛大而隆重"来形容，是因为前来参加这场宴席的，都是北漠有头有脸的达官贵人。

也就是说，不管洛千凰愿不愿意，她都必须以这种公开的方式，被迫曝光于众人面前。

除了老皇帝、萧倾尘以及身居高位的大臣们之外，八殿下萧倾昱自然也被列入了受邀名单之中。

众宾客在得知洛千凰的身份之后，无不对这位传说中的姑娘产生了浓厚的好奇心。

甚至还有厚脸皮的大臣当众询问："如果你就是那位赫赫有名的百兽之神，能不能当着诸位宾客的面让在场和各位长长见识？"

早在很久以前，洛千凰的大名就已经传遍了北漠上下每一个角落。如今总算见到真人，自然对她的能力和天赋抱有好奇或是怀疑之心。

这位大臣的提议，令萧倾尘面露些许不悦，他皮笑肉不笑地替洛千凰接口："既然父皇肯以上宾的身份招待千凰郡主，难道刘大人还怀疑郡主的真实身份不成？"

那大臣急忙解释："七王误会了，郡主的大名如雷贯耳，如今总算有幸见到真身，才会在情急之下提出这个不情之请……"

萧倾尘勾唇冷笑："你这个不情之请似乎有些强人所难，郡主是我北漠的贵客，可不是哪个戏班子随便找来的杂耍。你贸然当着众人的面提出这种非分之请，对郡主来说可是非常不尊重的。"

一直作壁上观的萧倾昱轻哼一声："七皇兄的反应是不是过于激烈了？刘大人只

是一时好奇心起，并没有对千凰郡主有半分怠慢。如果她真的身怀绝技，拥有逆天的本事，当众证明一下又有何惧？"

刚要反唇相讥的萧倾尘，忽听一道刺耳又熟悉的哨声在偌大的殿堂上响起，紧接着，众人就看到一只通体漆黑、身材硕大的老鹰，直奔着萧倾昱的头顶俯冲而来。

完全没有任何心理准备的萧倾昱被吓得大叫一声，再顾不得什么皇子的身份，一屁股摔倒在地。

老鹰示威般在萧倾昱的头顶来来回回绕了十几圈，旁边有不少胆子小的贵妇千金们也被吓得花容失色，哀叫连连。

直到萧倾昱被吓得差点儿屁滚尿流，洛千凰才对着老鹰吹了一记口哨，就见原本气势汹汹的老鹰将萧倾昱给吓了个半死之后，非常乖巧地飞到她的肩头上，俨然化身成为一只乖巧的小宠物。

直到这时，当众丢丑的萧倾昱才在两旁太监的搀扶下勉强起身，他一脸菜色地瞪向洛千凰，厉声喝道："你究竟是什么意思？难不成还想当众谋杀本殿下的性命吗？"

洛千凰不怒反笑道："八殿下这话说得可真是够诛心的，众目睽睽之下，我怎么可能会谋夺你的性命？难道不是你口口声声当着众人的面希望我展示一下自己的天赋吗？如今我已经如你所愿，你怎么还反咬一口，恶人先告状？"

自从那天她偷偷去八王府，看到萧倾昱为了一点儿芝麻绿豆大的小事而狠心夺走无辜婢女的性命，她对这个萧倾昱就彻彻底底厌恶了起来。

一个真正可以做大事的人，就算没有宽广的胸怀，也不该为了几滴被溅到袍角上的茶水而对底下的婢女大开杀戒。

想到那小婢女仅仅因为一时摔倒便丢掉性命，洛千凰一边痛惜她生不逢时，一边又厌恶萧倾昱草菅人命。

完全没想到她会变成这样的萧倾昱微微眯起双眼，他实在不能理解，之前几次相处下来，这个洛千凰明明已经对他卸下了防备。

为何转瞬之间，他竟从她的眼底看到那么明显的讥讽和嘲弄？

不过经此一闹，那些之前还怀疑洛千凰身份的大臣算是彻底开了眼界。

不愧是传闻中的百兽之神，她的能力和本事的确让北漠上下为之忌惮。

洛千凰也是见好就收，打发了肩膀上满脸凶相的老鹰，这才面带笑容地对老皇帝道："刚刚之事若不小心惊扰到圣驾，还请您恕罪，切莫与小女子一般计较。"

老皇帝面色复杂地看了洛千凰一眼，才出面解围道："郡主多虑了！朕与朝中诸位大臣能够亲眼见证你的天赋与能力，对朕来说，这是荣幸之事，怎么可能会怪罪郡主呢？来来来，今日贵客来此，大家应该举杯庆祝，朕代表整个北漠，先干了这一杯。"

说罢，老皇帝举起酒杯仰脖自饮，其他大臣见皇上给众人找了这么一个台阶下，自然也是有样学样，开始吃吃喝喝。

唯一气不过的只有当众出丑的萧倾昱，他不动声色地捏了捏手中的酒杯，面带戏谑地看向洛千凰："有一件事一直令我十分不解，既然你是黑阙身娇肉贵的千凰郡主，为何会神不知鬼不觉地出现在我北漠的地界？按常理来说，堂堂郡主出国拜访，身边至少要有使者侍卫跟随其后吧？"

这句话，不偏不倚，正好戳到了洛千凰心头最痛的地方。

萧倾尘岂会让洛千凰受到这样的质问，忙开口解释："郡主是以贵客的身份，被我亲自带到北漠来的。"

"哦？"萧倾昱饶有兴味地挑了挑眉，"郡主的家人可知道她现在的下落？"

萧倾尘冷笑："知道与否，似乎并不在你的关心范畴之内。"

"七皇兄这话说得可不对。若郡主是自愿而来怎么都好说。反之，背后所隐藏的问题可就十分严重了。"

萧倾尘也不恼怒，笑着看向众人："不瞒诸位，早在很久以前，我便与千凰郡主互生好感，私订终身。若有朝一日千凰郡主成为我的妻子，对北漠来说，难道不是国之荣耀？"

之前那个被萧倾尘挤对过的刘大人急忙点头，拍马屁道："是啊是啊，千凰郡主名震天下，一旦她与我北漠皇族结为秦晋之好，日后再有战事发生，必会令我北漠置于不败之地。"

听到这话，洛千凰眉头紧皱，不悦地反驳："不管到什么时候，我都不会为了利益做出任何伤害我黑阙之事。"

这话一出口，在场的众人脸色顿时变得微妙起来。

这么多年来，黑阙与北漠一直势不两立。

就算现在两国已经签署了和平协议，那也是因为战力不如黑阙强大而被迫向对方低头妥协。

现在洛千凰公然坐在北漠的宫殿里宣布绝不会与黑阙为敌，这等于直接扎了北漠众人的心窝子，实在是气之不过。

萧倾尘再次瞪向那个挑起事端的刘大人，冷声道："莫非刘大人觉得现在的日子过得太舒服了，想要继续挑起两国纷争，让天下百姓置身于战火之中而死不瞑目？"

这顶祸国殃民的帽子扣下来，着实把刘大人给吓得脸色惨白，忙不迭地跪倒在地求饶道："是臣酒液上脑，一时失言，若有说错之处，还请皇上和七殿下法外开恩，莫要责怪。"

老皇帝摆了摆手，并别有深意地看了洛千凰一眼："既然千凰郡主与老七情投意合，不久之后也会嫁给老七当妻子，在这种情况之下，郡主怎么可能会因为你一时失言而怪罪于你呢，是吧，郡主？"

老皇帝这句话，无疑将洛千凰再一次逼上了绝路。

面对众人频频投来的好奇目光，洛千凰真是点头也不是，摇头也不是。

好在萧倾尘反应机智，替她接口道："父皇，郡主还是一个没出阁的小姑娘，您当众问她这么令人害羞的话，她怎么可能会好意思承认呢？"

老皇帝岂会让萧倾尘三言两语给糊弄过去，咄咄逼人道："朕这么问，还不是想着你年纪已经不小，是时候娶妻生子，为我北漠延续血脉后代。既然你与千凰郡主两情相悦，不若寻个合适的时机，将你们的喜事给办了吧。"

洛千凰急得不行，刚要出言反抗，萧倾尘便朗声出口："儿臣多谢父皇成全，至于婚事，也会在不日之后即刻举行。"

接下来的宴会，洛千凰已经没有心情继续参加。

虽然早就知道今天这场宴会对她来说就是一场鸿门宴，但眼下她孤立无援，除了一门心思将她往火坑里推的萧倾尘之外，连一个求助对象都找不到。

好不容易盼到宴席结束，她终于可以卸下脸上伪装的笑容，迫不及待地想要逃离这人声鼎沸的是非之地。

"姓洛的，你给我站住！"

就在洛千凰离开宴席，在眉儿的陪同下准备回到目前所居住的云清宫时，就听身后忽然传来一道娇吼，回头一看，正是之前逛街时曾与她因为一只小白玉兔而发生过口角的丞相之女，陈香香。

想起当日与陈香香对峙的画面，洛千凰对这位陈小姐实在生不出半分好感，同时也很好奇她为何会出现在此处。

之前在参加宴会的时候，她并不曾在宾客之中看到陈香香的身影。

未等洛千凰搞清楚现状，就见陈香香一脸怒容地走近自己，气极败坏地问："你和七殿下到底是什么关系？"

　　陈香香此时的心情非常暴躁，前些天她随母亲出门探亲，听说宫中今天举行盛大的宫宴，她紧赶慢赶回到京城，结果还是不小心错过了这场宫宴。

　　没想到刚进宫门，就看到洛千凰这个讨厌的丫头。

　　不明所以的洛千凰被问得眉头一皱："我和他是什么关系，与你何干？"

　　这陈香香真是莫名其妙，不分青红皂白就跑过来找她麻烦。

　　没想到陈香香忽然一把揪住她的衣领，恶狠狠地发出威胁："我警告你，七殿下只能是我一个人的，你要是敢从中插上一脚，小心我让你脑袋搬家。"

　　眉儿赶紧上前制止："陈小姐，请您自重，洛姑娘在七殿下心中的地位非比寻常，您若不小心伤了她，七殿下那边怕是不好交代……"

　　"你给我滚！"

　　陈香香一巴掌抽向眉儿的脸颊，语气刁蛮道："一个贱婢，居然也敢来管本小姐的闲事，你是活得不耐烦了吧？"

　　这下，洛千凰彻底被气着了，她心里正因为之前宴会的事情窝了一把火，结果刚出门没多久，就被陈香香恶霸一样揪住领子兴师问罪。

　　眼看眉儿被一巴掌抽红了脸颊，她再顾不得什么淑女风范，使出浑身力气，一把将陈香香给推了个趔趄："宫闱重地，岂容你放肆撒野？再说你又是我的什么人，凭什么干涉我的人生和我的自由？陈小姐，之前发生在宫外的事情我已经懒得跟你去计较，你最好识趣一点儿，别再没完没了，来找我的不痛快。"

　　差点儿被推倒的陈香香顿时怒了，厉声道："你敢推我？"

　　洛千凰冷笑一声："你都敢抓我，我凭什么不敢推你？"

　　陈香香大吼："我爹可是当朝一品丞相。"

　　洛千凰继续冷笑："我爹还是黑阙的千岁爷呢！"

　　"你……"

　　眼看陈香香就要把持不住怒气飞扑过来，萧倾尘的出现，及时阻止了这场恶性事件的发生。

　　他直接将洛千凰掩护在自己身后，蹙着眉头对怒不可遏的陈香香道："别再让我发现你对我未来妻子有不敬之处，不然，我绝对不会再宽恕你的无理取闹。另外，也请你不要再将没用的心思放在我身上，不管是从前、现在，还是将来，我都不可能会

喜欢上你，你最好还是歇了心思，别再没完没了地对我纠缠不休。"

说完，他不给陈香香反应的机会，护着洛千凰转身走了。

陈香香被气得直跺脚，眼泪也不争气地流了下来。

其实按模样和身材来说，陈香香真称得上是一位非常漂亮的姑娘。她五官灵秀，身材婀娜，自幼又是含着金汤匙出生的天之骄女。

在北漠的贵女圈中，陈香香绝对称得上是首屈一指的极品贵女。加上她得天独厚的绝美容貌，不少大户人家的公子少爷争先恐后地想把她娶进家门当媳妇儿。

奈何陈香香在感情上是个死心眼，打从她第一次见到风度翩翩又俊逸非凡的萧倾尘，便对他暗许芳心，从此变得一发不可收。

没想到萧倾尘不但对她的一片痴心视若无睹，反而还在她爱得这么炽烈的情况下，将黑阙那个什么见鬼的千凰郡主带到了北漠。

越想越伤心，越想越难过，委屈万分的陈香香终于按捺不住心底的绝望痛哭失声。

"香香……"

就在她难掩内心哀泣之时，萧倾昱不知何时来到她的身边，柔声安慰道："别哭了，为了一个根本不在乎你的男人流眼泪，这不值得。"

萧倾昱的出现，总算让陈香香找到了发泄的途径，她声嘶力竭地对他道："那个姓洛的究竟哪里比我好？为什么七殿下放着我这个丞相之女不娶，偏要对一个外来的女人大献殷勤？就算她有召唤百兽的天赋又如何？在我看来，她就是一个怪物！怪物！"

萧倾昱好脾气地哄劝道："对对对，那个姓洛的就是一个怪物！所以香香，你千万不要为了一个怪物，而把自己的身子给气坏了。"

陈香香吸着鼻子哽咽："可我就是气不过啊……"

萧倾昱好言相劝："既然你心里不舒服，不若我陪你去外面散散心吧……"

按下萧倾昱哄劝陈香香不提，自从那次宫宴之后，黑阙的千凰郡主即将与北漠七殿下大婚的消息，已经在北漠上下蔓延开来。

不知老皇帝是无心还是故意，宴席的第二天，便派礼部大臣上门传旨，婚期已定，大婚的日子就定在下个月初六。

七殿下终于大婚，宫中所有负责这件事的内侍们开始为了七殿下的婚事忙碌起来。

而不得不处于挨打位置上的洛千凰，就算再怎么不情愿，以她一个人的能力，也无法阻止这一切的发生。

为了避免她中途反悔，萧倾尘无所不用其极地想要将这场婚礼搞得盛大无比，所以两个人大婚前夕，整个皇宫也为了这场婚宴而忙得不亦乐乎。

洛千凰当然知道萧倾尘这么做的真正目的并不是有多爱她，而是他必须在最短的时间内将她"娶"进家门，从而达到早日坐上皇位的目的。

至于老皇帝，他的目的就更加阴险了。

明知道她与黑阙之间关系匪浅，还任由萧倾尘用这么隆重的方式将原本属于黑阙帝王的女人抢到身边，摆明了是想利用这个机会将自己的亲生儿子逼上绝路。

对老皇帝来说，不管萧倾尘能不能娶到自己，他都可以从中获得最大的利益。

所以说，皇族真是没有亲情可言，明明是亲生父子，却还要这样相互算计，恨不能对方比自己早死一步。

洛千凰一边感慨皇家无情，一边又烦恼自己所面临的尴尬处境。

就在北漠皇宫为了七殿下的婚事而忙成一团时，一个令人震撼的消息忽然传到了洛千凰的耳朵里。

黑阙竟然在这个时候派出使臣，正式以两国友好洽谈为由，出使北漠了。

得知这个消息，洛千凰的心里真有说不出来的兴奋与激动。

黑阙派使臣出使北漠，这是不是意味着，他爹娘已经从冒牌货的身上发现什么端倪了？

另外，她也很想知道这次被黑阙派往北漠的使臣究竟是谁。

会是她爹吗？或者是连城？其他曾与她有过交集的大臣也可以。

只要那人认得她的容貌，一定可以借这个机会替她解围，带她逃离眼前的窘境。

黑阙使臣正式踏入北漠皇城这天，很多北漠的老百姓都争抢着出门来看热闹。

有眉儿这个眼线的监视，洛千凰没办法出宫，但这并不影响她偷偷跑到瞭望台一探究竟。

不愧是来自黑阙的热血儿郎，一个个身材挺拔，气势高傲，在北漠这个战败国面前，这批以使者团的身份踏入北漠皇城的队伍，简直将"耀武扬威"这四个字发挥到了极致。

洛千凰努力在人群中寻找熟悉的身影，不管是谁，只要是她认识的人，她一定会想办法与对方接头，然后再求对方想办法带她回到黑阙。

可找来找去，除了骑在最前面的那匹白色骏马上的面具男之外，其他随行队伍那一张张面孔，对她来说简直陌生到了极点。

等等!

她又仔细将目光在为首那个面具男身上打量了一番,就见那个人身穿一袭黑色的锦袍,脸上戴着一张银色的、只露出双眼的面具。

这张面具遮挡住了他的容貌,以至于无论洛千凰怎么观察,都猜不到面具后面那人的身份。

就在她探头探脑想要研究个彻底明白时,只见骑在马背上的面具男,忽然在这时候抬起头,向瞭望台这边看了一眼。

虽然洛千凰与使者团中间隔了好长一段距离,当面具男直直向这边望来的时候,她的心还是不受控制地狂跳了一下。

黑阙派使者出访北漠,作为北漠的君主,自然要代表整个北漠朝廷与黑阙御使进行接洽。

只是让老皇帝没想到的是,此次负责与他接洽的御使,竟然是一个头戴面具,看不出对方真正样貌的神秘人。

"不知这位御使大人如何称呼?"

即使老皇帝贵为北漠国君,作为战败国的君主,在强国使者面前也不敢流露出半分倨傲之态。

身材高大、气势凛然的面具男和自己的下属随从被盛情迎接进北漠皇宫之后,才拱手道出自己的名姓:"本御使姓秦,名越,秦越!今奉黑阙帝王之命出使北漠来拜见贵国国君。自从黑阙与北漠建交以来,我国国君一直希望两国之间能有更进一步的交流。虽说黑阙乃众国之首,但仍存在许多不足之处有待改进。当然,我国国君在处事方面一向公平公正,只要贵国肯在我国不足之处倾力相助,黑阙自然也会给予相应的回报,做到让所有人都皆大欢喜。"

一番话说得铿锵有力、不卑不亢,让人从他的话语中丝毫听不出任何错处的同时,还忍不住对眼前这个戴着银色面具的男子产生一种无法言喻的敬畏之心。

御使大人已经将话说得这么透彻敞亮,老皇帝自是连连点头,极力应承道:"能得黑阙如此看重,是我北漠上下所有臣民求之不来的福气。御使大人尽管放心,像这种促进两国文化交流之事,朕定当鼎力相助,决不怠慢。"

老皇帝和黑阙御使相互客套的工夫,北漠的其他大臣,包括萧倾尘在内的众人,都在暗中观察这位黑阙使者究竟是什么来头。

尤其是萧倾尘,从他第一眼看到这个神秘的面具男,就对他的身份产生了浓浓的好奇。

好歹他曾经也以楚昭然的身份在黑阙待过一段时日，不敢说对黑阙朝堂了若指掌，对于那些当权者的身份也知道个七七八八。

秦越？他怎么不记得黑阙朝堂上曾有这么一号人物出现过？

萧倾尘不动声色地打量面具男的同时，和老皇帝寒暄得差不多的面具男也在这时候将目光落到了萧倾尘的脸上。

"我要是没猜错，这位就是名震北漠的七殿下吧？"

萧倾尘眉头微挑，冲对方拱了拱手："御使大人果然眼力惊人，竟然能一语道出本王的身份，只是让本王比较好奇的是，本王当年曾与黑阙朝诸位大臣打过交道，为何不曾听黑阙国君提及过秦御使大名？"

面具男淡淡一笑："七殿下没有听过我的名字并不奇怪，毕竟我国天子身边能人居多，我只是其中一个而已。"

萧倾尘露出一个恍然大悟的表情："如此，倒是本王孤陋寡闻了！"

面具男并没有理会他的自谦，转而又看向老皇帝："据我所知，早在黑阙与北漠签署和平协议之时，贵国国君就曾有言在先，扶七殿下登上帝王之位。此次本御使奉皇上之命出使北漠，一来，是想借这个机会促近两国的文化交流。这二来……"

他故意拉长语调，若有所思地看了萧倾尘一眼，才接着说道："也想当面问问贵国国君，为何迟迟没有履行协议条件，另立新主？"

这样无礼又嚣张的一番话，在一国之君面前讲出来是非常不礼貌的。

但面具男却并没有因为自己的身份而改变说话的语调，作为黑阙御使，他此次出使北漠代表的是黑阙帝王及整个黑阙国。

面对北漠这个战败国的国君，他完全没有卑躬屈膝、做低伏小的必要。

就算在场听到这番话的那些大臣，觉得面具男在这样的场合说出这种话非常不合时宜，强国使者面前，他们也不敢表现出太明显的敌意和不快。

反倒是被质问的老皇帝丝毫没有矮人一头的窘迫，他笑容可掬道："御使大人有所不知，虽然黑阙与北漠在签署和平协议时曾有言在先，只要黑阙退兵，朕就会倾力扶持七皇儿上位。但按照我北漠历来的规矩，皇子必须在大婚之后才可以在上一任帝王没有驾崩之前提早上位，不然就是不忠不孝，乱了祖宗定下的规矩……"

说到这里，老皇帝又露出一脸欣慰的笑容："不过这个棘手的问题很快就可以得到解决，就在御使大人出使我北漠之前，老七的婚事已经被正式定了下来。说起这话，朕还要向秦御使道句'恭喜'，因为老七即将要迎娶的妻子，正是贵国赫赫有名的千凰郡主——洛千凰！"

当"洛千凰"这个名字被说出口时，老皇帝的眼角，还爬满了一个父亲在得知自己儿子终于有了婚姻归宿时该有的欣慰和欢喜。

见面具男自始至终一直顶着那张毫无表情的银色面具不动声色，老皇帝还火上浇油地问："秦御使贵为黑阙帝王身边的良将，应该对这位名震天下的千凰郡主并不陌生吧？"

没人知道面具后面那张脸上现在的表情究竟是喜还是怒，不过当老皇帝说出"洛千凰"这个名字的时候，周围的人非常明显地从这个面具男身上感受到一股仿佛来自地狱的冰冷和戾气。

许久之后，面具男才语调平缓地回道："既然连泱泱北漠都对千凰郡主的大名如雷贯耳，我黑阙上至朝廷，下至百姓，又怎么可能会不知道郡主其人？"

"哦？"

老皇帝冲他挑了挑眉："如此说来，千凰郡主与秦御使也算是熟人了？"

面具男不疾不徐地接口："我觉得用'熟人'两个字来形容有些不太恰当，应该说，我与千凰郡主都是黑阙子民，在国家利益面前，是不分亲疏远近的。"

如此模棱两可的回答，倒让老皇帝挑不出半点儿错处，不过为了印证自己心底的猜测，老皇帝还是在这个话题上继续与面具男周旋："虽然老七能够在万千人海之中与贵国的千凰郡主结为秦晋之好，但在此之前，朕仿佛听人提起过一些这位郡主殿下的一些往事。听说千凰郡主与贵国皇帝私交甚好，甚至还有人私下传闻，郡主居然是黑阙帝王择妻的不二人选……"

最后这句话，老皇帝故意说得很大声，然后，一边打量萧倾尘的反应，一边又饶有兴味地等着面具男的答案。

自始至终，萧倾尘一直眼观鼻、鼻观心，淡定从容，不焦不躁。

面具男亦是如此，除了不改之前的强势之外，面对老皇帝的这句询问，他淡然回道："皇上的私事，作为下属，是没有资格过多参与的。若贵国国君对我国天子的私生活甚感兴趣，等下次有机会来北漠拜访，定会将我国盛传的八卦事无巨细地转诉给贵国国君来听。"

老皇帝万万没想到，这面具男不开口则已，一开口能噎死人。

他三番五次想利用"洛千凰"这个名字来试探这位秦御使的反应，结果这姓秦的就是一个打太极的高手，无论他怎么刺激挤对，对方始终不肯接招，甚至还当着满朝文武的面，将他堂堂北漠国君视为一个爱打听别人闲事的八卦帝王。

老皇帝心底窝火，面上却不敢流露出半分不恭之色，只能干巴巴地笑了两声，顾左右而言他道："看来朕的确是老了，小辈们的事情，已经没有过多精力去干涉。既然老七与千凰郡主两情相悦，作为父亲，自是拍手赞成，为他们祝福。所以说秦御使选在这个时候出使北漠还真是赶了巧，正好可以多喝几杯喜酒来沾沾新人的喜气。"

面具男拱了拱手，简单回了两个字："一定！"

直到老皇帝将招待使臣的重任托付给萧倾尘全权处理，面具男及他带来的大批下属才在萧倾尘的安排下，住进了北漠朝廷专门用来招待贵客的龙庭小筑。

龙庭小筑距皇宫只有数步之遥，位于北漠都城最繁华的地段。

说是小筑，其实占地极广，整幢宅院被修建得极尽奢华，甚至比亲王府还要阔气讲究。

用这样的地方来招待黑阙使者团，足以证明北漠在两国建交方面还是极有诚意的。

所有的事情都安排得差不多了，萧倾尘才面带笑容道："为了迎接御使大人，本王安排了二十八个小厮和婢女，专门伺候御使大人平日里的起居饮食。若大人还有其他方面的要求，尽管差遣府中的管事为你去办。只要小王做得到的，一定竭尽所能，绝不会怠慢了御使大人。"

面具男负手而立，隔着一张银色面具，冷冷注视着萧倾尘的一言一行。

萧倾尘自说自话了半响，而面具男却连应都懒得来应自己一声。

他自觉无趣，便拱手道："若御使大人没有其他吩咐，本王就暂且告辞了。"

"七殿下……"

就在萧倾尘的脚步即将跨过门槛，准备离去时，面具男突然喊住他："既然这里只剩下你我二人，你不想趁机说些什么吗？"

萧倾尘顿下脚步，回头看了面具男一眼，皮笑肉不笑地反问："不知御使大人想说什么？"

"就说说你都做了哪些亏心事。"

"大人这话问得可真是让本王难以回答，亏心事？大人怎么会将这样莫名其妙的三个字冠到本王的头上？本王自问上对得起天，下对得起地，中间对得起父母亲人，并未做过任何伤天害理之事。倒是御使大人，你……"

话至此，萧倾尘戏谑地看了面具男一眼："既然此番出使北漠，代表的是黑阙的形象，头上戴着一张遮丑的面具又是何意？"

面具男冷笑一声："凭你的那点儿小聪明，早在我率领下属踏进北漠皇城的那一刻，早该猜到我的身份了吧？"

萧倾尘忽然笑了，直言道："你还真是沉不住气，刚进北漠，就迫不及待地揭穿自己的身份。你这样做，我都不知以后该称你为御使大人，还是该称你一声黑阙皇上了！"

"皇上"这两个字一说出口，面具男非常配合地摘下脸上的银色面具，赫然露出一张年轻英俊的面孔，正是黑阙的荣德帝——轩辕尔桀。

他将面具丢至旁边，一把揪住萧倾尘的衣领，疾言厉色道："洛洛现在身在何处？"

萧倾尘丝毫没有被威胁的恐惧，他任由对方揪扯着自己的衣领，神色自若道："你是以什么身份来质问我这个问题？是黑阙的帝王，还是伤了洛姑娘的那个负心汉？"

尔桀双眸微眯，语气森冷道："别再继续用你的自以为是来挑战我对你容忍的底线，我最后再问你一次，洛洛在哪儿？把她给我交出来！"

萧倾尘摇了摇头："你还是歇了这份心思吧，因为不日之后，她会与我共结连理，成为我名正言顺的妻子……"

砰！

没等萧倾尘把话说完，尔桀已经按捺不住心中的怒火，狠狠一拳挥向他的下巴。

以萧倾尘的反应速度，他本来可以躲过这一拳，可他非但没有躲，还硬生生挨了一下，很快嘴角处就破了口，溢出殷红的鲜血。

他揉了揉酸痛的下巴，继续摆出一脸气死人不偿命的笑容："你说，如果我顶着这样一张伤脸出现在她面前，然后告诉她，这一拳，是曾经那个有负于她感情的男人所赠送，她是会乖乖与你回黑阙，还是继续留在这里，嫁我为妻？"

轩辕尔桀冷冷看了他一眼，语气笃定道："既然我来了，你以为你们的婚事还会如你所愿顺利举行？萧倾尘，你问问你自己的良心，从当年你以段景珂的身份第一次出现在我身边的那刻起直到现在，我容忍了多少次你对我的欺骗和挑衅。看在你曾为我黑阙百姓抗洪的分儿上，我一次又一次原谅你的傲慢和无礼。可是这次，你已经碰到了我的逆鳞。你现在把完好无缺的洛洛交还给我，我还可以念在咱们曾有的旧交情的分儿上饶你一命，如若不然……"

尔桀在他耳边低声警告："我有的是办法将你碎尸万段，并亲手送你进无间地狱。"

"你不会！"

即使萧倾尘此时的处境非常狼狈，面对轩辕尔桀的厉声警告，他依然可以笑得淡定自若、云淡风轻。

"如果你真的想置我于死地，也不会以御使秦越的身份隐姓埋名，来访北漠。更不会在父皇当着满朝文武及你的面宣布我与洛姑娘有婚约的情况下，还能保持镇定，一言不发。"

"所以你才一厢情愿地以为我不会夺你性命？"

"我死了，对你有什么好处？"

尔桀一把将他推开，脸色难看道："你害得我差点儿失去洛洛，难道还天真地以为我会饶你不死？"

萧倾尘掸了掸自己的衣领，冷笑道："如果你和洛姑娘之间的感情坚不可摧，就凭我这点儿小伎俩，怎么可能会达成所愿，成功将她带到北漠？说到底，你就是一个连自己女人究竟是谁都搞不清楚的笨蛋，凭你们之间这完全不牢固的感情基础，我劝你还是放了洛姑娘，由我来接管她接下来的人生吧。"

这番话，着实把尔桀给气着了，再顾不得什么帝王身份，抬起长腿，毫不客气地向萧倾尘踹了过去。

好在偌大的客厅除了二人之外没有旁人在场，这让憋了好些天怨气的尔桀总算找到了发泄的途径。

于是，两个大男人你来我往，挥拳扫拳，各不相让地跟对方大干一场。

直到两个人身上多多少少都挂了一些彩，萧倾尘才捂着已经青肿的下巴出言抗议："喂，够了吧？打也给你打了，骂也给你骂了，你也给我差不多得了，别欺人太甚。"

萧倾尘不是傻瓜，自然知道轩辕尔桀选在这个时候出使北漠，定是查到了当初他使那场奸计的幕后真相。

虽然这是北漠的地界，凭他手中的权势，收拾轩辕尔桀这个落了单的黑阙帝王并不在话下。

但潜意识里，他却并不想与尔桀成为真正的敌人。

所以当对方气势汹汹对自己大打出手时，他虽极力应战，却也在处处忍让，甚至好几次还让对方得手，结结实实挨了对方好几拳。

打得很过瘾的尔桀一把将他按倒在地，语气阴森道："你是不是觉得只要我黑阙与你们北漠签署了和平协议，就不会再带兵入侵，剿平你们北漠这弹丸之地？"

被压在地上的萧倾尘不甘示弱地反讽道："你要是不想让洛姑娘背上祸国殃民这个千古骂名，尽管派兵来打，我北漠绝不示弱。"

按下轩辕尔桀和萧倾尘这两个人在龙庭小筑大打出手不提，被人监管在云清宫里的洛千凰却对出使北漠的那位黑阙使者生出了浓浓的好奇之心。

直到现在她都忘不了，那个骑在马背上的面具男抬头看向自己的时候，仿佛可以透过面具，看穿她整个灵魂。

"眉儿，你可听人提起过这次出使北漠的那位御使大人究竟是什么来头？"

迫于无奈，洛千凰只能求助眉儿来打探黑阙使者团的情况。

虽然她知道眉儿是萧倾尘安排在她身边的头号眼线，但偌大的云清宫，除了眉儿之外，她已经找不到第二个人来倾诉心中的烦恼。

好在眉儿虽奉了主子的命令监视她的一举一动，却并没有刻意向她隐瞒外面发生的事情。

她一边整理着手边的活计，一边笑着答道："洛姑娘这话可真是问错人了，奴婢生于北漠，长于北漠，对黑阙的情况了解甚少，怎么可能会知道此次出访北漠的黑阙使者究竟是什么来头？不过听御书房那边负责伺候茶水的宫女说，这位头戴面具的黑阙使者好像姓秦，名叫秦越，据说是黑阙皇帝身边一位备受器重的心腹……"

"秦越？"

洛千凰默默回味着这个名字，并努力在脑海中寻找关于此人的信息身份。

她怎么不记得皇上身边还有一位姓秦名越的心腹？

"洛姑娘，这位御使大人在你们黑阙到底是什么来头啊？不少内侍都在私下里盛传，说这位秦大人不但为人神秘，而且言行嚣张、气势跋扈。想来他在黑阙的地位应该非比寻常，不然也不敢在皇上及众位大臣面前如此高调。"

眉儿的疑问，倒真把洛千凰给问住了。

她连秦越这个名字都没听过，又怎么可能会对这号人物有所了解？

不过从眉儿提供的只言片语中她隐约察觉到，这位秦大人敢以这么高调的方式出现在北漠，足以证明他在黑阙的地位非比寻常。

摇了摇头，她老老实实对眉儿道："我也不知道这位秦大人究竟有什么背景，毕竟黑阙地大物博，人口众多。我自幼在江州城长大，也是近两年才被亲生父母认回身边，所以对京城那些身居要职的官员了解得不甚清楚。至于言行嚣张、气势跋扈，我想宫中那些内侍可能是对我黑阙使臣有所误会。我相信皇上肯派使臣出访，定是为了两国的长远利益来的。"

眉儿笑了笑："看来洛姑娘虽身处北漠，心底真正惦记的却是黑阙的安危。"

洛千凰并不觉得自己这么做有什么错，她言之凿凿道："我父母亲人都在黑阙，关心在意这也是人之常情。"

"可再过不久，你就要和七殿下举办成亲仪式。俗话说得好，未嫁从父，嫁人从夫，身为女子，一切利益当以夫家为主……"

洛千凰好笑又好气地打断眉儿的话："你怎么知道我一定要嫁给萧倾尘？"

眉儿挑眉："婚期都已经定下来了，正所谓君无戏言……"

"君是北漠的君，而不是我黑阙的君！"

"难道洛姑娘还想悔婚不成？"

洛千凰没有回答眉儿的话，而是在心底暗自盘算，她必须找个合适的时间和那位嚣张跋扈的秦大人会上一会。

就算对方不能将她带回黑阙，至少也要拜托他回到黑阙之后，帮自己传个口信给她远在黑阙的爹娘来解救自己。

夜深。

翻来覆去怎么也睡不着的洛千凰一直在床上烙饼，只要闭上眼，脑海中就会回放那个神秘的面具男骑在马背上，直直向自己这边望过来的那幅诡异的画面。

如今云清宫周围布满了萧倾尘安插在她身边的眼线，就算她成功逃脱那些眼线的监视，又要以什么样的理由去见那位御使大人？

万一顶替自己的那个冒牌货还没有被揭穿，他不肯相信自己的身份，会不会把她当成骗子而被他直接灭口？

就在洛千凰苦思冥想无数种见到黑阙使臣之后可能会发生的各种画面时，门口处忽然传来一阵怪异的响动。

她心里一惊，暗想，这个时间眉儿早就已经睡下了，门口处怎么可能会出现脚步声？

第六十四章 露真身破镜重圆

今夜外面阴天，在没有月光映衬的情况下，整个寝宫一片漆黑。

躺在床上的洛千凰只听那脚步声越来越近，当床边的两道帐帘被人掀起的那一刻，她腾地从床上坐了起来，张开嘴，就想高喊救命。

结果还没等她喊出声，嘴巴就被一只温暖又修长的大手给牢牢捂住，接着，耳边传来一道似曾熟悉的声音："洛洛别怕，是我。"

洛千凰强忍住心脏"怦怦"跳动的节奏，慢慢扒开他捂在自己嘴上的大手，试探地问："朝阳哥哥？"

随着"朝阳哥哥"几个字脱口而出，原本漆黑的房间里豁然大亮。定睛一看，出现在自己床边的高大男子，头上戴了一张银色的面具，正是之前她在瞭望台向下俯瞰时所看到的那个黑阙使者。面具男在燃亮房中的烛火之后，慢慢摘下脸上的银色面具，露出来的面孔，赫然就是被洛千凰朝思暮想的轩辕尔桀。

她又惊又惧，实在不敢相信，有朝一日竟然会在北漠的皇宫见到黑阙的皇帝。

像是看出她眼底的怀疑，尔桀一把拉住她的手，在自己脸上轻轻摸了几把，柔声道："洛洛你看，这张脸货真价实，并没有粘带任何人皮面具。"

洛千凰像摸到什么烫手山芋般迅速抽回自己的手，不太确定地问："你就是出使北漠的黑阙使者，秦越？"

尔桀用力点头："我没办法以黑阙帝王的身份出使北漠，只能改名换姓，戴上面具，以御使的身份带兵前往。洛洛，其实你仔细琢磨之后应该猜得到，每次微服出宫，我都会借用秦姓，为了避免秦朝阳这个名字引起知情人的怀疑，我在名字上做了一点儿小小的文章。朝阳如同清晨的日光，与日对应的是月，越与月同音。于是，我就临时取了秦越这个名字。"

他说得情真意切，洛千凰却听得直皱眉头。直到现在，她都无法相信，那个时不时出现在她梦里的男人，竟如此货真价实地坐在自己的面前。

见她仍沉浸在懵懂之中，轩辕尔桀满脸愧疚地抓起她的手，语带歉意道："洛洛，这些日子，真是让你受苦了。虽然我早就发现那个伪装成你的冒牌货有些不太对劲儿，可当时我真是被蒙蔽了双眼，明明你就活在我的眼皮子底下，我却没有在第一时间发现你的身份。要不是母后从一些蛛丝马迹上发现冒牌货的伪装，说不定我已经着了她的道，风风光光将那个冒牌货立为黑阙的皇后了……"

直到现在，尔桀都不敢回想那段日子自己究竟做了多少荒唐事。想他十六岁登基为帝，见惯了大风大浪，经历过无数艰险的挑战。到头来，却差点儿被一个名不见经传的小女人给算计了去。不，更确切来说，真正算计他的不是别人，正是北漠七殿下萧倾尘。

每次想到自己这个老对手，尔桀心里都是又气又恨。若非不想让洛洛背上祸国殃民的罪名，他肯定再次发兵攻打北漠，亲手割下那个浑蛋的头颅。

而自始至终，洛千凰一直保持着倾听的状态。事实上，不是她不想接口，而是她已经完全被眼前所发生的事情给震撼到了。自从被萧倾尘使用奸计掳到北漠，她每天都幻想着有朝一日可以回到黑阙，亲口问问轩辕尔桀，为什么她只是换了一张脸，他就可以对她视若无睹，甚至还当着她的面对冒牌货嘘寒问暖。

她有一肚子的委屈想要发泄，甚至已经做好今生今世与他老死不相往来的决定。没想到就在这个时候，这个让她魂牵梦系的男人，竟然会以身涉险，隐姓埋名，用这种神奇的方式出现在她面前。

这一刻，她不知该责怪他当初的"薄情寡义"，还是该担心他现在的人身安危。

说了半响也等不到任何回应的尔桀，小心翼翼地问："洛洛，你还在生我的气吗？"

洛千凰满脸茫然地看了他一眼，才终于问出自己心底的疑问："那个顶替我位置的冒牌货，她到底是谁？"

"是徐紫月！"

虽然早就猜到了答案，但亲耳听到这个事实时，洛千凰还是觉得胸口被扎下了一根刺，那种久违了的疼痛好像在提醒她，这个叫徐紫月的女人，曾经给她的人生带来了多么巨大的伤害和屈辱。

像是看出她眼底的恨意，尔桀急忙解释："洛洛，我知道你心里一定很生气，不过你放心，这个徐紫月并没有得逞，虽然她利用一张假的面具伪装成你的模样，但人的灵魂是不可复制的。我与她相处的那段时间，是打心底对她生出厌恶。为了这件事，我曾一度怀疑我们之间的感情是不是变了质，甚至于……"

他顿了顿，满脸凄苦地看着洛千凰："甚至于当我的心渐渐偏向那个叫玲珑的婢女时，还对自己生出了强烈的厌恶。我曾指天对地发过毒誓，此生此世绝不会辜负对你的感情。可是那个时候，我是真的在玲珑的身上找到了熟悉又让我心悸的影子，这件事折磨了我很久很久。直到冒牌货的身份被揭穿，在她接受刑讯审问时亲口供述背后的隐情，我才知道，原来让我心动情动的玲珑，就是我发誓要照顾一辈子的洛洛。"

说到这里，尔桀一把将呆怔中的洛千凰抱进自己的怀里："洛洛，你永远都无法体会，当我发现你离奇失踪时，心里究竟有多么害怕。很多事情如今回想起来真是令人惊恐，我这个口口声声说要呵护你一辈子的男人，竟然无数次差点儿亲手将你推进死亡的深渊。我几乎可以想象到，在你以婢女的身份被我一次又一次漠视的时候，心里该有多么难过……"

每说一句，尔桀拥抱她的力道便不由自主地加重一分。这种失而复得的感觉，让他深深意识到错过彼此生命时的恐惧和无助。回想当初，他真恨不得抽自己两个嘴巴。

与洛洛相识甚久，居然连她被人冒用身份都毫无所知。尤其当他莫名其妙对一个叫玲珑的婢女动心动情，越发觉得自己简直浑蛋到不行，他怎么可能在喜欢洛洛的情况下，还对别的姑娘暗生情愫？

直到那天，宫中的下人告诉他，很少与人亲近的教主，居然驮着玲珑游走宫廷，再回想当日那个替身在冒充洛洛的时候，与教主之间的气场完全不对，连教主生病，她都可以弃之不理，满不在乎。

同时，母后在与冒牌货相处的过程中发现了一些蛛丝马迹，几经试探，母后偷偷提点他，急着与他成亲的"洛千凰"，很有可能在他不知道的情况下出了变故。很多事情，都是尔桀在夜深人静时一点儿一点儿推敲出来的。

事后他找到浣洗阁的玲珑过来询问，才发现那一刻，此玲珑已非彼玲珑。而真正让他相信那个时段的玲珑就是洛洛本人的最佳证据，是教主对玲珑的态度。

向来不喜与任何人亲近的教主，对玲珑和洛洛的态度简直一模一样。

从那之后，轩辕尔桀便对假的"洛千凰"生出了防备之意，直到他固执地逼问他们之间曾经相处时的细节，很多事情，假郡主完全答不出来，轩辕尔桀终于确定，当时陪在他身边的洛洛，已经被人偷梁换柱了。

他立刻将假郡主抓捕归案并严刑逼供，不堪受苦的冒牌货很快在牢中对自己犯下的罪行供认不讳。当他试图逼问冒牌货，真正的洛千凰身在何处时，冒牌货对此也是一无所知。

轩辕尔桀当然不会坐等答案浮出水面，通过层层抽丝剥茧，最终，他将嫌疑人的目标锁定在萧倾尘的身上。因为据内探回报，萧倾尘带着两国和平协议回到北漠之后，迟迟没有被推上帝王之位，由此不难猜测，他继位一事，定是遭到了某些外力因素的阻拦。

偏巧这个时候洛洛离奇失踪，再回想萧倾尘为了达到目的而一次又一次给自己设下陷阱，最终尔桀才推断出，在背后使坏的，一定是萧倾尘。

得出了这个准确的答案，他立刻带兵，以御使的身份马不停蹄地赶来北漠。

皇天不负有心人，阔别了这么久，他终于在茫茫人海之中找到了让他日思夜想的洛洛。这种失而复得的心情，对尔桀来说，简直如同在漫无边际的沙漠中寻到了一片绿洲。

他既惊喜于洛洛的安然无恙，又愧疚自己当初的昏庸无能。

连心爱的女人在眼皮子底下受苦受罪，都没能在第一时间为她挺身而出，解救她于危难之中。

每每回想这些事情，都让他心痛不已，抱在洛千凰身上的力道也因为他情绪过于激动而不自觉地加重了几分。

像是感受到他心底的自责，总算从震惊中回过神的洛千凰慢慢将他推离自己，她语调幽怨道："虽然萧倾尘用卑劣的方法将我掳来北漠的行为非常过分，但有一点他说得并没有错。如果我们之间的感情真的达到坚不可摧的地步，你也不会在冒牌货冒充我那么久的情况下还没有发现阴谋的端倪……"

"洛洛！"

尔桀语气凝重地打断她接下来的话："我能理解你饱受委屈之后心里的不痛快，但你不能否认我们之间一直以来的感情。虽然你被迫以玲珑的身份出现在我面前的时候，我没有在第一时间读懂你眼中的绝望。可越是相处，我便越是会从你的身上发现熟悉的感觉。也就是说，不管你是洛洛还是玲珑，只要躯壳里装着的灵魂是你本人，无论你的容貌发生多大的改变，我的心都会不受控制地被你所吸引。"

虽然洛千凰心里还是因为当初的事情略有哀怨，仔细想想，在她不得不以玲珑的身份出现在他身边的时候，他这个高高在上的帝王，的确是对浣洗阁里的自己高看了一眼。

再说，她又有什么立场怪罪于他呢？当时那种情况，她有口难言，每天只能顶着一张对他来说陌生到极点的面孔与他相处，换作是自己，也未必能在短短时间里猜出端倪，识清真相吧。

况且，有一件事他说得并没有错，在她被迫成为玲珑的那段日子里，确实无数次从他的只言片语中发现他对自己的与众不同。

如果他在那个时候就对一个使唤婢女动情动爱，她只能说，这样见异思迁的男人，还真不值得她去喜欢。想通了这一点，纠结在她心底的怨气仿佛在一瞬之间慢慢消散。

看到久别重逢的尔桀，虽然还是那张英俊逼人的面孔，眼底却透着几分憔悴和疲惫，整个人也比从前在黑阙的时候消瘦了许多。

想来他这一路也是没有吃好睡好，不然也不会把自己折磨成这副模样。

洛千凰突然就有些难过，伸出手指在他俊美的面颊上轻轻抚摸了几下，心疼道："你瘦了！"

如此平凡普通的三个字，却仿佛戳到了尔桀的痛点，他紧紧将她拥进怀中，声音嘶哑道："只要你安然无恙，就比什么都好。"

直到这一刻，洛千凰才卸下所有的防备，埋进他的怀中痛哭失声。

尔桀知道她心里委屈，连哄带劝了好一阵，总算将她的泪水止住。

哭了一会儿，洛千凰才想到一个很重要的问题："朝阳哥哥，你身为黑阙帝王，却伪装成御使的身份出使北漠，这真的没有问题吗？万一有人猜出你的身份心怀不轨，会不会给你的性命带来威胁？"

尔桀欣慰地笑了笑，柔声道："还能亲耳听你叫我一声朝阳哥哥，就算是死，我这趟北漠之行也是非常值得了……"

洛千凰顿时急了，捂住他的嘴用力摇头："不许说死！"

尔桀像哄孩子一样拍了拍她的脸颊："放心，我既然敢只身前来，自是做好了万全的准备。除非北漠自寻死路，否则，他们不敢再轻易对黑阙做出任何不利之举。"

点了点头，洛千凰忽然又问："我爹娘他们还好吗？"

"他们很好。原本这次你爹也要跟着一起来的，后来你娘身体略感不适需要他贴身照顾，他便将接你回黑阙的重任全权交托在我的身上。"

听到娘亲身体有恙，洛千凰一把抓住一把抓住他的衣袖，迫不及待地问："我娘身体怎么了？"

轩辕尔桀避重就轻："没什么大碍，就是偶感风寒，需要卧床几日。"

洛千凰稍稍放心，急忙又问："你什么时候带我回去？"

未等尔桀回答她的问题，门外忽然传来一道熟悉的嗓音："你们现在还不能走！"

萧倾尘忽然在这个时候推门而入，显然将两个人之前的交谈听了个一清二楚。

看到来人，洛千凰一下子就紧张了起来，急忙抓起被尔桀放在一旁的银色面具，就想遮住他的容貌。

她这个下意识的动作，令尔桀莞尔一笑，低声在她耳边道："不用担心，见你之前，我已经跟他交过手了，他知道我的身份。"

洛千凰大惊："他知道了，岂不是代表整个北漠都知道了？"

萧倾尘嘴角一抽，脸色难看地瞪向洛千凰："在你心中，我就是这么一个喜欢传人八卦的小人？"

洛千凰也有样学样地瞪回去，色厉内茬道："你要是敢暴露朝阳哥哥的身份让他陷于危险之中，你自己也别想独活！"

她那如小猫亮爪子想要抓人的气势，把萧倾尘给气得哭笑不得："你这个女人可真是翻脸无情，难道你忘了，咱俩之间还有婚约在身……"

洛千凰还没发火，轩辕尔桀却气不打一处来地冲到萧倾尘面前，对着他那张自以为是的脸狠狠挥出一拳。

萧倾尘堪堪躲过，并继续用气死人不偿命的语气道："动不动就使用武力来解决问题，这是莽夫行为，实不可取！"

尔桀挥空一拳，心有不甘，又举起拳头想要去挥第二拳。

洛千凰赶紧跑过来抱住他的手臂，满脸担忧道："朝阳哥哥，你冷静一点儿，这云清宫周围布满了萧倾尘安排的眼线，咱们现在势单力薄，真动起手来，未必是这个坏蛋的对手，咱们可不能傻乎乎地吃了这个哑巴亏。"

她那一心维护自己的样子，让尔桀暴怒的心情总算是稍稍缓解了几分，只是看向萧倾尘的脸色依旧不善，并厉声警告："你给我听清楚，不管是从前、现在还是将来，洛洛只属于我一个人，你休想再打她任何主意。"

洛千凰也跟着帮腔，对萧倾尘道："为了尽早离开北漠，我的确是动过与你合作的念头帮你坐上皇位。但说到底，我之所以一直没给你准确的答复，是因为我根本过不去自己良心上的那一关。你的难处我能理解，但你再难，也不该拿我的婚姻大事来当筹码。我有自己喜欢的人，即便是跟你一起演戏，对我喜欢的人来说也是非常不公平的。"

一口气说完，她又对脸色难看的尔桀道："朝阳哥哥，你也别生气了，这个萧倾尘可恶是可恶了一点儿，但我被迫留在北漠的这段时间里，他对我的态度还算恭维客气，并没有做出什么伤害我的事情。就算对外宣称我们有婚约在身，那也是为了蒙蔽外人视线而放出去的假消息。"

洛千凰之所以不想让两个人动手打起来，也是有她的担心和为难。

她知道朝阳哥哥不远千里赶来北漠，定是冒着天大的危险来接她走。

而北漠群狼乱舞，危险重重，万一途中出什么意外，搞不好连朝阳哥哥的性命都会被搭进去。

她不想冒这个险，所以只能将投靠的目标落到萧倾尘的身上。至少和北漠那些心机不明的人相比，萧倾尘还勉强能被自己拉进友军的行列之中。

她这番话，倒是让萧倾尘的脸上露出些许欣慰的笑容："我一直以为你恨我入骨，没想到有朝一日也会站在我的立场上替我讲话？"

洛千凰没好气地瞪他："你别会错意，虽然我暂时不想与你为敌，却并不代表咱们之间那些恩怨情仇会一笔勾消。你找冒牌货冒充我，又在我毫无知觉的情况下给我下蛊这笔账，我都在心里记着呢。"

萧倾尘笑着点头："好，那我等着有朝一日你攒够了能力来找我算账。"

"哼！你放心，我一定不会饶了你！"

恶狠狠地说完，她牵起尔桀的手："我们今晚就走吧！"

萧倾尘淡淡地笑了一声："我说过，你们现在还不能走！"

洛千凰的眉头顿时紧皱了起来，不高兴道："为什么不能走？你到底想怎么样？"

萧倾尘没有回答她的问题，而是将目光落到尔桀的脸上："当初为了逼父皇向黑阙臣服，我已经在众叛亲离的情况下做了一只出头鸟，如果我不尽早坐上皇位掌握实权，我在北漠的处境将会非常艰难。"

轩辕尔桀挑眉一笑："你处境艰难，关我什么事？"

萧倾尘眉峰微敛，语气变得阴森起来："你这是打算过河拆桥了？你应该知道，当初如果不是我及时插手，用投降的手段来终止两国继续对抗，受到伤害的将是那些手无寸铁的无辜老百姓。"

尔桀眯起黑眸，语气不善道："你这是在怀疑我黑阙的实力？"

萧倾尘拒理力争："就算我北漠最终在那场战役中成为失败者，但继续坚持下去的话，不但会损耗两国兵力，连无辜百姓也会在铁蹄的践踏下受到牵连。在这种情况下，我竭尽全力将两国的损失减到最小，难道还不足以平息你对北漠的怒气？"

尔桀轻哼道："在你没给洛洛下蛊，挑拨我们之间的关系之前，你的求助或许还会让我动容三分。而现在……"

他怜悯而同情地看了萧倾尘一眼："不亲手将你送进地狱，已经是我对你最大的仁慈。"

萧倾尘无奈地笑了笑："我承认用那种不光彩的手段将洛姑娘带来北漠是我不对，但大局面前，希望你能理智判断，别为了一时之气把事情搞到最糟。你想找我不痛快，等事成之后，我自会向你负荆请罪。现在，能不能念在彼此曾经的交情上放我一马，助我上位？我可以向你保证，只要我的位置坐稳，必会在有生之年向黑阙做出臣服的承诺。背叛誓言那天，便是我不得好死之日。"

见他已经将话说到了这个地步，尔桀倒是没有再继续咄咄逼人下去："你希望我怎么帮你？"

萧倾尘看了洛千凰一眼："我希望你能以黑阙使臣的身份，来确保我与洛姑娘之间的婚姻在我登基之前，不会遭到任何破坏……"

眼看轩辕尔桀的脸色由晴转阴，萧倾尘急忙解释："你放心，这只是做给外人看的，等父皇正式将皇权移交时，我自会履行承诺，放你们离开。"

洛千凰有些不太乐意："也就是说，我还要继续以你未婚妻的身份留在北漠和你演戏？"

萧倾尘道："演戏倒是不必，只要在适当的场合中，你稍微做做样子就可以。"

"不行！"

尔桀郑重摇头："我绝对不能容忍我的女人与你保持这种名义上的关系。"

萧倾尘莫测高深道："现在向你发出挑衅的并不是我，而是父皇。他明知道黑阙的帝王与千凰郡主之间关系匪浅，还故意在我继位之前提出这样苛刻的条件来刁难于我，你可以想象一下，继续由着他把持朝政，究竟会不会给黑阙带来更高的利益？"

"你威胁我？"

"我只是在给你分析一个不得不面对的事实。"

洛千凰轻轻扯了扯尔桀的衣襟，小声道："他说得好像也很有道理的样子……"

萧倾尘顺坡卜驴，连忙表态："你们尽管放心，之所以让洛姑娘陪我演完这场戏，只是便于我在暗中行动，拖延父皇对我的阻碍。我会在最短的时间里搞定手边的事情，绝不会给洛姑娘带来任何名誉上的损失。"

洛千凰瞪他："你说话算话？"

萧倾尘莞尔一笑："我可以用我的性命来发此毒誓。"

话已经说到了这个地步，就算尔桀再怎么不情愿，为了大局着想，他最终还是妥协了，向他做出了最后的退让。

好在那天晚上两个人在云清宫达成最基本协议的事情并没有引起太多人的注意，自从得知朝阳哥哥不远千里赶来北漠解救自己，洛千凰就如同被人喂了一颗定心丸，心情也跟着好转了不少。

由于她还要继续跟萧倾尘将戏演完，所以暂时还要留在云清宫，没办法与朝阳哥哥团聚。

就在洛千凰沉浸在不日之后，便可以随朝阳哥哥一起回到黑阙与父母团聚的美梦中时，一个不速之客的到来，害得她已经稍稍好转的心情，再一次跌落谷底。

"郡主，数日不见，别来无恙吧？"

这个不请自来的家伙不是别人，正是之前差点儿让她中计的八殿下萧倾昱。

再次看到这个男人，洛千凰心中对他生出满满的厌恶之情。

只要看到这张虚伪的笑脸，就会想起那天在八王府后院不小心偷看到的那一幕。

她怎么也无法相信，仅仅因为婢女犯下的一个微不足道的小错误，便将人活活打死的萧倾昱，会是一个值得信任的好人。

"你怎么来了？"

洛千凰一改从前对他的恭维小心，摆出一副我不想跟你说话的姿态："我要是没记错，我现在所居住的地方是深宫内院，你一个外男，在没有接到任何请帖的情况下贸然进宫来会见一个未婚姑娘，于情于理都不符合宫中的规矩吧？"

萧倾昱厚脸皮地笑了笑："看来郡主对我们北漠的情况了解得还真是不够详细，与讲究繁文缛节的黑阙相比，我北漠在这方面的规矩可没那么严格。别说我一个外男进宫来拜见你一个未婚女子，就是咱们两个单独出去约会见面，这也是合情合理，再寻常不过的事情。"

洛千凰不敢置信地挑高眉头："北漠的民风已经开化到这种地步了？"

萧倾昱道："你也可以理解为，我北漠对于闺阁小姐的管束，并没有你们黑阙那么苛刻。既然不日之后你就要嫁给七皇兄当妻子，应该尽早适应北漠的环境，接受我北漠的民俗文化。"

洛千凰见他笑容戏谑，眼神轻佻，心底对他更是厌恶至极："不管你们北漠的宫规与我们黑阙究竟有多大不同，都不妨碍我不想和你交谈下去的念头。"

萧倾昱无比委屈地看她一眼："你很讨厌我？"

"我该喜欢你吗？"

"至少在此之前，我一直以为我们是朋友来着！"

洛千凰心里冷笑，面上却不动声色，只淡淡道："我这个人在交朋友这方面非常谨慎小心，一般不太了解其人品的人，我是不会轻易和对方交朋友的。"

萧倾昱可怜巴巴道："你忽然待我这样冷淡，是不是受到了七皇兄的威胁？"

这下，洛千凰真要翻他白眼了："他为什么要威胁我？"

萧倾昱趁机告状："因为七皇兄从小就不喜欢我。"

"他之所以从小就不喜欢你，说不定是你做了什么让他厌烦的事情，他才会对你有此成见！"

萧倾昱摇头："我一直对七皇兄尊敬有加，怎么可能会做什么令他厌烦的事情来讨他的不痛快？定是七皇兄对我有所误解，才会在你面前乱说是非。"

越往下交谈，洛千凰便越对这个萧倾昱喜欢不起来，于是冷下小脸，语气不善道："你今天来找我，到底想干吗？"

萧倾昱笑笑："只是单纯地找朋友聊聊天也不可以吗？"

"我跟你称不上是什么朋友，你有事说事，没事就走！"

萧倾昱也不气恼："好，就算你不把我当朋友，再过不久，你就要嫁给七皇兄，按照辈分来算，我该称你一声皇嫂。既然咱们早晚都是一家人，你这样防我厌我，总有些不太好吧？"

洛千凰嗤笑："难道你们北漠还要求嫂子必须和未来小叔子保持亲密关系？"

萧倾昱面容一顿，轻咳一声道："那倒没有。"

"既然没有……"

洛千凰冲他做了一个请你离开的手势："我就不远送了。"

她接二连三下逐客令，萧倾昱虽心中不喜，却也没好意思再厚着脸皮继续赖着不走。

不情不愿地起身，他走到门口处忽然又回头看向洛千凰："郡主应该已经听说黑阙帝王派使臣出使我北漠这件事了吧？"

听他提到"使臣"两个字，洛千凰的心底一下子就警惕了起来，她不动声色地看着萧倾昱，耐心等着他接下来的问题。

萧倾昱果然不负她所愿，似笑非笑地问："不知这位御使大人，在黑阙的时候，与郡主算不算是旧相识？"

洛千凰机智地回了一句："与你何干？"

没有等来答案的萧倾昱并没有怒火中烧，而是留下一记浅浅的笑容，转身走了。

萧倾昱一走，洛千凰的心情再次压抑下来。

她总觉得萧倾昱此番前来的真正目的，是想借她之口，来打听朝阳哥哥的身份。

毕竟戴在朝阳哥哥脸上的那张银色面具着实引人注意，萧倾昱会对他的身份有所怀疑，这也是人之常情。

临近晌午，按捺不住心底想念的尔桀将洛千凰约到宫外一间茶馆单独见面。

自从尔桀和萧倾尘暗中达成合作协议，萧倾尘便送了一块特殊的令牌给洛千凰，可以自由出入北漠皇宫。

眉儿提前就接到主子的吩咐，没有继续跟在洛千凰身边监视她的一举一动，这在无形中给她提供了不少便利。她和尔桀的见面地点约在一家名叫君再来的茶馆里，仅仅分别了一个晚上，两个人就像三年没见面似的聚在一起说了不少贴心体己话。

直到尔桀确定洛洛在宫里居住的这段时间并没有受到任何委屈，一颗紧紧吊着的心才慢慢放了下来。

"对了，朝阳哥哥，我一直想问你，既然你隐姓埋名来到北漠，为什么不干脆找一个易容师帮你做一张皮面具贴在脸上？你戴着这种嚣张的银色面具，反而会引起北漠对你身份的猜忌。"

两个人单独相处的时候，尔桀自然是摘下面具，以真容和洛洛坦诚相见。

面对洛洛的担心，他高深莫测地笑了笑："我的目的就是让他们对我的身份产生好奇，因为只有这样，才能达到震慑他们的效果。北漠皇帝如果没猜出我的身份倒也罢了，一旦他猜得出来，势必会因为我的出现而心生忌惮。毕竟他不知道，我这次来，究竟是带了大批的军队，还是只带了几个贴身的随从。只有在两难权衡的情况下，他才不敢轻举妄动，做出伤害我的事。"

洛千凰似懂非懂地点了点头，见尔桀淡定自若，胸有成竹，便渐渐放下对他的担忧，顺便问了一些父母亲人的情况。她这次离奇失踪，留在黑阙的爹娘肯定担忧不已。

当她得知灵儿因为自己的意外消失而难过得大病一场时，又是心疼又是愧疚。

好在有连城一直陪伴在灵儿左右，她才没有因思虑过重而导致病情恶化。

"洛洛，你别担心。其实灵儿之所以会生病，担心你的人身安危只是一方面，另一方面也是她自己闹腾，在一个下大雨的天气里与连城因为一点儿小事吵了一架，淋了雨，难免会染上风寒，这才一病不起，逢了病劫。如果不是她突然患病，说不定会闹着跟我一起来北漠找你。凭灵儿那不安分的性子，一旦来了北漠，还指不定会闹成什么样子。"

每每提起自己那脾气火暴的妹妹，尔桀都是一肚子抱怨，顺便小小的同情一下贺

连城的悲惨命运，有生之年，竟摊上了灵儿这么一个不省心的当媳妇儿。

得知灵儿只是略染风寒，并无大碍，洛千凰稍稍安心，又将话题转到别处。

阔别数日，两个人有一肚子的话想要同对方倾诉，直到三壶茶水全部下肚，尔桀才意识到时间不早，再不放人，难免会引起旁人误会，这才依依不舍地结了账，与洛千凰双双踏出君再来茶馆。也不知今天是不是洛千凰的倒霉日，早上刚刚应付过阴险狡诈的萧倾昱，一出门，就差点儿与老对手陈香香撞了个正着。

好在尔桀反应迅速，及时扯了洛千凰的手臂一把，才没有让两个姑娘撞到一起。

"你真是好大的胆子……"

差点儿被人撞到的陈香香还没等看清来人的长相，便故态复萌，开始破口大骂。

洛千凰曾从眉儿的口中打听过这位丞相府小姐的情况，原来陈香香在北漠名媛圈中是有名的暴躁狂妄女，名声非常不好。

奈何她爹是朝中一品相爷，位高权重，能力非凡，就算那些被陈香香欺负过的千金小姐对陈香香颇有怨言，表面上也会做出恭维的模样，没几个人敢与她公然作对。有了这层认识，不想惹麻烦的洛千凰下定决心，以后再看到陈香香，一定会绕路走。

结果事情也真是赶了巧，她好不容易出宫与朝阳哥哥私会一面，竟然被陈香香给堵了个正着。

待骂至一半的陈香香看清差点儿撞到自己的人，她的眉头一下子就皱了起来："居然是你？"

然后，她又看到了洛千凰身边的银色面具男，这下，陈香香嘴边的笑容一下子就邪恶了起来："好你个洛千凰，前脚刚与七殿下定亲，后脚就与其他男人私相授受，你这样水性杨花、臭不要脸，有什么资格嫁给七殿下，成为七王妃？"

没等洛千凰从这种被指责的愤怒中醒过神，亲耳听到别人敢用这么不文雅的言语来形容自己心爱的洛洛，尔桀的怒气一下子就被勾了起来。

管她究竟是什么来头，他才不会在乎。

啪！一记耳光狠狠抽在了陈香香的脸上，在陈香香还没有反应过来之前，他顶着脸上那张诡异的银色面具用力推了对方一把，厉声道："再让我听到你说千凰郡主的半句坏话，就小心你的狗命！"

陈香香不敢置信地捂着自己被抽过的脸颊，怒道："你居然敢打我？"

尔桀还真是没把这么一个嚣张跋扈的女人放在眼里，他横挡在洛千凰面前，居高临下地看着矮了自己一个头还要多的陈香香，用冷到足以将人活活冻死的语气道：

"打你又如何？你再废话，我不介意直接杀了你！"

许是他周身上下散发出来的气势太过惊人，就连一向不把别人放在眼里的陈香香，都被吓得浑身一哆嗦。

她本能地向后退了两步，捂着脸，色厉内荏道："连我爹都舍不得打我，你居然敢打我，你给我等着，我是不会放过你们的。"

说完，为了避免面具男的巴掌再次向自己挥来，她脚底抹油，转身跑了。

洛千凰心有余悸道："你打了她，真的没有关系吗？"

她始终觉得，像陈香香这种做事不动脑子的女人，犯起浑来，还是非常可怕的。

尔桀安慰地拍了拍她的肩膀，用笃定的语气道："我连区区北漠都不放在眼里，更何况只是一个微不足道的小女人？洛洛，从我踏上北漠这块土地的那一刻，就在心里发过誓言，此生此世，再不会让你受到任何委屈！所以刚刚赏给她的那一记耳光，是她罪有应得，应该受的！"

从小到大没吃过一点儿亏的陈香香，在挨了那个面具男打来的一记耳光之后，整个人都被滔天的怒气所取代。

想到这火辣辣的一记耳光是因洛千凰而起，她就恨不能将那个抢了自己心爱男人的罪魁祸首碎尸万断。

奈何那个面具男的气势太过吓人，而且人家又是从黑阙来的御使大人，她可以仗着自己丞相之女的身份在北漠横行霸道，却没胆子在黑阙使者面前耀武扬威。

不过，这并不影响她在挨了对方一记耳光之后，带着幸灾乐祸的目的找萧倾尘打小报告。

"七殿下，发生了这么大的事情，您可不能袖手旁观……"

当陈香香几经辗转，好不容易来到萧倾尘面前时，迫不及待地就将洛千凰背着他这个未婚夫与别的男人私下约会的事情给交代了出来。其实洛千凰和那个神秘的面具男在君再来茶馆究竟说了什么、做了什么，陈香香并不知晓。

但新仇旧恨加在一起，她在叙述这件事情的时候还是添油加醋，并极尽所能地在洛千凰的头上扣屎盆子。从陈香香不管不顾闯进自己书房的那一刻，萧倾尘始终保持着淡定沉稳的姿态，听她绘声绘色地讲述关于洛千凰的种种不是。

说到最后，陈香香的情绪忽然变得无比激动，指着自己红肿的脸颊："七殿下，您看，我脸上的伤，就是和洛千凰有私情的那个男人亲手所赐。就算他是黑阙派来的使者又怎么样？堂堂一个大男人，竟然对我一个手无缚鸡之力的女子动手，这种行为

简直无法无天，有损男人的颜面。当然这些都不是重点，重点是，那个男人之所以会对我大打出手，竟然是为了七殿下那个未过门的妻子。他明知道姓洛的不久之后就要与七殿下举行大婚之礼，两个人还在这个时候单独相处，秘密约会，说他们之间没有私情，哼！谁信？"

此时的陈香香就像找到了最佳的发泄途径，无所不用其极地将洛千凰的人品狠狠贬低了一番。直到她说得口干舌燥，唾沫横飞，才发现从头到尾，萧倾尘一直无动于衷。

她又气又急地问："七殿下，你怎么一点儿反应都没有？你难道不知道你那个未过门的妻子，背着你与别的男人有不正当的男女关系吗？"

萧倾尘淡淡一笑："你亲眼看到他们行不轨之事了？"

陈香香想都没想便用力点头："当然是亲眼看到，这还有假？"

"好，那你说说，他们背着我都做了些什么见不得人的事情？"

陈香香被问得哑口无言，憋了半晌，才干巴巴道："他们双双出现在君再来茶馆，这难道还不算见不得人的事情？"

萧倾尘挑了挑眉，继续用不怎么在意的语气问："也就是说，你只是看到他们双双出现在君再来茶馆，其他的事情并没有亲眼看到？"

这下，陈香香真是搞不懂萧倾尘的逻辑了，她急赤白脸道："这难道还不算过分吗？"

萧倾尘冷笑一声："千凰郡主来自黑阙，此次出访我北漠的御使也同样来自黑阙。正所谓人生有四喜，其中一喜便是他乡遇故知。郡主和秦御使既然是同乡，聚在一起叙叙旧这也是人之常情。如果他们真如你所说背着我做了什么见不得人的事情，完全没必要把相约的地点安排在客来客往的君再来茶馆。至于秦御使为什么会在光天化日之下抽你一巴掌……"

说到这里，萧倾尘的目光忽然阴寒了一下："难道不是你用词不当，说了不该说的话，才会遭此报复吗？"

陈香香简直被萧倾尘这番神逻辑给气蒙了，拒理力争道："我怎么可能会看错？如果那个洛千凰真的把七殿下放在眼里，她就不该背着七殿下与别的男人单独相处。就算黑阙的御使与她曾经是旧相识，为了避嫌，她也该谨守本分，老老实实留在云清宫守她的妇德。贸然溜到皇宫外面与别的男人喝茶聊天，这成什么体统？总之，她就是一个水性杨花、吃里爬外的坏女人……"

她每说一句，萧倾尘的脸色就难看一分。

从他有记忆以来，只喜欢过一个姑娘，就是洛千凰。

就算明知道此生此世未必能将那样一个可望而不可即的女子据为己有，也容忍不了别人将这么恶毒的评价用在洛千凰的身上。

"陈小姐，你有工夫在这里说这些没用的废话，不如尽快回府给你这张被抽了一耳光的脸涂些伤药。毕竟，容貌对一个姑娘家来说非常重要，你顶着一张肿脸乱道别人的是非，看上去总归是有些不太舒服。"

这番话贬低味十足，气得陈香香怒不可遏："七殿下，你为什么对我如此薄情？我究竟哪里做得不够好，你宁愿将一个水性杨花的女子娶进家门，也不肯多看我一眼？难道你不知道，我从很小的时候就对你情有独钟、芳心暗许？这些年，为了能够吸引你对我的注意，我做了无数傻事，甚至为了你，直到这把年纪还不肯听从我爹的安排与别人定亲。我爹是当朝丞相，身为朝廷一品大员的千金，与你也算门当户对，并不算高攀吧？"

别说萧倾尘的眉头皱得老高，就连书房里伺候的使唤婢女都没想到，堂堂相府千金，竟然可以没羞没臊到这种地步！

跑到心仪男人的面前用这种厚颜无耻的方式来推销自己，天底下怕是只有连最起码的礼仪廉耻心都没有的陈香香才做得出来吧。

萧倾尘像看小丑一样看了陈香香一眼，语气讥讽道："天底下想要嫁给我的女人不计其数，但这并不代表我一定要为这些对我犯花痴的女人去负责。陈香香，好歹你也是相府之女，却连最基本的规矩礼仪都不懂。你这样的女子，就算是天仙下凡，恐怕我也是无福消受。你还是有多远走多远，从今以后，不要再出现我面前影响我的好心情。"

被骂得一无是处的陈香香总算被激出了几分羞耻心，见萧倾尘对自己如此薄情寡义，她气得眼圈泛红，跺了跺脚，转身羞愤地跑了出去。

刚跑出萧倾尘的书房没多久，哭得上气不接下气的陈香香便一头与一个男人撞到了一起。

"香香，怎么是你？发生了何事，你怎么哭成了这个样子？"

这个差点儿被撞翻的男人正是八殿下萧倾昱，看到陈香香哭得梨花带雨，他赶紧抽出自己的汗巾子替她擦去眼角的泪水。

第六十五章 使奸计斩草除根

擦泪的时候，才看出陈香香不但哭得眼眶发红，整张右脸颊也是又红又肿，看上去真是又狼狈又可怜。

看到这里，萧倾昱的脸色一下子就变了，忙问："你的脸怎么了？是谁打的？"

提到自己的脸，陈香香心里的委屈更甚，因为萧倾昱也算是和她从小一起玩到大的玩伴，所以面对萧倾昱的询问，她就像是找到了可以信任的盟友，将自己今天所遭遇的一切当着他的面又添油加醋地说了一通。

"倾昱，你说七殿下他是不是傻，那个洛千凰根本就不是值得男人喜欢的好姑娘，可他偏要对她宠爱有加，甚至在明知道她和别的男人私相授受时，非但不动怒，反而还将我狠狠臭骂了一顿。你看看我的脸，我不过是说了姓洛的几句难听的话，黑阙那个不敢以真面目示人的御使就对我痛下狠手，打成了这个模样……"

说到最后，她哭得越发伤心难过，扯着萧倾昱的衣袖道："我是真的喜欢七殿下，可这么多年来，他不但对我的付出视若无睹，甚至还为了洛千凰那个不要脸的女人对我做出这么残忍的事情。姓洛的到底哪里好？你说啊，她到底有哪里好？"

过于伤心的陈香香，此时已经陷入了一种疯魔的状态，她抓着萧倾昱又哭又闹，狠狠宣泄着心中的委屈和不满。

看着陈香香歇斯底里地大声哭闹，萧倾昱柔声安慰："香香，你没有错，错的都是误解你、慢怠你的那些人。还有那个洛千凰，她不过就是七皇兄手中的一枚棋子，你不要被他们故意伪装出来的外表给欺骗了。"

"你说什么？"

陈香香猛地抬头，不解地问："什么棋子？什么伪装？"

萧倾昱冷笑一声，将自己多日以来的猜测和盘托出："你真以为七皇兄会为了一个姑娘而痴情不悔吗？当初他代表北漠与黑阙谈判时，在附加条件中加了一条，只要黑阙退兵，父皇就会让出皇位，由七皇兄来接管帝王大印。这附加的一条令父皇非常不满，但在当时那种情况下，父皇却不得不向七皇兄妥协，答应将这个条件放在里面。后来黑阙退兵，父皇迟迟不肯履行承诺，甚至还提出，除非七皇兄将洛千凰娶进家门，否则继位之事就要无限期延后。七皇兄贪恋帝王之位，迫不得已，只能使出狡诈手段，将洛千凰从黑阙给拐来了北漠，并当着满朝文武的面，上演了一出所谓的定亲大戏……"

听到这里，陈香香的脸上露出震惊的表情，她不敢置信地问："也就是说，七殿下高调地对外宣布要迎娶洛千凰，并不是他真心爱她，只是因为洛千凰是可以助他上位的筹码？"

萧倾昱点头："据我多方猜测观察，事实就是这个样子。"

陈香香的心底忽然生出了一股莫名的希望，原来洛千凰之于七殿下，仅仅就是一颗筹码，与真爱什么的并无关系。

这是不是意味着，她其实还是有机会的呢？

完全不知道自己已经被贴上筹码标签的洛千凰，可没多余的工夫理会陈香香对她的看法。

她最近的心情非常不错，听朝阳哥哥说，自从他与萧倾尘合作，便在暗中策划部署如何尽快安排萧倾尘登基上位。

凭萧倾尘的能力和本事，驾驭北漠皇朝的民生大计完全没有任何问题。

是老皇帝贪恋荣华富贵不肯放权，并勾结了一部分心腹大臣处处与萧倾尘作对，才导致他直到现在都没办法顺利登基。

按理说，老皇帝现在的年纪还没有老态龙钟到不能处理朝政的地步，只是他对黑阙心存成见，继续留在这个位置上，只会加深黑阙与北漠之间更深的矛盾。

不过，萧倾尘这些年在北漠培养了不少自己的心腹，这些心腹也在各个领域中不断扩张他们手中的实力。

只要时机成熟，萧倾尘便可以借用这些心腹的势力，逼老皇帝退位，建立属于自己的天下。

身为一介女流，洛千凰对这些朝堂之事了解甚少，真正让她心情变好的是，只要再坚持一段时日，朝阳哥哥就可以堂而皇之地带她离开北漠，回黑阙与爹娘团聚。

眉儿见她最近总是笑逐颜开，忍不住调侃："洛姑娘最近满脸喜色，是不是因为不久之后就要与七殿下共结连理，才会心花怒放，心情愉悦？"

面对眉儿的调侃，洛千凰不点头也不摇头，无论如何，她也不会在眉儿面前放松警惕。

她必须时刻保持清醒的头脑，告诉自己这里是危机重重的北漠，而不是可以给她带来足够安全感的黑阙。

好在眉儿只是打趣了一番，并没有再继续追问下去的意思。

两个人有一搭没一搭地闲聊几句，辰时一刻左右，在云清宫里伺候的一个小婢女踩着莲步将一个信封递到了洛千凰的面前："郡主，这是龙庭小筑那边的管事刚刚派人送过来的。"

听到"龙庭小筑"这几个字，洛千凰心尖儿一颤，忙不迭地接过信封，打发了房间里的闲杂人等，迫不及待地展信阅读起来。

只见上面写着：辰时二刻，玄武正门不见不散。

短短一句话，字迹十分潦草，看得出写信之人在写出这句话时，应该是非常的匆忙。

因为信是龙庭小筑的管事送过来的，洛千凰想也没想，立刻认定约她见面的人一定是朝阳哥哥。

此时距辰时二刻还有一刻钟的时间，她不知道朝阳哥哥选在这个时间见她何事，又没办法差遣身边的侍从过去询问，只能匆匆套了一件外出的衣裳，奔着玄武正门的方向赶了过去。

一边走，一边还在心里琢磨，朝阳哥哥这么急着找她，莫非是出了什么状况？

自从上次两个人在君再来茶馆与陈香香发生过一场矛盾冲突，她总担心陈香香会利用她相府千金的身份伺机报复。

不管朝阳哥哥在黑阙的地位有多高，现在他毕竟是在人家北漠的地界儿。

正所谓强龙压不住地头蛇，如果陈香香真的利用她爹找朝阳哥哥的麻烦，那问题可就真的严重了。

这么一想，洛千凰赶往玄武门方向的脚步也在无形之中加快了几分。

在宫里生活了些许时日，她对北漠皇宫的地形也算是颇有几分了解。

玄武门是途经议政殿的必经之处，这个时候，议政殿那边还没有下早朝，皇上及诸位大臣估计还在忙着。

很快便抵达玄武门附近的洛千凰，正琢磨着选一个什么样的地方与朝阳哥哥见面比较方便，就听不远处传来一阵微不可闻的咳嗽声。

循声望去,她看到一根丈余高的雕龙石柱子后面,露出一块漆黑色的袍角。

然后,一个头戴银色面具的高大男子,从石柱后面闪了出来,冲洛千凰勾了勾手指,示意她向自己走来。

洛千凰心头一喜,忙不迭地奔着对方追了过去,她刚要喊出"朝阳哥哥"几个字,又想到朝阳哥哥曾经提醒过她,为了避免他的身份暴露,在一些比较公开的场合,尽量不要说任何有关于他身份的称呼。

于是,那句"朝阳哥哥"被洛千凰及时咽回了肚子里,转而改口道:"不知秦大人这个时候约我出来有何指教?"

说这句话的时候,洛千凰其实是带着些许调侃的口吻,毕竟当着自己最心爱男人的面唤出"秦大人"这三个字,对她来说,还是颇有几分喜感的。

结果面具男在听到这句话之后,并没有做出任何奇怪的反应,只是哑着声音问道:"千凰,你怎么这个时候才来?"

"我……"

洛千凰刚要应声,忽然觉得面具后面的声音有些不太对劲,虽然不仔细听,这个男人的声音与朝阳哥哥十分相似。

但和轩辕尔桀相识甚久的洛千凰,却敏感地从对方那抑扬顿挫的语气中听出了几分异样。

最重要的就是,从前的他,一向喜欢叫她洛洛,除非两个人闹矛盾的时候,他会连名带姓喊她洛千凰,却很少会去掉姓氏,唤她千凰。

这意外的发现,让洛千凰的心里没来由地生出一阵警惕,总觉得今天的朝阳哥哥和从前相比,似乎有哪里不太一致。

但仔细看,他的身高外形,穿着打扮,以及脸上那张银色面具,又和朝阳哥哥几乎一模一样……

原本大大咧咧没什么心眼的洛千凰,并没有在第一时间将心底的质疑表现出来,她表面淡定,一本正经地解释:"从云清宫到这里的路程稍有些远,让秦大人久等,还请您多多见谅。"

扑哧!

男人在面具后面发出一阵轻笑,语带轻佻道:"你和我说话,什么时候变得这么客套了?"

男人说话的时候,洛千凰仔细分辨他的声线,许是有面具挡着,和摘掉面具时说出来的声音略有那么几分与众不同。

但如果仔细聆听，还是能听出一点点异样的。

洛千凰没敢接口，心中迅速盘算应急对策。

虽然以她和朝阳哥哥的关系，要求他在这个时候摘下面具证明给自己看看他的身份并不为过，但如果面具后面另有端倪，恐怕不等他摘掉面具，她的小命已经折在他的手里了。

心中汹涌澎湃，面上却不动声色，她镇定地保持着笑容，继续用客气而又疏离的语气道："就算咱们在黑阙称得上是旧相识，如今我就要成为北漠七殿下的妻子，再继续和其他男子交往甚密，难免会引起旁人的误会。秦大人，你不如说说，用这种方式请我过来，究竟有何贵干？"

如果面具后的男人是货真价实的轩辕尔桀，定会摘下面具，展露真颜，以打消她对他的质疑和恐惧。

可眼前的男人非但没有摘下面具的迹象，反而还伸出手，试图向她的手臂这边抓过来。

洛千凰心底一惊，忙不迭地向后退了几步："秦大人，男女授受不亲，还请您自重一些。"

话说到这个地步，她已经将心底的忧虑表现得十分明显，朝阳哥哥若在意她心中的顾忌，绝对不会再跟她玩这种猜谜游戏。

面具男却上前一步，将手搭在她的肩上："千凰，你怎么了？咱们以前在一起的时候，你对我可不是这个态度……"

这下，洛千凰已经隐隐意识到，眼前这个男人并不是轩辕尔桀。

为了彻底确认她的猜测，她没有在第一时间躲开他的亲近，而是随口问道："我让你帮我打听的事情你帮我打听得怎么样了？"

没来由的一句话，令面具男一时无从回答。

洛千凰也不指望他回答，紧接着又问了一句："就是我爹在外面的那个私生子，你查到他的下落了吗？"

面具男故作淡定地摇了摇头："还在查，我办事，你放心，只要有消息，我会在第一时间告诉你。"

话说到这个地步，洛千凰的心已经凉了半截。

这个男人，果然不是轩辕尔桀。

她一边在心底迅速思考脱身方法，一边又暗自思量这个假装成朝阳哥哥的男人用这种方式约自己见面究竟有何目的。

如果他想谋财害命，完全没必要将约会地点选在玄武正门这里。

因为这里是大臣们上朝下朝的必经之所，再等一会儿，皇上就会宣布退朝，到时候朝中所有的大臣都会经过玄武门，这等于是将两个人暴露于光天化日之下。

可如果他没有想要谋害自己的意图，又为何要用这种方式把自己约出来见面？他的目的到底是什么？

就在洛千凰迅速分析这里面究竟隐藏着什么阴谋时，她目光敏锐地发现不远处的树林里，闪过一抹似曾相熟的身影。

从小在森林中与各种动物为伍的洛千凰，对声音及味道有着超乎常人的直觉和判断。

就算只是淡淡一瞥，她还是从残留在空气中的那股淡淡的、曾经闻过不止一次的香味中猜到对方的身份，正是之前数次和她发生过口角的陈香香。

想到刚刚那个人可能会是陈香香，洛千凰心中警钟大响，几乎瞬间就意识到眼前这个面具男约见自己的目的一定是不怀好意。

像是看出她眼底的戒备，面具男得寸进尺地扯住她的手臂，就要将她揽进怀中。

洛千凰岂能如他所愿，因为耳力极聪的她，已经听到议政殿那边隐隐传来大臣们下朝的脚步声。

直到这一刻，她终于明白这面具男和陈香香打的究竟是什么主意，他们想用这种方式来败坏自己的名声，让北漠上上下下所有的人都认为，她洛千凰是个水性杨花、行为不检的浪荡女子。

这个猜测把洛千凰给气得七窍生烟，在面具男的大手试图向自己这边伸过来之前，她对着空中吹了一记响亮的口哨。

哨声响起，林中躁动异常，那些沉寂在树林中常年见不得光的毒蛇虫蚁以最快的速度蜂拥而至。

一下子从四面八方拥出几十上百条长短不一、颜色各异的蛇，饶是面具男身高八尺，还是被这可怕的场面给吓得惊叫一声。

而躲藏在树林里等着看热闹的陈香香则直接被吓得尖叫起来，再顾不得隐藏自己，飞也似的从林中闯了出来。

另一边，下了早朝的大臣们渐渐走向这边，洛千凰瞅准时机，踩着轻功飞快地跃入树林之中。

被群蛇吓得彻底失去理智的陈香香哪还顾得上算计别人，眼看越来越多的毒蛇向自己这边飞快爬来，她不顾一切地扑向面具男，尖叫着寻求他的保护。

很显然，面具男的胆子并不比陈香香大上多少，一下子出现这么多条毒蛇，他也是被吓得手软脚软，被陈香香这么一扑，整个人重心不稳地摔倒在地。

由于过度惊慌，两个人缠着对方摔倒在一块儿，不经意间，面具男还扯掉了陈香香的腰带，以至于她白皙滑润的肩膀就这么毫无预兆地暴露于光天化日之下。

那边下了早朝的众位大臣离两个人的距离越来越近，匆匆躲进树林里的洛千凰又吹了一记口哨，原本爬向面具男和陈香香的大小毒蛇们就像是受到了某种召唤，顺着原路，迅捷而快速地又折返回暗不见天日的丛林里。

一切发生得太过突然，当众位大臣看到陈香香和面具男姿态不雅地抱在一起时，蛇群已经消失无踪，就连一丝痕迹都没有留下来。

表情最难看的当数当朝一品相爷陈子诚了，他真是做梦也没想到，自己的宝贝女儿，竟然在玄武门重地，与一个头戴面具的黑衣男子，以污人眼目的姿态抱在一起。

当陈香香从群蛇的恐惧中回过神时，也被不知何时从议政殿中走出来的众位大臣给吓得尖叫了一声。

她做梦也没想到，自己精心策划好的一切，竟然会以这么狼狈的方式作为收场。

按照她原本的计划，只要找一个和黑阙御使身高外形一模一样的男人当众勾搭洛千凰，从而使她失去贞洁和名声，七殿下就会碍于众人口舌放弃迎娶洛千凰的想法。

没想到关键时刻，那该死的洛千凰竟以其人之道，还治其人之身，将自己逼进了这么一条无法解释的绝路之上。

她心底恨得咬牙切齿，面上却露出害怕的神色，一把将面具男用力推开，哭着喊着扑向陈子诚："爹，这个登徒子胆大包天，竟然敢在玄武门重地轻薄女儿，您可一定要为女儿做主啊。"

这时，有大臣指着无措的面具男道："这位不是黑阙使者秦大人吗？"

话音刚落，与众位大臣走在一起的萧倾尘便冷笑一声："李大人，你今天出门没带眼睛吗？秦御使他人在这里。"

众人这才恍然大悟，秦御使刚刚可是跟他们一起在议政殿与皇上讨论事情来着，如今正与七殿下并肩站在一起。

再看那个摔倒在地的面具男，无论脸上的面具还是身上的穿着，皆与秦御使一模一样。

面具后的轩辕尔桀哼笑一声："谁能给本御使解释一下，这个和本御使穿着打扮如此相像的男人究竟是怎么回事？"

很快便有人上前一把揭掉冒牌货脸上的面具，露出一张仿佛受到巨大惊吓的面孔，此人长得倒是不丑，但也绝对称不上俊美。

萧倾尘面色微沉，厉声对两旁吩咐："抓起来，送进刑部等候受审。"

听到这话，陈香香的脸色瞬间白了，扯着喉咙娇喊："他当众轻薄了我，杀了他，杀了他……"

没等萧倾尘做出下一步指令，人群中一直没有说过话的萧倾昱忽然冲到那个男人面前，在所有人都没反应过来之前，取出匕首，一刀割断了对方的脖子。

由于事情发生得太过突然，当众人反应过来时，那瘫软在地的男人已经死了。

萧倾昱收回匕首，一脸正气道："这人好生大胆，连相府千金都敢轻薄，像这种不知礼仪廉耻为何物的败类，死不足惜！"

男人一死，躲在父亲怀中的陈香香暗暗松了一口气。

她不敢想象，万一那个被自己收买的男人被抓进刑部受审，会不会将自己也给牵连进去。

她心有余悸地向萧倾昱投去一记感激的目光，关键时刻，还是萧倾昱懂得自己的心思，帮她解决了这个天大的难题。

萧倾尘的脸色却难看到了极点，他冷冷瞪向萧倾昱，语气阴冷道："你这是什么意思？"

萧倾昱满脸无辜道："皇兄，这人胆敢对相府小姐做出这种大逆不道的事情，难道不该接受死亡的审判吗？"

萧倾尘还要再说些什么，肩膀被轩辕尔桀轻轻拍了一下。

他顶着银色面具缓缓走到萧倾昱面前，隔着面具深深看了一本正经的萧倾昱一眼："没想到八殿下倒是一个懂得怜香惜玉的谦谦贵公子，很好，本御使已经记住你了！"

玄武门重地忽然发生了这么一场变故，让一向敏感睿智的轩辕尔桀瞬间提高了警惕。

他没有在第一时间回到龙庭小筑，而是匆匆赶到云清宫去探望洛洛。

洛千凰是真的被这起突如其来的事件给吓到了，见尔桀行色匆匆地赶来云清宫探望自己，她再也顾不得什么外人对她的看法，像个饱受委屈的孩子般一头扑进他的怀里，哭着将险些发生在玄武门的悲剧倾诉了出来。

得知洛洛差点儿着了陈香香的道，尔煞又心疼又愤恨，他紧紧将身体不停发抖的洛洛抱在怀中，柔声安慰道："没事了，洛洛，那个冒充我单独约见你的人已经死了，以后也不会有相同的事情再次发生。这次是我考虑不周，没有提前在你身边安排暗卫保护。我忘了你只是一个手无缚鸡之力的姑娘家，幸亏你机智勇敢，在关键时刻以其人之道，还治其人之身。不然你真出什么状况，我的良心一辈子都会不安的。"

别说洛千凰被这个突发状况吓到了，就是尔煞也是心有余悸，不敢去想象悲剧发生之后会给洛洛带来怎样的灾难。

他心里对那个搞出事端的陈香香恨之入骨，面上却不敢流露出太多怨恨，害怕又勾起洛洛的畏惧。

在尔煞的细心安慰下，受了惊吓的洛千凰总算稍稍平复心情，没有任心底的恐慌再继续蔓延。

她缓了缓自己的情绪，不安地问："那个伪装成你的模样的男人会用这种方式约我见面，是不是察觉到你我之间的真正关系了？"

尔煞仔细琢磨了一下她讲述给自己的事发经过，摇头道："不，如果那人真的对你我之间的关系了如指掌，不会连我平时如何称呼你都搞不清楚。如果我没猜错，那个人只是陈香香收买用来谋害你的一颗棋子，她断定我这个黑阙御使与你关系匪浅，才搞出这么一起事端来污蔑你的名声。说到底，这起事件看着惊天动地，危险重重，其实只是姓陈的私心作祟，玩出来的一手不入流的小把戏罢了。"

从惊吓中慢慢恢复理智的洛千凰这才想到一个很关键的问题："你刚刚说，那个伪装你的男人已经死了？"

尔煞点头，脸色阴沉道："被萧倾昱一刀刺死的。"

"又是这个萧倾昱？朝阳哥哥，你以后一定要小心这个阴险的男人，别看他表面看着温润无害，其实一肚子坏水儿，为人十分阴险。不久之前，他还厚着脸皮闯进这里，旁敲侧击地想要从我口中打听你的真正身份。幸亏我当时多留了个心眼儿，才没让他得惩。"

见她义愤填膺，尔煞柔声笑笑，他像宠爱妹妹的大哥哥一样轻轻拍了拍她的脑袋："你的提醒我会时刻注意的，受了这么一通惊吓，相信你的心里也不会好过，稍后让人给你煮些安神的汤药，好好睡上一觉，醒来之后，一切不开心都会过去的。"

轩辕尔煞并不是一个极有耐心的男人，但每次和洛洛在一起，他都会像个老妈子一样想要事无巨细地帮她安排好生活细节。

直到亲眼看着她安然入睡，他才小心翼翼地帮她盖好被子，轻手轻脚地踏出门。

到了外面，他敛去眼底的柔情，面无表情地看了一直守在外面没有作声的萧倾尘一眼："今天的事情，我希望你能给我一个满意的交代。不然，我会重新考虑我们之间还有没有继续合作下去的必要。"

自知理亏的萧倾尘苦笑了一声，坦诚道："的确是我考虑不周，没有在大局之下顾虑到洛姑娘的人身安危。我不会为自己失误的行为做出任何辩解，只希望你能给我一个机会将功补过，还洛姑娘一个公道！"

轩辕尔桀冷冷看着他："我一直以为你在北漠呼风唤雨，无所不能，事实证明，你竟然连一个微不足道的兄弟都搞不定。"

想起八殿下，萧倾尘苦笑更甚："萧霸天死后，偌大的北漠皇室只剩下我和老八两位皇子，就算父皇明知道我在治国能力上更胜老八一筹，因为我有一半黑阙血统的关系，父皇也不愿意将那个位置留给我。老八就是钻了这个空子，才胆敢一而再、再而三地挑衅我。"

轩辕尔桀非但没有同情他的遭遇，反而戏谑地哼道："如果连一个小小的竞争对手你都对付不了，我觉得北漠这个皇帝之位你不争也罢！"

与此同时，在玄武门附近丢尽脸面的陈香香的情况也非常狼狈。

身为北漠一品相爷，陈子诚向来注重自己的名节和形象，就算平日里对女儿纵容宠溺，也绝对容不得这等伤风败俗之事发生在自己的眼皮子底下。

可是今天，他算是彻头彻尾感受到了什么叫难堪和狼狈，所有的同僚，不管是与他交情好的还是与他交情差的，一个个全都用看小丑一样的目光看着自己。

那种备受煎熬和嘲笑的耻辱感，简直让陈子诚无地自容。

就算八殿下当着众人的面杀了那个轻薄自己女儿的人，也改变不了女儿人前受辱的事实。

回府之后，他声色俱厉地将闯下滔天大祸的女儿给臭骂了一顿。

一向被父亲视为掌上明珠来呵护的陈香香哪里受过这样的委屈，当即大哭，并为自己辩解："爹，您怎么能将所有的过错全部归到女儿头上？女儿才是这起事件的主要受害者。况且，那个轻薄女儿的臭男人已经被八殿下给杀了，凭您在朝中的地位，您那些同僚难道还敢在您面前说道女儿的是非吗？"

见事情已经发展到了这个地步，这个不成器的女儿还在狡辩这些鸡毛蒜皮的小事，陈子诚厉声道："那个男人死了又如何？你可是我陈子诚膝下的掌上明珠，凭你相府千金的身份，就算嫁不进皇门为妃，随便在满朝贵胄中找一位门当户对的公子少爷，那也是使得的。可是现在……"

他恨铁不成钢地指着陈香香的脑袋："你当众出丑，名声已经彻底毁了，从今以后还有哪家公子敢将你迎娶进门，给你至高无上的地位？"

陈香香不为所动道："我才不要嫁给什么公子少爷，我只喜欢七殿下一个人，就算是嫁，我这辈子也只能嫁给七殿下，其他男人连给我提鞋都不配。"

这番说辞，直接把陈子诚给气乐了："七殿下那种尊贵人物，是你想嫁就嫁的吗？"

"爹，虽然我不了解朝中的局势，却也知道七殿下才是最有资格坐上皇位的皇子。只要您肯动用手中的权势助七殿下上位，他必会奉您为靠山，答应您向他提出的任何要求。"

看着女儿执迷不悟的面孔，陈子诚已经彻底放弃跟她讲道理的念头，他真是老糊涂了，才会对女儿疏于管教，把她给养到了如今这么无法无天的地步。

别说七殿下从头到尾根本就没有将他纳入心腹重臣的想法，即便是有，在女儿的名声已经毁得这么彻底的情况下，他凭什么要求七殿下为女儿负这个责任，将这么一个毁了名节的女人娶进家门？

"香香，你对爹说实话，当时到底发生了什么事？为何你会与那个登徒子出现在玄武门？他究竟是什么人？怎么敢对你堂堂相府千金做出那种非礼之事？"

思来想去，陈子诚总觉得这里面透着什么蹊跷，为了避免麻烦上身，他必须掌握事情的来龙去脉，才能着手派人去处理这件事情。

陈香香当然不可能会放过这个告状的机会，忙不迭地将当时的情况一五一十地讲给她爹听。

在她看来，无论她犯了多大的错误，爹爹都会维护自己，并想尽一切办法，将那个得罪自己的人暗中铲除。

这次这件事，她非常清楚是栽到了洛千凰的手里，才会导致事情变得这么严重。

可是对外人，她没办法说出实情，只能将自己谋害洛千凰不成、反被她算计的来龙去脉告诉给了自家爹爹。

听完女儿的讲述，陈子诚的鼻子都被气歪了，他再顾不得父女亲情，挥起手，狠狠一巴掌抽在了陈香香的脸上，哆哆嗦嗦地骂道："孽畜！真是孽畜啊！"

"爹！"

突如其来的一记耳光把陈香香给打了个措手不及，她捂着麻痛的脸颊，瞪圆双眼道："您竟然为了区区一个洛千凰而打我耳光？您疯了不成，我才是您的亲生女儿啊！"

陈子诚破口大骂："那洛千凰究竟是什么来头你心里比谁都清楚，连皇上都不敢轻易招惹的人物，你竟然敢为了儿女私情就把阴谋算计到她的头上？香香，你到底是有多愚蠢，才会做出这么没脑子的事情？"

陈香香拒理力争地叫嚷："她有什么了不起？不就是个到处勾搭男人的狐狸精吗？就算她天赋异禀，在关键时刻能召唤出几只动物来给她助威，可正常情况下，谁乐意找这么奇怪的女人过完一辈子？"

陈子诚被气得直翻白眼："她要是真没几分本事，你怎么可能会在她的算计下输得这么狼狈？香香，有些人是你能惹得起的，而有些人是你穷尽一生也惹不起的。那黑阙御使究竟是什么来头，直到现在都无人得知，皇上已经对洛千凰非常忌惮，现在又有黑阙使臣给她撑腰助阵。万一这件事被没完没了地追究下去，就算你贵为北漠丞相之女，到头来恐怕也要为自己的一时糊涂搭上性命！"

被父亲这么一骂，陈香香的心底总算是生出了一股小小的畏惧，她色厉内荏道："怕……怕什么，反正那个负责演戏的男人已经死了。就算他们明知道是我从中搞的鬼，死无对证，他们拿我也毫无办法。"

见女儿冥顽不灵，陈子诚又恨声训斥了一顿，这才气极败坏地拂袖而去。

他必须利用手中的权势，尽快控制民间的舆论，万一女儿在玄武门与人姿态不雅的名声传到外面，不但陈香香丢人现眼，他这个当朝相爷也十分难堪。

可惜一向精于算计的陈子诚算漏了一点，亲眼在玄武门附近看了一场好戏的那些人，除了对自己唯命是从的一部分大臣之外，七殿下和黑阙御使"秦越"也在其列。

萧倾尘答应轩辕尔桀，定会给他一个满意的交代。

他没有证据将陈香香抓捕归案，却并不代表他没办法收拾陈香香。

名节这种东西对女人来说十分重要，萧倾尘就是利用这一点，让人对外放出消息，将陈香香与陌生男子在庄严肃穆的玄武正门处苟且放荡的事情，添油加醋地渲染了一番。

几乎一夜之间，所有不利于陈香香的言论在民间传播开来，不少曾被陈香香欺负过的男女老少无不在暗地里拍手称快。

没想到嚣张跋扈的相府千金，有朝一日也会沦落到这么凄惨的境地。

并不知道自己的名声已经臭大街的陈香香，在府里休养了几日，便按捺不住外面花花世界的诱惑，带着贴身婢女出府转悠。

诚如萧倾昱所说，比起黑阙，北漠的民风还是十分开化的，尤其是对于那些闺阁中的小姐，并不像黑阙那般，要求她们必须被关在家里学习女红。

只要这些小姐恪守本分，别在外面做太出格的事情，长辈们并不会阻止她们成群结队去外面嬉戏玩耍。

陈香香会养成这么刁蛮跋扈的性格，与北漠这种开化的民风多多少少也有些关系。

她以为，有爹爹在前面为她保驾护航，发生在玄武门的那起羞辱事件很快就会被压下去，那些人甚至忌惮爹爹的身份，这种事情连提都不敢当着她的面来提。

让陈香香做梦也没想到的是，当她带着婢女耀武扬威地出现在经常光顾的一家珠宝首饰店，并死性不改，在店里只剩下一根做工独特的凤凰玉钗，而且被别人准备掏银子购买时，不顾一切地从那姑娘手中将玉钗抢了过来，那个遭了抢的姑娘立马急了，对她大呼小叫道："你还讲不讲道理？这玉钗是我先拿到手里的，价钱我也付得起，你凭什么强取豪夺，将本属于我的东西用这种不要脸的方式抢过去？"

和陈香香争吵的姑娘来头也算不小，父亲和兄长都在朝中身居要职，就算官位比不得陈子诚，也堪称皇上身边的心腹重臣。

一向嚣张惯了的陈香香哪里受过这样的指责，当下就变了脸，厉声呵斥道："什么叫强取豪夺？只要你还没付钱，这玉钗就不归你所有，谁先抢到就是谁的。"

那姑娘被气得小脸煞白，一把将被陈香香抢走的玉钗又抢了回来，大声呵斥道："既然你说没付钱就不归我所有，现在你也没有付钱，证明这玉钗也不归你所有。你抢得，凭什么我就抢不得？"

头一次被人用这种态度对待的陈香香立刻恼了，怒道："你居然敢抢我的东西？"

那姑娘挑衅地瞪她一眼："别说我根本不是抢，就算我抢了，你又能把我怎么样？"

"你……你真是好大的胆子！"

"哎哟喂！"

那姑娘冷笑一声："瞧把你给厉害的，这都什么时候了，还在这里逞相府大小姐的威风？我要是你，发生了那么丢人现眼的事情，早就灰头土脸地躲进家门，一辈子都不会再外出抛头露面。天底下大概只有你陈香香脸皮够厚，名声都已经毁成了那个样子，还好意思跟这儿耀武扬威。"

陈香香心底一惊，急赤白脸道："你说什么？"

两个人争吵的工夫，已经引来不少人围观，那个与陈香香对峙的姑娘姓李，这位李小姐今天出门，身边可是带了六七个闺中好姐妹。

这些和李小姐玩得好的，都是北漠各大臣家里娇养出来的姑娘，无论是谁，都有不凡的家世背景，地位并不比陈香香低上多少。

其中有几个姑娘因为天性胆小，曾经不止一次被陈香香当众羞辱过。

以前是顾忌着陈香香相府千金的身份不敢与她公然作对，不过今时不同往日，当那些不利于陈香香的谣言以星星之火可以燎原之势传遍北漠皇城每一个角落，这些曾经对陈香香有所忌惮的小姐，翅膀一下子就抖了起来。

不管那些传言究竟是真是假，都改变不了一个铁打的事实，从今以后，陈香香将与皇门子弟、达官贵人再无半点儿缘分。

因为没有哪户人家愿意将这么一个丑闻缠身的小姐娶进家门，这意味着，陈香香这个豪门贵女，早晚有一天会被淘汰，再无任何翻身的可能。

有了这样的认识，这些平时看陈香香极不顺眼的小姐，就像找到了有趣的发泄的途径，你一言我一语地将陈香香围在其中，各种刁钻难听的话像不要钱似的往陈香香身上砸。

谣言就是这样，明明最初只是一个小小的火星，在以讹传讹的催化下，当日发生在玄武门的那起事件，居然在一夜之间被传了十几个可怕的版本。

无论哪一个版本，陈香香都在里面扮演着放荡女的角色，简直是名节大损。

就算北漠的民风再如何开化，像陈香香这种胆敢在玄武门前和陌生男子亲密拥抱甚至还做出不雅之事的行为，那也是前无古人，后无来者。

既然已经确定陈香香不可能再有飞黄腾达的将来，这些贵小姐踩起她来也是毫不愧疚。

向来嚣张又不可一世的陈香香，总算是体会到了什么叫作墙倒众人推。

随着围观看热闹的人越来越多，那些针对她名节不保的指指点点也开始渐渐发酵，甚至有不少曾经受过陈香香欺负的老百姓，还趁着众人起哄之时，向陈香香丢去臭鸡蛋和烂菜叶子。

推推搡搡间，陈香香被人一脚踹倒，有人踩到了她的手，有人抓乱了她的头发，出门时还干净整洁的陈大小姐，眨眼之间就变成了街头乞丐的狼狈模样。

陈香香气得大哭，可除了她的贴身婢女一直在替她求情鸣不平之外，那些趁乱起哄的人恨不能一人一脚，直接将陈香香给送进地狱。

珠宝楼的老板见事态闹得越来越严重，为了避免自己的店铺酿出人命案，大声嚷嚷着那些寻衅滋事的人再不住手，他就要报官过来处理。

听说老板要报官，众人这才作鸟兽散，去得不见踪影，只留下陈香香披头散发地坐在原地，扯着喉咙痛哭失声……

按下陈香香被众贵女羞辱欺负一事不提，为了迎接黑阙使臣的到来，北漠老皇帝按照接待外国上宾的惯例，非常隆重地在宫中举办了一场盛大的接风宴。

其实用"接风宴"来形容这场盛大的筵席并不十分贴切，严格来说，这是黑阙使者团踏入北漠境地之后，第一次在这么隆重的场合与北漠进行交流洽谈。

作为贵客的"秦御使"，像往常一样，戴着那张让人看不透真面目的银色面具，高高端坐在上宾的位置。

第六十六章
设死局谁争高下

即使轩辕尔桀从未露出过真颜，在这种云集着皇权贵胄、达官贵人的场合，人们还是可以敏锐地从他身上感受到那种来自上位者的尊贵与压迫。

既然尔桀这次伪装成秦越的身份来到北漠，打的是促进两国文化交流的幌子，一些表面的流程还是要象征性地走一走。

北漠在畜牧业方面十分发达，而黑阙则在印染和各种农产品方面堪称各国之中的翘楚。

既然北漠如今已经向黑阙投了降书，黑阙自然不会继续在其他领域对北漠施行无情的镇压。

不过，黑阙的便宜也不是那么好占的，你北漠想从我黑阙这边得到实惠，必须付出等同或是更高的代价才可以。

另外，由于气候原因，北漠在农作物产品方面的产量一向不高。

夏天还好一点儿，到了冬天，白雪封城，天气寒冷，老百姓只能宰杀家里饲养的猪牛羊马用来饱腹，至于蔬菜水果什么的，那真是想都不要想。

建交之后，黑阙答应可以在冬天这个季节按时提供新鲜的果蔬供应北漠民众，并保证不会在价钱上狮子大开口，保证上至皇廷，下至百姓，人人都能在寒冷的冬季吃到新鲜的蔬菜。

作为回报，北漠每年必须按时按量向黑阙提供精良的马匹，包括在武器制造方面，北漠这边也不能藏私。

"秦御使不觉得您提出来的这些交换条件，对我北漠来说很不公平吗？"

不管陈子诚在教导子女方面究竟有多么失败，朝堂之上，他这个当朝相爷还是非常精于算计的。

表面来看，黑阙是以等同价值的东西在与北漠商谈合作条件，细思量之后才渐渐品味出，这场交易对北漠来说十分不公平。

顶着银色面具的轩辕尔桀冷冷向陈子诚那边看了一眼，语带戏谑道："不知陈丞相觉得本御使提出的哪个条件让你觉得不公平？"

陈子诚义正词严道："在没有与黑阙建交之前，我北漠民众并没有因为吃食的短缺而出现饿死家中的情况。这意味着，就算黑阙不肯在严寒冬季向我北漠提供新鲜果蔬，也不会影响民间老百姓正常的一日三餐。御使大人用这样的条件来要求我北漠每年向黑阙供应足够精良的马匹，这本身就存在着极大的不公平性。另外在织布印染方面……"

陈子诚不卑不亢地继续说："每年十二个月中，北漠只有三个月的时间是炎炎夏季，其他大部分时间都会陷于严寒之中。在这种情况下，老百姓只要吃饱穿暖就能满足生活需要，没必要购买黑阙那些花里胡哨的绫罗绸缎来为自己锦上添花。反观秦御使向我北漠所提出的要求就有些耐人寻味，因为人人都知道，我北漠在畜牧业的发展上强于其他各国，尤其是那些血统纯正的精良马匹，随便一匹都价值不菲，岂能与果蔬绸缎这种东西相提并论？"

这番话，陈子诚说得可谓十分无礼，却说出了北漠大部分人心底的不满。

老皇帝沉吟不语，装出一副与朕无关的样子，其他大臣们也是默默地等待事情的下一步进展。

陈子诚之所以敢在这样的场合做出头鸟，说白了，也是想将功赎罪，极尽所能地赢得皇上对他的器重以及同僚对他的好感。

毕竟陈香香的事情现在闹得满城皆知，为此，皇上还单独将他叫到御书房狠狠训斥了一顿。

为了保住他这一品相爷的官位，陈子诚不得不冒着得罪黑阙的风险，从人群之中站出来，公然质疑黑阙的不公。

面具后的轩辕尔桀丝毫不为所动，只是反问了一句："在你说出这番话之前，可曾对北漠的总体情况做过调查？"

不给陈子诚应声的机会，他又继续道："据统计，北漠人均寿命在四十五到五十五岁之间。除了家境殷实、条件比较好的达官贵人，那些普通民众只能在固定的季节可以享受到果蔬的滋养，大多数情况下都以猪牛鸡羊这种肉食为主，长此以往，对身体并无益处。而放眼望去，真正的皇权贵胄又有几个人？"

顿了顿，他环顾在场众人一眼："本御使承认北漠将士在战场上骁勇善战，不畏敌人。可再怎么善战的民族，面对整体寿命缩短的状况，也该提高警惕，从根本上想办法来解决问题。陈丞相只从表面分析利益得失，有没有想过这些利益背后究竟隐藏着怎样的危机？本御使率使者团出访北漠之前，曾研究过北漠的地理志，一百多年前，北漠总人口高达一亿六千五百万，发展到五十年前，总人口已缩减到一亿四千三百万，到了现在，总人口只剩下了一亿三千多万。不如陈丞相给本御使解释解释，人口逐年递减，究竟是何原因？"

不疾不徐的一番话，着实把陈子诚给问愣在了当场。包括之前那些拥护陈子诚的大臣以及老皇帝也被"秦御使"这番分析给堵得哑口无言。

轩辕尔桀见自己的势造得差不多，才悠然看向老皇帝："俗话说得好，国以人为本。身为国君，想要自己的江山固若金汤，就要设身处地地替底层老百姓考虑生计问题。如若不然，就算北漠猪牛羊马泛滥成灾，在没有人力的操控之下，又何谈国民富强？"

不得不说，"秦御使"一番话，恰到好处地戳中了众人的痛点，不少深明大义的臣子，竟然被"秦御使"给说动了心思，纷纷觉得他此言有理。

而当众出丑的陈子诚非但没有收获皇上对他的赞许，反而还聪明反被聪明误地将自己置于尴尬的境地，瞬间就对这个"秦御使"生出了强烈的恶意。

他不甘心人前丢丑，只能据理力争道："如果御使大人在做这个决定之时真的胸怀坦荡，为何不敢以真面目示人，一定要在脸上戴着一张神秘的面具？"

谁都没想到，陈子诚会在众目睽睽之下，问出这么一个奇葩的问题。

不过，这再一次印证，陈子诚的疑问，也是让皇上及其他大人好奇的。

很多人都想知道，面具后的那张脸究竟是什么模样，毕竟作为代表一方国土的使者，戴着一张神秘的面具，实在是有些不成体统。

从头到尾，萧倾尘一直面色淡然，静观事态发展。

老皇帝时不时会将目光瞥向他这边，不动声色地研究萧倾尘的每一个面部表情。

被陈子诚当场揭了短处，轩辕尔桀却丝毫不见气短，只淡淡回了一句："本御使年幼之时曾发生过些许变故，致使脸上留下了痕迹。为了避免吓到各位，以面具示人，才是对皇上及诸位大臣的尊重。"

陈子诚咄咄逼人道："我北漠在行事作风上向来不拘泥于小节，御使大人完全没必要这样小心翼翼，顾虑他人的感受。"

言下之意，就算面具后的你丑如怪物，也不会有人对你的脸做出任何负面的评价。

轩辕尔桀岂会不懂他的心思，他隔着面具轻笑了一声："本御使很久以前曾听过一句话，上天为你关上一扇窗的同时，也会为你打开另外一扇窗。虽然本御使的面孔不便见人，却可以通过人的面相看出对方近日的运程。就比如陈丞相，你最近乌云罩顶，霉气缠身，周身上下都透着一股不祥的征兆……"

说到这里，他故作恍然道："说起来，最近关于相府千金的不利传言闹得满城风雨。陈丞相有工夫在这里饮酒作乐，倒不如多抽些时间好好关心一下子女的教养问题。"

轻描淡写的一番话，如同一记记清脆的耳光，"啪啪"地打在陈子诚的脸上。

饶是陈子诚再怎么厚颜无耻，面对群臣时不时投来的嘲笑与讥讽，他还是臊得老脸通红，气得浑身发抖。

眼看陈子诚在秦御使的挑唆下成为这场宴席中的小丑，萧倾昱的声音突兀地在众人耳边响起："既然今天这场宴席是专门为秦御使而设，说这些丧气之言难免会破坏了现场的气氛。七皇兄，再过几日，你就要与黑阙的千凰郡主举行大婚之礼，这么隆重的场合，怎不见千凰郡主大驾光临？"

有了萧倾昱这根搅屎棍从中搅合，备受煎熬的陈子诚总算从尴尬的境地中被解救了出来。

萧倾尘刚想开口阻止，就听老皇帝忽然发了话："对对对！老七，你这个未来相公当得可真是不称职，今天这个大好的日子，怎不见千凰郡主前来参加？来人，还不快将千凰郡主给朕请过来？"

很快便有人出了宴客大殿，急吼吼地去执行老皇帝的命令了。

轩辕尔桀捏在酒杯上的手指不自觉地微微缩紧了几分，心里暗骂，北漠这老皇帝还真是一只不折不扣的老狐狸，让人心底恨得慌。

他向萧倾尘瞥去一记冰冷的目光，萧倾尘则不动声色地回了他一记爱莫能助的眼神。

当然，经此一事，轩辕尔桀对于数次破坏他心情的萧倾昱，算是彻底恨上了。

不管这个北漠八殿下究竟是善是恶，必须尽快铲除，决不能留。

不多时，洛千凰就在内侍的带领下出现在众人面前。

萧倾昱自来熟地打招呼道："七皇嫂，你怎么才来？"

那声"七皇嫂"他叫得亲热无比，就好像两个人之间的关系有多亲近似的。

早在洛千凰被请来之前，就已经猜到迎接自己的将是一场鸿门宴。

她冷眼看着萧倾昱那从里向外透着坏笑的脸，面无表情道："请八殿下谨言慎行，我现在与七殿下还没有正式成亲，所以你最好还是叫我一声'郡主'，切莫乱了规矩。"

萧倾昱故作惊讶:"就算还没成亲,但七皇兄与你的婚事却是满朝皆知。我提前唤你一声'七皇嫂',这并不为过吧?"

还是萧倾尘面色冷峻地瞪了故意使坏的萧倾昱一眼:"老八,御使大人面前,你还是稍微收敛一下你的不正经。再这么继续闹下去,丢的不仅是你自己的人,连我北漠的形象也会因为你的无知而被彻底抹黑的。"

"咳!"

老皇帝这才笑着开口:"老七说得对,老八,注意一下你的言行,切莫在贵客面前乱了规矩。"

在父皇似真似假的警告下,萧倾昱这才收敛言行,坐在位置上等着好戏开场。

而老皇帝像是故意给"秦御使"添堵一样,笑着对洛千凰道:"郡主啊,咱们北漠不比黑阙那么讲究宫廷规矩,虽然你和老七还没有正式成亲,但婚事既然已经定下,按照我北漠的风俗,你就是一脚踏进我皇家的媳妇了。"

说着,他指了指萧倾尘的身边:"既如此,你坐在自己未来相公的身边就好。"

他每说一句,仿佛都暗藏着某种深意。

要不是轩辕尔桀伪装得当,恐怕早就起身将洛洛抢回身边据为己有。

这些该死的北漠人,别给他反击的机会,否则,他会亲手将这些浑蛋一个个送进黄泉。

洛千凰倒是没有极力推托,之前险些遭陈香香的陷害,让她心中警钟大响,总担心她和朝阳哥哥之间的关系被人洞悉,所以在众目睽睽之下,她绝不能露出马脚,给人抓到半点儿破绽。

反正萧倾尘身边的位置还很宽敞,就算两个人坐在一起,也不代表一定要有肌肤之亲。

这么一想,她便落落大方地坐了过去,只是不小心看到对面的朝阳哥哥时,非常敏感地从他的眼底看到了不满和愤怒。

她不着痕迹地冲对方眨了眨眼,仿佛在说,忍忍!再忍忍!反正都是作戏,认真你就输了。

在洛千凰的安抚下,尔桀暴怒的情绪总算是渐渐平息了下去。

好在他之前的分析确实给北漠提了个醒,在萧倾尘的建议下,老皇帝答应会仔细考虑黑阙的提议,这件事,也会等宴席结束之后,两国大臣重新坐在一起再进行更详细的商议。

既然是盛大宴席，除了事先就安排好的歌舞弹唱之外，难免会有人为了助兴而提出让两国人马出面比试的想法。

虽然北漠在战场上输给了黑阙，但人才济济的北漠，还是想趁这个时候为自己争回几分颜面。

面对这个提议，轩辕尔桀并不反对。

这次他从黑阙带来的人马都是经过千挑万选的大内高手，既然北漠想要在武力上压倒黑阙，他就让北漠这些大臣看看，黑阙能人辈出，绝非区区北漠可以随便挑衅的。

比试的方式十分简单粗暴，就是从北漠和黑阙中各挑出一个人，当着众人的面，在固定的区域内一决高下，谁先打倒对方，此轮比赛就算谁赢。

比赛共分三轮，胜出最多的一方，就是本次比赛的最终获胜者。

不得不说，被黑阙连续欺压多年的北漠，为了赢得这场比赛，真是铆足了劲头，誓死也要为北漠争回一些颜面。

所以第一场比试下来，北漠选手堪堪领先，在七十几个回合之下，将毫无防备的黑阙选手打出了限制区域外。

第一场，北漠险胜。

为此，北漠上至皇帝，下至大臣，一个个面带喜色，十分开怀。

老皇帝为了给黑阙添堵，还厚颜无耻地自谦道："御使大人真是承让了！"

轩辕尔桀动作优雅地冲老皇帝举了举酒杯，不怎么在意道："输赢无所谓，重在参与就好。"

老皇帝只当他死要面子嘴硬，欣喜地等着第二场比赛之后继续打黑阙的脸。

结果当第二轮选手上场之后，本以为北漠必赢的众人，还没反应过来，就见那个被选拔出来的黑阙选手，仅用不到二十个回合，就将北漠那位身高体壮、满脸横肉的大将军给踹飞倒地。

因此这第二场的胜利者，毫无悬念地落在了黑阙的头上。

原本还沾沾自喜的老皇帝抽了抽嘴角，实在不能接受眼前这个现实。

至少从身高和体重上来看，黑阙那个身材精瘦的选手，根本不可能有敌得过北漠选手的实力。

可事实胜于雄辩，北漠不但输了，而且输得十分不光彩。

因为那个被一脚踹飞的选手受伤过重，最后是被人给抬出去的。

轩辕尔桀轻轻一笑："这次轮到本御使说承让了。"

老皇帝脸色铁青，却不得不露出勉强的笑容，那个被抬出去的大将军，可是他麾下最看重的一员虎将，如今却像一条死狗一样被人给抬走，这让他北漠颜面何在？

至此，黑阙与北漠暂时来说算是打了个平手。

到了第三场，围观的众人已经顾不得桌上的吃喝，一个个静心凝神，想要亲眼看看谁才会成为最后的赢家。

这次被选上来的选手，在身高、体重上的差别倒是不太明显，两个人皆身高八尺，体形健硕，一看就是根骨奇佳的练武奇才。

萧倾尘见身边的洛千凰一直全神贯注地观察比赛现场，忍不住在她耳边小声说道："别看这位选手不如之前那个被抬下去的周将军身材高大，在我北漠却是战神一般的人物。他三岁习武，十六岁在军中称霸，绝对是父皇手下最受器重的爱将之一。"

洛千凰抬眸看了他一眼，低声回道："能被自己的主子以使者的身份带至北漠，我相信黑阙的实力也不会太弱，毕竟，这可是涉及两国颜面的问题，所以我赌黑阙会赢。"

萧倾尘笑了一声："你是希望黑阙赢，还是更希望秦御使会赢？"

洛千凰挑眉："有区别吗？"

萧倾尘刚要开口说些什么，忽然感觉到一股危险之气袭来，只见正在比试的北漠选手被黑阙选手踢了一脚，闷哼一声，连连向后退了数步。

好不容易站稳脚跟，忽见黑阙选手的拳风向自己这边袭来，他眼中杀意渐深，为了不让北漠输掉，他必须赢得这场比赛，所以千钧一发之际，这个人忽然从袖口处甩出一枚飞镖，对着黑阙选手的方向便丢了过去。

能上场比赛的都是练家子，眼看飞镖向自己飞来，黑阙选手反应迅速地侧头一躲。

结果，他忘了这里是宴会场所。

那枚飞镖没打中黑阙选手，却越过他的耳侧，直直向洛千凰的脖颈处飞了过来。

所有的一切都发生在眨眼之间，第一个从震惊中反应过来的自然是轩辕尔桀，他绝对不能容忍洛洛在任何场合中受到丝毫伤害。

只是他从起身到飞过去救场，中间隔了一段距离。

反倒是离洛千凰最近的萧倾尘在看到那枚飞镖飞过来的时候，迅速将身边的洛千凰推到旁边，身体的惯性却使他不得不向飞镖的方向移去。

这也就意味着，在他推开洛千凰的同时，那枚小小的飞镖，准确无误地刺入了他的肩胛骨，鲜血瞬间染红了他胸前的大片衣襟。

突如其来的变故，吓得在场的众人全都瞠目结舌。

谁都没想到，不过是一场小小的比试，竟然差点儿酿成一场血案。

事情发展到这个地步，比赛是万万进行不下去了。

虽说那枚飞镖并没有伤及萧倾尘的要害，但整枚尖锐的飞镖没入他的肩膀里，若不及时治疗，后果将会不堪设想。

现场出现一阵嘈杂和喧哗，老皇帝就算再怎么不喜欢萧倾尘这个儿子，外人面前，也不能对儿子视若无睹。急忙宣召太医过来救诊。

发生了这样的事情，宴会不得不提前结束，其中受到最大惊吓的非洛千凰莫属，直到现在她都心有余悸，好好的接风宴，竟然差点儿变成凶杀案现场。

经过御医的一番治疗，那枚没入萧倾尘肩膀里的飞镖被取了出来，取镖的时候流了不少血，却并没有给他带来致命的危险。

饶是这样，被他在关键时刻救了一命的洛千凰还是对萧倾尘感激万分。

从两个人相识直到现在，她一直对萧倾尘不太友善，甚至好几次还因为他不可理喻的行为而对他恨之入骨。

可性命攸关之时，他竟不顾自身安危对她出手相救，仅凭这份恩情，洛千凰便在心中放下隔阂，对他友善了不少。

那个险些害七殿下丢掉性命的北漠选手当即被抓捕入狱接受审问，不管这起事件他究竟是有意还是无辜，胆敢伤及皇族子弟，都不可能会被轻判。

"你尽管放心，我已经给你受伤的地方涂了止血良药，这药可比你们北漠御医提供的药材有效多了。每隔两天换一次药，不出数日，身体就会复原，被伤及的骨头也会在很短的时间内迅速长好，绝不会让你留下任何残疾。"

说着，她轻轻拍了拍萧倾尘的肩膀，低声道："无论如何，这回算我欠你一次，有朝一日，我会想办法还你这个人情。"

直到房间里的闲杂人等被打发得一干二净，洛千凰才不胜感激地说出自己的肺腑之言。

因为受伤的缘故，萧倾尘的脸色有些苍白晦暗，但这丝毫没有影响他嘴边不自觉流露出来的欣慰和笑容。

"能有你这句话，别说替你受伤，就算替你去死，我也心甘情愿！"

"够了！"

两个人之间的交谈，让站在一旁的轩辕尔桀实在听不下去。

他一把揪住萧倾尘的衣领，眯着眼威胁："你最好给我适可而止，别忘了洛洛现在是谁的女人。"

洛千凰急忙拉开尔桀的手，不高兴道："你小心一点儿，别扯到了他的伤口。"

尔桀大受打击，皱眉道："洛洛，你怎么能对除我以外的其他男人这般上心？"

洛千凰瞪他一眼："什么上不上心？受人恩情当涌泉相报，今天要不是萧倾尘替我挨了这一刀，说不定我现在已经与你天人永隔了。朝阳哥哥，咱们做人要厚道一些，不能受了别人的帮助之后还要落井下石。"

尔桀被气得牙根直痒，只能暂时放下对萧倾尘的不满，好言相劝道："洛洛，发生这样的事情，估计你也被吓坏了，待会儿回去之后洗个热水澡，好好睡上一觉，我不希望今天的事情给你心里留下任何阴影。"

回想之前发生的种种，洛千凰确实有些被吓到，折腾了这么久，她身心疲惫，确定萧倾尘不会有生命危险，这才在尔桀的殷切叮嘱下回到了休息的地方。

洛千凰前脚刚走，尔桀立刻伸手在萧倾尘的伤口处狠狠捏了一把。

由于这动作来得太过突然，毫无心理准备的萧倾尘再顾不得什么皇子形象，疼得他"嗷"的一声叫了出来，冷汗也随之流了满脸："你想干吗？"

尔桀丝毫没有放松指下的力道，怒不可遏道："萧倾尘，你今天可真是在众人面前演了一场好戏码。你当真以为我不知道，那个北漠选手在射出飞镖时你会躲不过去？你这么做，究竟有什么目的？"

因为疼痛而脸色煞白的萧倾尘赶紧去掰他的手，声音颤抖道："你赶紧给我松开，不管那枚飞镖我躲得过还是躲不过，我肩膀上的伤口都不是在作假。"

尔桀忽然冷笑："你这是间接承认我的猜测并没错了？"

萧倾尘哀怨地瞪他一眼，努力为自己辩解："就算我功夫还算不错，在当时那种环境下，也不一定能躲得过飞镖的暗算。我再如何精于算计，难道还会拿自己的性命开玩笑？"

尔桀根本不为所动，冷冷看着他苍白的面孔，一字一句道："你这么做当然有你的用意，最近北漠的形势越来越严峻，你担心我会带着洛洛撂挑子走人，便故意上演这么一出苦肉计，逼着洛洛承下你这份人情，从而迫使我留在北漠助你上位，是也不是？"

萧倾尘抬头看他一眼，半晌后，他淡淡笑了："你还真是比我想象中更加聪明睿智，没错，我不否认当时那种情况下我可以安然无恙地躲过一镖，但为了创造更加有利于我的筹码，我并不觉得这么做有什么不对。至少，洛姑娘现在安然无恙，你也没有在这场变故中受到任何损失。"

尔煠眯起双眼，语气十分危险："你就不怕我将你这龌龊的心思告诉洛洛？"

"你去说啊！她本来就心地善良，就算知道我这么做的目的是在她面前上演苦肉计，凭她那单纯好骗的性子，肯定也会心生感激，不会对我置之不理。"

萧倾尘这无耻的嘴脸，气得尔煠又在他受伤的地方狠狠捏了一把，直疼得对方冷汗直流，差点儿晕死过去才善罢甘休。

眼看萧倾尘被自己欺负得奄奄一息，轩辕尔煠才冷着脸问："今天那第三个选手，到底是怎么回事？"

萧倾尘冷笑："还能是怎么回事？十之八九，他是父皇或是老八派出的死士。比赛是假，杀人是真。"

尔煠挑了挑眉："他想杀谁？"

萧倾尘脸色一沉，哼道："自然是我！不然，你以为老八为什么会在这样的场合中提出让洛姑娘出面作陪？又为什么将她安排在我的身边？当然……"

他抬头看了尔煠一眼："老八也想借这个机会试探你的身份，洛姑娘差点儿遇险时，你的反应可并不比我冷静多少。他们早就对你的身份有所怀疑，一旦你做出为洛姑娘舍身忘己之事，你极力隐藏的秘密说不定也会被公之于众。所以我今天虽然使了一些小手段让洛姑娘承下我的恩情，同时也用这种轰轰烈烈的方式成功移开他们对你的怀疑。你不感谢我也就罢了，居然还恶人先告状，欲夺我性命！"

说着，他面色难看地在血水不断往外渗的伤口处捂了一下，哀怨之色难以言喻。

尔煠当然不可能因为三言两语而对他心生同情，他冷冷看了他一眼："尽快将你的麻烦给我解决掉，不然，我们之间的合作将由我单方面终止，你好自为之！"

发生在接风宴上的那场惊心动魄的变故，很快就被像个鹌鹑一样不得不躲在家里避风头的陈香香所获知。

这次她之所以没有随父亲参加皇宫宴会，正是因为最近各种不利于她的舆论和谣言逼得她没脸出门。

自从上次在珠宝楼被李小姐等人当众羞辱，陈香香郁结难平，回府之后就大病一场，差点儿被气得丢掉了性命。

虽然在各种昂贵药材的滋补下总算保住了性命，但身体状况却大不如从前。

她认为，归根结底，把她害得这么惨的罪魁祸首就是洛千凰。

没想到那个被她恨之入骨的女人在参加宴会时遭遇突袭，非但没有丢掉性命，反而在性命攸关之际被人挺身相救，并且，这个用自身性命护她周全的不是别人，正是自己心仪多年的萧倾尘。

陈香香实在不能理解萧倾尘到底在想些什么，明知道洛千凰并不是一个值得男人付出一切的好女人，却偏要对她另眼相看，甚至为了救她于水火之中，连自身性命都可以不顾。

反观自己，为了吸引萧倾尘对她的注意力，不顾名门闺秀的声誉，像条哈巴狗一样想尽一切办法追在他的屁股后面跑。

她不求萧倾尘赐予她独一无二的宠爱，只要他肯在万千人海中稍稍向她投来一记关注的眼神，这辈子，她也会死而无憾，毫无怨言。

"小姐，您的药来了。"

就在陈香香沉浸在这种忘我的愤恨中时，贴身婢女端着刚刚熬好的药从外面推门而入。

看着碗里那黑棕色的苦药汤子，陈香香恨意更甚，抬起手，便将婢女手中的汤碗挥落在地，瞬间摔了个粉碎。

婢女吓得花容失色，滚烫的药汁将她的手烫出了一串大水泡，婢女不敢哭不敢叫，只能低眉顺眼地将被打翻在地的汤碗碎片一一拾起。

陈香香怒不可遏道："本小姐根本没病，以后不要再把这种难喝的东西送到本小姐的面前。"

婢女苦着脸道："小姐最近的气色确实有些不太明朗，许是前些日子天气太凉，冻了身子才会染上风寒。这些药都是宫里的御医按照您的病情精心开出来的，只要再坚持喝上三五日，小姐的身体肯定会彻底痊愈的。"

陈香香嘴上叫得欢，心中又何尝不知道自己最近病魔缠身，气力不足。

只是对着婢女发了一顿脾气，她就累得气喘吁吁，一副快要上不来气的样子。

这样的自己，别说七殿下看不上眼，就是揽镜自照时，她也会对镜中的倒影生出厌恶之心，满心都被恨意所填满。

而把她害成这副模样的罪魁祸首，如今却安安稳稳地留在云清宫做她的准嫁娘。

越来越恨的陈香香终于按捺不住心底的怨毒，冷着眼对满脸苦哈哈的小婢女道："去把陈管家给我叫来，我有重要的事情与他相商！"

同一时刻，轩辕尔桀在云清宫宣布了一个令洛千凰高兴的好消息，他已经让自己的心腹联络到驻守在北漠边境的黑阙将领,一旦北漠这边出现状况,黑阙大军会立刻攻进北漠,与萧倾尘里应外合,助他早日坐上皇位。

洛千凰心花怒放道:"这是不是意味着,只要咱们再在这个破地方忍耐几天,就可以带着人马浩浩荡荡地回到黑阙?"

"破地方"这三个字成功取悦了轩辕尔桀的心,他忍笑反问:"你不喜欢北漠?"

洛千凰皱起两道细细的眉,噘嘴道:"这个地方物产稀缺,风沙极大,和咱们风景秀丽的黑阙如何相比?当然这些都不是重点,重点是北漠上至皇帝,下至官员,一个个都如虎如狼,心底藏着阴险和算计。要不是为了帮萧倾尘尽快上位,我才不稀罕留在这里陪这些大小狐狸演戏。"

尔桀有些心疼地摸了摸她的头发,满口自责道:"都怪我没能好好保护你,才害你沦落到这个境地。你放心,我会尽快处理好手边的麻烦,然后风风光光地将你接回黑阙。"

这番话,让洛千凰的眼中生出了几分希冀,她眨着灵动的大眼睛问:"你真的有把握在短时间内搞定这一切?"

尔桀自负道:"区区北漠而已,还不配让我黑阙放在眼里。"

"可是……"

想到之前发生在宴会上的那场变故,洛千凰的心底又有些忧虑:"我总觉得那个差点儿在宴席上误伤我的北漠选手来头不简单。作为一个习武多年的人,众目睽睽之下,怎么会犯下这种低级的错误?先不说御前究竟可不可以将匕首、飞镖这种东西带在身边,即便可以带,他就没想过那一镖飞射出去,会误伤他人吗?再说,当时那场比试,每一位选手,都代表着黑阙与北漠的颜面,那个人为了争强好胜,便耍阴招使用暗器。就算最后他赢了,赢得也非常不光彩。我不信一个有资格出现在这种场合的选手,会想不到这么做之后可能造成的后果。"

见她一脸认真地分析着事故本身的利害关系,尔桀既觉得好笑,又觉得欣慰。

他的洛洛虽然单纯好骗,却并不是一个小笨蛋。能在短时间里看透事情的本质,这样的洛洛,何愁将来驾驭不了后宫?

"朝阳哥哥,我说得不对吗?"

见他一直没有应声,洛千凰忍不住试探地问了一句。

"不!"

尔桀捏了捏她的俏鼻，赞赏道："你不但分析得头头是道，而且清楚明白地将事情的本质剖析得准确无误。表面上看，只是一场突发的意外，实际上，这就是一场精心策划的阴谋。"

洛千凰倒吸了一口气，瞪圆双眼道："什么阴谋？难不成那个人真的想杀我？"

尔桀眸光微微变冷："那些人想要杀你，也要看担不担得起杀你之后的后果。你且放心，众目睽睽之下，他们还不敢公然对你这位黑阙来的郡主殿下做出太过分的事情。"

洛千凰恍然大悟："莫非那个人真正想杀的是萧倾尘？"

尔桀不想让她过多参与这些权谋之事，便好言相劝道："你一个姑娘家，只要把自己保护得妥妥当当，其他事情不必忧心过多。且看着吧，若萧倾尘是一个扶不上台面的阿斗，我会提前终止与他的合作，立马带你返回黑阙。"

想到萧倾尘为了救自己而不顾一切，洛千凰又有些心软："不管怎么说，他……终究是救了我的。"

尔桀冷哼："所以我会给他最后一次机会，端看他把握得住，还是把握不住！"

洛千凰乖巧地点了点头，顺势将自己的俏脸埋进他的胸口，语气幽怨道："朝阳哥哥，我想我爹还有我娘了。"

她那软嫩的语气瞬间融化了尔桀的心，顺势将她又往自己怀里拉了拉："你放心，等这次回去，不管你爹同不同意，我都会将你娶进家门，再不会给任何人破坏你我关系的机会。洛洛，我会竭尽所能，让你成为天底下最幸福的女子。不但这辈子我们要形影不离地在一起，到了下辈子、下下辈子，我们一样会在茫茫人海中找到对方并厮守终身，你信我吗？"

洛千凰被他口中下辈子、下下辈子这样的承诺给说得心里直发甜，她无比柔顺地在他怀中点了点头："我信！"

两个人肆无忌惮地在云清宫厮守了一下午，直到太阳快要下山，为了避嫌，尔桀才依依不舍地带人离去。

自从轩辕尔桀和萧倾尘达成合作协议，偌大的云清宫周围就被他换上了自己的心腹。至于贴身伺候的眉儿，就算洛千凰知道她是萧倾尘身边的心腹，只要自己和朝阳哥哥单独相处时，她还是会想尽办法将对方支开，以免出现不必要的麻烦。

所有的一切看上去祥和又平静，让人丝毫察觉不到任何危险的存在。

这种看似安稳的状况一直持续到了深夜，十几个身手不凡、轻功高强的黑衣人，在神不知鬼不觉的情况下，偷偷潜进皇宫重地，并直接奔赴云清宫的方向。

院子里负责守夜的内侍在看到这伙人出现时，还没来得及发出求救信号，就被人一刀抹了脖子，送上了西天。

眨眼之间，十几个负责保护云清宫安全的小太监被杀得一干二净，而这些黑衣人的目的十分明显，在杀了这些小太监之后，提着长刀直奔内殿，欲取云清宫现任主人洛千凰的性命。

所有的事情似乎都发生在顷刻之间，就在这些黑衣人自以为他们身手了得、一定会在最短最快的时间里夺下洛千凰首级之际，四面八方忽然拥出来几十个身手高强的暗卫，在这些黑衣人猝不及防之际将他们一举抓获，连一个想逃出去通风报信的活口都没留。

而这些身手利落的暗卫，正是尔桀安排在云清宫负责保护洛千凰安全的心腹。

可怜那些自以为会顺利完成主子交代的任务的黑衣杀手，连被击杀的目标都没来得及看上一眼，就被人五花大绑直接带走。

宫里发生了这样的事情，作为北漠国君的老皇帝肯定不能再心安理得地继续入睡了。

当夜凌晨，老皇帝便让太监总管将朝中所有重量级的人物全部召集到一起。

毕竟洛千凰是北漠未来的七王妃，同时，她也代表着黑阙的门面和形象。

现在，她这位被北漠奉为上宾的贵客，竟然在夜里入睡的时候险被杀害，此等大事，自然令北漠朝堂陷入一阵恐慌之中。

"关于今晚遇刺一事，你们北漠上上下下必须给我黑阙一个满意的交代。不然，本御使不介意代表我黑阙国君，重新考虑与北漠之间的合作事宜。"

化身为秦越的轩辕尔桀，在得知洛洛差点儿遇刺之后，便带着大批心腹，直接来到老皇帝面前讨个是非公道。

即使看不到秦御使面具后的表情，在场的众人还是被他周身散发出来的冷肃给吓得肝胆俱裂。

不愧是被黑阙国君选中的御使人选，这气势、这口气，简直比皇帝还要骄傲自负。

自知理亏的老皇帝在没有弄清真相之前，自然不敢得罪这位黑阙御使，只能做低伏小道："御使大人尽管放心，此事关乎到郡主殿下的安危，朕定当加派人手，彻查幕后凶手，保证会在最短的时间里给御使大人满意的交代。"

轩辕尔桀冷冷看了老皇帝一眼，冷笑道："关于幕后凶手，本御使自会亲自调查。之所以会在这个时间请皇上及各位大臣过来，无非是想让诸位给本御使一个交代。如果本御使查出凶手的身份，皇上会如何处置？"

未等老皇帝应声，大半夜被人叫进宫里的陈子诚有些不满地皱了皱眉："不知御使大人此言何意？"

"我的意思非常简单，这里是北漠，如无意外，想要夺郡主性命的凶手说不定也是北漠之人。万一皇上护短，到时候不肯给予凶手重责，那我黑阙郡主岂不是白白受了这么一场可怕的惊吓？"

陈子诚回以冷笑："秦御使怎么会如此看待我北漠，假如行刺郡主的凶手真是北漠人，无论是何身份地位，皇上都不会徇私枉法，自会给黑阙一个满意的交代。"

面具后的轩辕尔桀沉声一笑："希望陈相爷可以说到做到！"

陈子诚被他那略带戏谑的口吻气得心里直窝火，忍不住反驳一句："既然千凰郡主在不日之后将嫁入北漠，成为名正言顺的七王妃。秦御使一个外男，又何必对这件事如此上心？难道说，秦御使与千凰郡主之间，还有什么见不得人的关系不成？"

轩辕尔桀冷冷一笑："你真的是一朝丞相吗？居然连这么幼稚低能的话都说得出口。本御使来自黑阙，千凰郡主同样也来自黑阙。就算不久的将来她会以联姻的方式嫁到北漠，也改变不了她是黑阙子民的事实。我此次出访北漠，代表的是黑阙国君的形象。如果黑阙国君在明知道本国郡主险遭欺凌的情况下还无动于衷，那黑阙的江山他也就没必要再接着守下去了。"

眼看自家丞相被"秦御使"骂得狗血喷头，老皇帝赶紧打圆场道："御使大人说得有理，郡主如今还没有正式嫁进北漠，身为黑阙御使，关心自己族人的安危，这也是人之常情，并无过错。陈爱卿，郡主遇刺一事非同小可，你一定竭尽所能查出幕后凶手，给御使大人及郡主一个满意的交代。"

陈子诚认命点头："臣定不负使命。"

第六十七章 逢劫难扭转乾坤

轩辕尔桀实在没兴趣看这君臣二人在自己面前表演，便冷冷说了一句："皇上尽管放心，那些刺杀郡主的凶手已经被全部抓获，此次参与谋杀事件的共有十二人，将由本御使亲自负责刑讯审问。"

"什么？由你亲自审问？"

陈子诚眉头一下子皱得老高，满脸不认同道："既然这件事发生在我北漠的管辖范围之内，自有我北漠刑部负责审问这些刺客。"

"北漠刑部？"

轩辕尔桀语带嘲讽地看了陈子诚一眼："我怎么知道贵国刑部在审问的过程中会不会出现徇私枉法的情况？如果此次遭到刺杀的目标非我黑阙子民，本御使自然不会插手去管。但是现在，性质可就不一样了。不过，为了保证刑讯的过程公开公正，本御使诚邀陈丞相全程参与刑讯过程，不知陈丞相意下如何？"

深深受到挑衅的陈子诚眯着眼点头："好，本相自当全力配合！"

直到陈子诚亲眼目睹黑阙这位御使大人在审问犯人时所使用出来的种种刑讯手段时，他才懊悔至极，恨自己当初为什么会那么爽快地答应"秦越"的提议。

整整十二个犯罪嫌疑人，被分别安排在十二个审讯地点接受审问。陈子诚文官出身，还是第一次亲眼目睹这么特殊的审问方式。

那些接受审问的犯人在被审问过程中接受各种严刑责打，令人畏惧的是，这些刑罚五花八门，不但会让人痛彻心扉，还会把人逼到几近疯狂。

就算这十二个杀手曾经接受过各种非人的训练，当他们的意志力被一点儿一点儿消磨干净时，很快就有人承受不住折磨，将雇用他们杀人的幕后指使者和盘托出。当其中一个受审者说雇用自己的人是丞相府的陈管家时，正在观刑的陈子诚一下子傻眼了。

什么？这起刺杀事件，居然和他们丞相府有关？

陈子诚立马厉声呵斥："胡说八道，这简直就是一场针对我的污蔑和陷害！"

他指着那个受审者厉声问道："说，是谁指使你来诋毁本相的？"

从头到尾一直慢慢欣赏这场刑讯过程的轩辕尔桀，似笑非笑地看着陈子诚那惊慌又紧张的样子："陈丞相贵为北漠一品大员，又有谁会不要命地将矛头指向你呢？"

陈子诚怒道："这个人一定是被他人收买，故意将屎盆子扣在本相头上！"

他正在这边据理力争，其他几个刑讯室的负责人在经过一番刑讯之后，将问出来的结果一一呈送到主子面前。

当所有的结果放到一起，得出来的结论简直令陈子诚抓狂，因为那十二个受审的犯人给出的口供竟然出奇地一致，并全都将矛头指向了丞相府。原来这十二个人来自北漠一个颇有传奇色彩的杀手组织，只要雇用他们的人舍得出钱，他们就会想尽办法将目标人物直接斩杀。

按照组织里的规矩，任务失败，所有参与任务的人将会在第一时间服毒自尽，绝不会给抓捕他们的人留下任何把柄。但这次他们失了算，就在他们想咬碎事先藏在牙齿里的剧毒时，那些抓捕他们的暗卫手脚利落地将他们的牙齿全部打落，并采取非人的手段，对他们进行可怕的刑讯逼供。

十二个凶手，十二间囚室，怕的就是他们在受审时串口供。丞相府陈管家这次花了整整五万两银子雇他们，口供一致，证据确凿，就算陈子诚想要继续抵赖，在这么多供词面前，也是白费力气。

有了十二个人异口同声的口供，就算陈子诚还想矢口否认，铁证面前，也容不得他再强行抵赖。很快，被人供出买凶杀人的丞相府陈管家就被官兵抓捕归案。

这位陈管家名叫陈福，早在二十几年前就跟在陈子诚身边效力，绝对算得上陈家父女身边的忠实心腹。此人老谋深算，手段极高，这些年没少在暗地里帮陈子诚干一些见不得人的勾当。

久而久之，他便被陈家父女视为最得力的左膀右臂，不管遇到任何难题，陈福都会竭尽全力替主子以最利落的手段飞速解决。这次，为了神不知鬼不觉地杀掉云清宫里的洛千凰，陈福花大价钱聘请了北漠第一杀手组织。

这个神秘的组织在北漠存留已久，组织里所培养出来的杀手个个身手不凡，就算事情落败之后，也绝对不会给雇主带来任何麻烦。

万万没想到，这次被派出来的十二个杀手居然在眨眼之间被人一举抓获，甚至就连服毒自杀的机会都被迅速剥夺。

当十二个杀手被抓捕归案时，陈福并没有对此生出太多的担忧。

他始终觉得，既然这个杀手组织能在江湖上留下出师不败的名声，自然不会给雇用他们的人带来烦恼。而事情的结果完全出乎陈福的意料，短短三天时间，受审的杀手便纷纷将矛头指向陈福，吓得他连逃跑的机会都没有。

陈福被抓，身为他主子的陈子诚也难辞其咎。

"皇上，臣这次真的是冤枉的……"

此时的陈子诚真是哭死的心都有，直到现在他都不敢相信，究竟是哪里出了错，为何事情会发展到这么诡异的地步？他承认自己对洛千凰及那个身份不明的秦御使毫无好感，却也没胆大妄为到派出杀手要置对方于死地的地步。

可一份份确凿的证据摆在他面前，直接将刺杀郡主的矛头指向了他们丞相府。

迫不得已，陈子诚只能跪倒在老皇帝面前向他哭诉，试图利用多年的君臣之情让老皇帝对自己网开一面，从轻发落。看着陈子诚鼻涕一把眼泪一把地跪在自己面前表忠心，老皇帝真不知该斥责他用人不当，还是该同情他悲惨的遭遇。

老皇帝打心底不相信为官多年的陈子诚会干出这么愚蠢的事情，但铁证面前，他又没办法利用身份为陈子诚开脱，只能蹙着眉头道："陈爱卿，不管这件事背后的主谋究竟是不是你，你最该祈求宽恕和原谅的都不是朕，而是差点儿因这起刺杀事件丢掉性命的千凰郡主。"

由于"受害者"洛千凰在刺杀事件中受到了不小的惊吓，目前被安置在云清宫好生休养。于是，她将这件事全权托付给"秦御使"代为处理，只要不伤及黑阙的颜面，无论任何处理结果，她都会欣然接受。

有了郡主的"殷殷嘱托"，刚正不阿的"秦御使"自然会负起全部责任，绝不能让这起未成功的刺杀事件白白惊吓到了身娇肉贵的千凰郡主。

所以，当老皇帝将哭诉中的陈子诚踢向自己时，顶着面具的轩辕尔桀不为所动道："铁打的证据就在这里，我实在不明白事情都已经发展到了这个地步，陈相爷为什么还要拒不承认？难道我黑阙郡主的性命就这么不值钱，凭你一句被冤枉就大事化小，小事化了？"

陈子诚强行按捺住心底的愤恨，哭丧着脸道："还请御使大人明察秋毫，这件事真的与本相无关。本相与郡主无冤无仇，岂会花那么一大笔银子买凶谋杀郡主的性命？"

轩辕尔桀冷冷一笑："身为当朝一品相爷，区区五万两银子在你眼中应该算不得天大的价钱。反倒是被十二个犯人同时指控的相府管家更让我好奇，他只是相府里的一个奴才，连面都不曾与郡主殿下见过一次，何来的仇怨，会对郡主下这样的毒手？

说一千道一万，他定是受了主子的指使，才将郡主作为暗杀目标杀之后快！"

已经被吓得魂不附体的陈管家趴伏在地上用力磕头："此事与相爷无关，所有的一切都是奴才做的，如果要追究，就追究奴才一个人好了。"

说罢，他就要撞墙自杀，当众自行了断。

轩辕尔桀早派人时刻盯着陈管家的一举一动，自然不可能会给他撞墙自杀的机会，还没等陈管家飞身跃起，就被两名孔武有力的侍卫压跪在地，半丝也动弹不得。

面具后的轩辕尔桀发出一阵轻蔑的冷笑，居高临下地对陈管家道："你以为一死了之，所有发生过的事情就可以化为乌有？你还真是太天真了。"

说罢，他当众打了个响指，很快便有侍卫押着一个满身肥肉的中年男人走了进来。

看到此人，不但陈管家傻了眼，就连陈子诚也瞪圆双眼，浑身上下剧烈发抖。这个中年胖男人不是别人，正是相府的账房先生，专门负责丞相府里每一笔进账和支出的人。

从这个人被押进大殿的那一刻起，腿肚子就在不停发抖，整张脸被吓得惨白无比，那模样就像见鬼了似的。

不等轩辕尔桀开口询问，他就"扑通"一声跪在地上，竹筒倒豆子般迫不及待地交代出实情："小人真是冤枉的啊，这件事从头到尾与小人没有半点儿关系，小人只是相府的一个账房先生，万万不敢将歪念头动到黑阙郡主的头上。那天是大小姐亲自带着陈管家来账房支取了五万两银子，由于数额巨大，小人原打算禀报相爷，却被大小姐强行制止。她还警告小人，如果敢将这件事告诉相爷，就杀了小人的全家……"

话说到这里，陈子诚的脸色已经惨白不已。直到这一刻他才终于明白，所有的事情都是他那不成器的女儿一手搞出来的。他又气又怒，恨不能亲手将陈香香那个蠢货送进地狱。想他陈子诚在朝为官数十载，一路顺风顺水，颇受皇上器重，到头来，他的仕途却毁在了被他疼爱多年的女儿身上。

当相府账房先生将矛头指向陈香香的那一刻，一直默不作声的萧倾昱终于变了脸色，他飞速起身，上前一脚将那中年胖子给踹至一边，厉声呵斥："你这奴才真是好大的狗胆，居然连相府小姐都敢出口冤枉，你真是活得不耐烦了！"

胖账房挨了八殿下一脚，像个球一样在大殿正中打了个滚，当萧倾昱还想冲过去一刀结果了此人性命时，被眼明手快的萧倾尘一把拦住，他厉声道："老八，难道你想杀人灭口，替凶手开脱？"

事情涉及陈香香，萧倾昱再不复往日的沉着冷静，怒不可遏道："香香贵为相府小姐，有什么理由雇用杀手去刺杀黑阙郡主？定是这狗奴才觊觎府中小姐的美色，求而不得之下才说出这般含血喷人之话。"

在地上打了一个滚的账房先生简直要被这样无理的指控给气哭了："殿下此言差矣，小人今年已经五十有余，家中一妻一妾，儿女成群，就连孙子都大到可以出门打酱油，怎么敢色胆包天地觊觎小姐美貌，做出这种糊涂事？还请殿下口下留德，莫污了小人的名节，让小人背上这不白之冤……"

萧倾昱目眦欲裂："你居然敢质疑本殿下？"

见大殿之中闹成一团，轩辕尔桀先是冷笑一声，复又将目光落到老皇帝的脸上："不知皇上有何裁断？"

不管是陈子诚，还是萧倾昱，这些人之于他就如同小丑一样的存在，跟这些人多说一句话都觉得是在浪费时间。

面对黑阙御使的直直逼问，就算老皇帝心里恨了个半死，也只得小心应对，满脸赔笑道："御使大人尽管放心，事情人证物证已经有了，想必发生在云清宫的那起刺杀事件的幕后指使者已经水落石出。正所谓天子犯法与庶民同罪，更何况这次差点儿受到伤害的还是郡主殿下。朕这就派人将陈香香抓进刑部受审，至于陈子诚……"

老皇帝深深看了为自己劳心费力多年的臣子一眼，终有些不忍道："从陈管家和那账房管事的口供中不难听出，他与此事并无关系。但这并不代表他就不用为此付出代价，朕已经决定罚他在府中闭门思过三个月，减一年俸禄，待受罚完毕之后官位再连降三品，不知御使大人对朕的这个裁断可否满意？"

轩辕尔桀当然不满意。老皇帝做出这样的惩罚，无非是故意当着他的面做些表面功夫，等他带着黑阙使者离开北漠，别说陈子诚会官复原位，就是被抓进刑部受审的陈香香也会以各种名义被无罪释放。

这么不划算的事情，轩辕尔桀岂会点头同意？

只是还没等他出言反对，一心为陈香香着想的萧倾昱便愤然出言："父皇，难道您忘了三年前陈丞相随父皇去东山猎场参加狩猎大赛时，曾在父皇遭到野兽袭击而性命垂危时救过父皇一命的事吗？事后，为了表彰陈丞相救驾有功，您曾亲口允诺过相爷一个条件，若日后有涉及相府安危之变故，您会以帝王的身份对相爷一家法外开恩，从轻发落。虽然千凰郡主遇刺一事可能涉及丞相府，但本着君无戏言的原则，还请父皇三思而行，切莫因外人几句话而失了我北漠的人心。"

老皇帝正愁找不到理由为自己的臣子开脱，经老八这么一提示，他总算给自己找到了合适的理由："秦御使，八皇儿所言并非虚构，朕当年蒙受灾难时，陈爱卿确实在危难之中救朕一命。既然朕早在三年前便给了陈爱卿一个承诺，那么现在……"

接下来的话老皇帝没有继续说下去，而是又将这个难题踢给了咄咄逼人的"秦御使"。历朝历代，君主发过的誓言就如同天命，一旦违反，必会遭到世人诟病。

如果"秦御使"非要逼着老皇帝违背誓言，就算他是黑阙派来的使者，也难免会冠上一个"是非不分"的罪名。

轩辕尔桀岂会看不出老皇帝的言下之意，他不怒反笑："按你北漠与黑阙当初签署的协议，此番我率使团出使北漠，与我接洽的本该是新任帝王。虽然你口口声声说北漠有祖例在先，未婚皇子必须娶妻之后方可上位，这个祖例在我黑阙面前是完全行不通的。不过，本着入乡随俗的传统，本御使可以暂时接受北漠眼前的局面，但皇上实施恩德的同时，为何不问问未来新帝对此事有何看法？"

老皇帝固然聪明，轩辕尔桀也不是傻瓜，不但明着暗着将不肯退位的老皇帝给挤对了一通，顺便还把这个难题交给了一直让他心里不痛快的萧倾尘。

想斗，就让你们北漠人自己窝里斗吧！

老皇帝压下心中的怒火，看向萧倾尘："七皇儿如何看待这件事？"

萧倾尘岂会被轩辕尔桀三言两语所打败，他淡淡一笑，对众人道："刺杀郡主一罪非同小可，但父皇当年受丞相之恩也是不争的事实。既然两难抉择，倒不如将所有的事情全部折中一下。陈丞相对女儿管教不严的确当罚，但无须禁足罚俸，直接官降三品，重新考量。至于惹下滔天大祸的陈香香，按照我北漠的律法，她犯下的可是杀头的死罪，不过有父皇恩威在身，加之相爷前些年又为朝廷立下过不少汗马功劳，所以儿臣斗胆建议，免除陈香香死罪，将她许配给西域王为妻，以此来促进我北漠与西域之间的良好情谊。"

萧倾尘之所以会说出这个提议，是因为半年前，西域王曾亲自带人来北漠做客，一眼就相中了相府千金陈香香。

这些年，西域与北漠之间的关系一直不错，两个国家不但互有往来，皇室之间也会通过联姻来促近两国的友谊。可惜北漠皇室的公主要么年纪太小，要么已经嫁人，唯一有身份、有地位，且容貌长得还过得去的，只有陈香香最入西域王的眼。

奈何西域王如今已经四十有五，不但年纪大得可以给陈香香当爹，而且人也丑得不堪入目，陈香香自然是看不上。

那时，陈香香有陈子诚这个爹从旁护佑，得不到美人的西域王只能败兴而归。

萧倾尘一直想摆脱陈香香对自己的纠缠，如今总算被他找到合适的时机，顺理成章将陈香香这个讨人厌的女人嫁去西域。

至少表面上来听，萧倾尘这个决定简直堪称完美至极。既给陈子诚改过自新的机会，又成功保住了陈香香的性命，同时还给她找到了一个"好归宿"，轻而易举地解决了她的终身大事。

老皇帝对此表示满意。陈子诚和萧倾昱却不干了。尤其是萧倾昱，他从小就对陈香香爱慕有加，虽然一直不敢明目张胆地表现出来，但只要能让陈香香开心的事情，他都会义无反顾地为她去做。他对陈香香这样在意，岂能容忍她被远嫁西域？

只是他刚想出言反对，顾全大局的老皇帝便拍板决定："老七的建议深得朕心，不知秦御使对这个处理结果可还满意？"

轩辕尔桀似笑非笑地看了众人一眼："既然这是七殿下的决定，为了大局着想，本御使再过多干涉，倒有些得寸进尺了，便按七殿下的意思来做吧。"

事情发展到这个地步，就算陈子诚再怎么舍不得女儿远嫁西域，为了大局着想，他也必须听从皇上的安排，着手安排将陈香香嫁去西域。

早在十二个杀手被聆讯审问的消息传到罪魁祸首陈香香的耳朵里时，她就隐隐意识到事情会出异端。让她做梦也没想到的是，这次由她一手安排的刺杀事件，非但没有夺走洛千凰的性命，那受不住刑讯的十二个杀手，还在严刑逼供之下将自己的身份给暴露了出来。这还不打紧，真正给陈香香带来灭顶之灾的消息，是皇上居然颁下圣旨，将她远嫁西域，给已经年近半百的西域王当妻子。

"不，我不嫁，我死都不嫁！"

这个消息传进丞相府时，陈香香整个人都崩溃了。

无视她爹愁眉不展的面孔，她声色俱厉道："爹，皇上糊涂，难道您也糊涂了吗？那西域王的年纪较之于您也小不了几岁。膝下不但儿女成群，就连后宫中的妃子也是不计其数。最让女儿感到恶心的就是他的长相，天底下怎么会有那么丑陋的男子？他根本就不配称之为人，而是一个从地狱里走出来的怪物、魔鬼……"

陈香香声嘶力竭地哭喊，只让陈子诚觉得身心疲惫，无能为力。

虽然他很想揪着女儿的头发将她痛骂一顿，但事已至此，就算他把女儿活活打死，也改变不了她亲手酿下的这场祸事。

"香香……"

曾经飞扬跋扈的陈子诚，在经历这么多事情之后，仿佛一夜之间老了好几岁。

他语重心长地对疯狂的陈香香道："若非为父当年在猎场上救过皇上一命，凭你一

时糊涂所犯下的种种罪行，就算是斩首示众，也是死不足惜！你真是糊涂啊，怎么能背着为父，雇用杀手，对那个人人畏惧的千凰郡主痛下杀手？你明知道她背后不但有庞大的黑阙给她撑腰，还有那令人闻风丧胆的逍遥王给她做强大的靠山。可是你呢……"

说到最后，陈子诚对这个女儿真是越来越失望，越来越灰心，他长长叹了一口气："能保住你的性命，已经是为父唯一能为你做的事情。日后嫁到西域，你定要好生伺候自己的夫君。西域王虽然年老貌丑，后宫又有妻妾无数，但西域王妃的位置一直空悬，当初他肯提出娶你为妻，也是存了两国交好的念头，只要你好好表现，说不定王妃的位置就是你的。若你肚子再争气一点儿，嫁去之后早生麟儿，还能为自己求一个太后的名分……"

陈香香恨声打断父亲的嘱托，尖声吼道："不，我宁可去死，也不会嫁给那个又丑又老的男人。爹……"

她忽然扑跪到陈子诚面前，一把抱住他的双腿，哭得上气不接下气："女儿真的知错了，您再进宫去求求皇上，让他法外开恩，饶女儿这一次吧。"

陈子诚既心痛又难过，一把将跪在自己脚边的女儿扶了起来，无力道："香香，你认命吧！你可知道，这次下令将你远嫁西域的是何人？"

在陈香香殷切的目光中，陈子诚咬牙切齿道："正是被你心仪多年的七殿下！"

"不……这不可能！"

深受打击的陈香香蓦地瞪大双眼，不敢置信地用力摇头："他不会对我这么残忍，定是洛千凰那个妖言惑众的女人对我恨之入骨，才会想出这么残忍的方法想要置我于死地。"

看着女儿那一脸疯魔的样子，陈子诚忽然觉得浑身上下的力气都被抽干。

在北漠，他虽然是一人之下、万人之上的一品相爷，却也因为这个身份不得不做出一些身不由己的决定。

七殿下、洛千凰抑或是那个秦御使固然可恨，但如果自家女儿能够谨守本分，安安稳稳以相府千金的身份随便找个门当户对的人家嫁了，又岂会生出这许多事端出来？

说到底，还是陈香香自己作死，偏要不自量力地去挑衅不该挑衅的对手。

会落得今天这个下场，只怪她技不如人，命运不济，活该遭此一劫。对女儿大感失望的陈子诚并没有给陈香香继续哭诉的机会，随意安慰了几句，便派人着手准备远嫁事宜，匆匆将陈香香塞进了送嫁的花轿。

直到被推搡进轿子里的那一刻，一向飞扬跋扈惯了的陈香香，终于意识到自己气数已尽，再也无力翻出上天为她安排的这个绝望的陷阱。

"香香……"

就在送嫁的轿子行至京郊数里之外时，一道熟悉的声音从轿外传了过来。

陈香香急忙拉开轿帘，就见拦住送行队伍的不是别人，正是从小与她一起长大的八皇子萧倾昱。

其实很久以前，陈香香就知道萧倾昱对自己情深不悔，可那时的她，只一门心思地爱慕着萧倾尘，眼里哪装得下其他闲杂人等。更何况，和俊美的萧倾尘相比，萧倾昱简直就像红花旁陪衬的绿叶，不但气势长相略逊一筹，就连才华能力也无法比拟。

从小含着金汤匙出生的陈香香，打从记事起就立下誓言，长大之后定要嫁天下间能力最非凡、长相最俊美的男人当妻子。也正是因为如此，当她第一次看到贵气冲天的萧倾尘时，一颗芳心彻底沦陷，眼里哪还能容得下各方面都不如萧倾尘的萧倾昱。直到她像牲口一样被推进前往西域的花轿，她才感叹世态炎凉，人心难测。

没想到在她众叛亲离，连自己的亲生父亲都能狠心对她弃之不理时，那个一直将她奉为至宝的萧倾昱，却像天神一样在她最无助的时候出现在她的面前。

已经身陷绝望之中的陈香香，在看到萧倾昱时，心头忽然就燃起了一丝希望，她迫不及待地掀开轿帘，泪眼婆娑道："倾昱，你来了！"

看着陈香香那哭肿的双眼、苍白的脸颊，萧倾昱的眼底瞬间被满满的心疼所取代。

他顾不得旁人的阻拦，一把将轿子里的陈香香拉出来，用力拥进自己的怀中："香香，抱歉，我来晚了。"

这一刻，被紧紧拥在他怀里的陈香香感受到了从未有过的安全感，她紧紧抓着他的衣襟，满脸期待道："倾昱，你是来带我浪迹天涯的吗？"

只要能逃离嫁给西域王的命运，就算让她一辈子委身在永远也不可能喜欢上的萧倾昱身边，她也在所不惜，决不反抗。这个问题，让萧倾昱的身体微微颤抖了几分。

他满脸愧疚地冲陈香香摇了摇头，艰涩道："对不起，香香，我恐怕不能带你去浪迹天涯。虽然我比天底下的任何人都不希望你远嫁西域，但皇命难违……"

说到这里，他的声音渐渐哽咽起来，捏在陈香香肩膀上的力道也在无形之中加重了几分。

眼看着自己心爱的姑娘眼中的期待渐渐被绝望所取代，萧倾昱忽然语气一狠，咬牙切齿道："香香，你且再多多忍耐些时日，待我夺到皇位，掌握大权，成功坐上那遥不可及的至尊之位，定会率领我北漠万千兵马，亲自攻进西域皇城，踏平他们的都城，救你于水深火热之中。"

陈香香的瞳孔蓦地睁大，不敢相信地问："你……你要夺权？"

虽然老皇帝直到现在还没有册立储君，但萧倾尘已经堂而皇之地住进了东宫，在所有人看来，北漠下一任君主，非萧倾尘莫属，这也是陈香香为什么会苦苦纠缠萧倾尘而不肯放弃的原因。

没想到一直不显山不露水的萧倾昱，居然会说出夺权之言，这让她既感到心惊，又感到兴奋。

"倾昱，你……你今日所言，可作数？"

萧倾昱用力点头，指天对地道："若有半句谎言，我愿遭天打雷劈之劫。"

陈香香感动得一下子扑进他的怀里，哭着道："我好恨自己为何直到现在才看到你对我的好，若我能早些发现你的心意，又何苦……何苦遭受今天这些磨难……"

萧倾昱紧紧将心爱的人儿揽在怀中，语气坚定道："所以你一定要给我好好活下去，待我登上大宝，手握重权那天，便是你我将那些蝼蚁蛀虫踩在脚下之日。香香，你且在西域安心等着，今日辱你之人，明日必会成为阶下之囚。"

有了萧倾昱这番誓言，当陈香香再次坐进轿子时，心里已经被满满的蜜汁所占满。不管此生她对萧倾昱究竟有心还是无爱，只要这个男人肯为了她上刀山、下火海，就算用感情利用他一次又如何？

看着萧倾昱的身影离自己越来越远，轿子里的陈香香一脸阴沉地笑了。这还真是山穷水尽疑无路，柳暗花明又一村！萧倾尘、洛千凰，你们且给我等着，早晚有一天，我会踩着复仇的七彩祥云卷土重来，亲手将你们这些欺我辱我之人，碎尸万断！

"什么？陈香香死了？"

这个意外的消息传到洛千凰耳朵里时，已经是陈香香以西域王新嫁娘的身份被送进轿子里的第三天。

自从那起刺杀事件发生之后，洛千凰就像一尊瓷娃娃般，被人给牢牢保护了起来。

将陈香香莫名死掉的消息带到她面前的正是她的贴身婢女眉儿，眉儿是萧倾尘的心腹婢女，从她口中说出来的话，十之八九不会有假。

见洛千凰对陈香香的死流露出如此震惊的神情，眉儿冷哼一声："那陈香香本非善类，如今总算是死了，在奴婢看来，倒是老天长眼，终于将这么一个祸害给收了去。而且她三番五次想要谋害洛姑娘性命，现在落得这么一个下场，也算是她应该得到的报应。"

所以说，陈香香这个名字在北漠真的快要臭大街了。不但那些名门淑媛每次提到陈香香都会恨得咬牙切齿，就连底层的婢女奴才们对这位相府千金也是恨之入骨。

陈香香自认为有她丞相爹给她撑腰，便经常横行街市，欺凌弱小。就算眉儿只是宫中一个小小的婢女，也因为她是七殿下身边的心腹的原因，先前几次让陈香香嫉恨交加，并找机会打了眉儿一顿。

眉儿表面逆来顺受，心中又岂能对陈香香没有恨意？现在听说陈香香死在前往西域和亲的途中，眉儿面上不动声色，心底却对陈香香能有这样的结局而感到畅快。

洛千凰却不似眉儿那般云淡风轻，陈香香是死是活对她来说并不重要，重要的是，陈香香选在这个时候死在和亲途中，难免会让人将谋杀她的凶手怀疑到黑阙的头上。

她隐隐觉得，陈香香之死，与朝阳哥哥应该有千丝万缕的关联，却又害怕问出真相，会给朝阳哥哥招来杀身之祸。

像是看出她心底的忧虑，眉儿又劝了一句："洛姑娘尽管放心，杀死陈香香的是一批占山为王的流寇，这些人素来以谋财害命为生。此次送亲队伍的人马只有屈屈数百人，车上又驮着大批财物嫁妆。如此一块肥肉，岂能不让那些流寇动心思？听人说，本来那些流寇并不打算杀掉陈香香，奈何她反抗激烈，又大声嚷嚷自己是相府千金，流寇们担心不杀她会留下祸患，这才一不做、二不休，直接取了陈香香的项上人头。而那些送亲队伍也被上千流寇杀的杀、宰的宰，只有一个被误以为已经断了气的侍卫强撑着一口气从死人堆中逃出，匆匆回京将陈香香遭到劫杀的经过如实禀告。"

眉儿到底是萧倾尘的心腹，渐渐意识到自家主子与黑阙这位郡主殿下只是表面合作，并非真正有意结为伴侣。反倒是那个时不时来到云清宫探望洛姑娘的神秘秦御使与洛姑娘之间关系匪浅，而主子明知道此事，却让她三缄其口，不可外传，她才隐隐察觉，事情也许并不像自己想象中那么简单。

不过比起当初那个背叛主子的水月，眉儿的头脑可是非常清楚，她知道什么事该做、什么事不该做，就算很多事实已经在脑中成形，也非常聪明地装作毫不知情，并尽心竭力地恪守本分，将主子托付给她的洛姑娘给伺候得妥妥当当。

至于陈香香意外死亡的消息，是主子让她故意透露给洛姑娘知道的。

一来，主子不想有任何事情隐瞒洛姑娘；二来，主子也想借这个机会告诉洛姑娘，几次想在暗中谋害她的陈香香已经得到了应有的报应，让她从今以后不必担心再有人敢谋害她的性命。

得知陈香香的死与朝阳哥哥并无关系，洛千凰总算是松了一口长气，只要这起命案不牵扯到朝阳哥哥，那就比什么都好。

"哼！你当真以为我不知道，那些行刺陈香香的流寇是你派人故意假扮的吗？"

与此同时，东宫太子殿里，萧倾尘语气不善地瞪向跷着二郎腿、正慢条斯理品着香茶的面具男。

面对萧倾尘的指控，轩辕尔桀非但没有心虚辩解，反而还从面具后发出一道轻快的笑声："没错，那个姓陈的女人，的确是我派人所杀！谁让她心术不正，几次三番想要置洛洛于死地？我的女人，捧在掌心上呵护都嫌不够，凭什么要被一个疯女人这般作践？要不是看在你的面子上，早在她还没有跨出北漠皇城时我便已经派人动手夺她性命。所以你现在最该做的是感谢我，而不是像个判官一样在这里对我提出指控。"

萧倾尘被他的话给气得哭笑不得："你究竟有没有想过，这个时候弄死陈香香并不是最佳时机？那西域王虽然对陈香香倾心有加，但以陈香香的性格，嫁过去之后不出一年，就会被西域王厌弃，你连一年的时间都等不及吗？"

别人或许不知道西域王的性格秉性，萧倾尘却从心腹口中得知西域王很是喜新厌旧。所以，当父皇将处置陈香香的重任交给他时，他才会顺理成章地提出将陈香香远嫁西域，想要借由他人之手整治她。

面具后的轩辕尔桀冷笑一声："看来你的消息果然闭塞，你可知，陈香香被送往西域的途中，你那个好弟弟曾与她有过一番耐人寻味的交谈？"

此次随轩辕尔桀来北漠的心腹，可都是精英中的精英，跟踪敌手、打探消息，对他身边的心腹来说简直再容易不过。

见萧倾尘蹙起眉头，他冷声道："陈香香被远嫁西域的事情深深把平时擅于伪装的萧倾昱给刺激到了，他和陈香香约好，待他上位之时，便是踏平西域之日。由此不难推断，萧倾昱已经在暗中部署夺位筹码。而你这个准太子，必须在他的部署还没成熟之前逼他动手，只有这样，你才能一举铲除他的势力，给自己赚得最有利的筹码。"

萧倾尘眯了眯眼，沉声问："所以你选择在这个时候刺杀陈香香，除了替洛姑娘报仇之外，也想刺激萧倾昱尽快动手，来个一箭双雕？"

轩辕尔桀哼道："看来你还没蠢到不可救药！"

萧倾尘若有所思地揉了揉下巴，忽然意识到，轩辕尔桀这种看似急功近利的做法对自己非常有利。

他早就知道老八对陈香香有情,却从未想过利用陈香香来刺激老八。

反观轩辕尔桀,只在北漠停留数日,便将北漠大局看得如此通透,不愧是十六岁就被推上皇位的年轻帝王,处事手段果然令人望尘莫及。

想了想,他忽然又道:"父皇已经派人快马加鞭去西域给西域王汇报喜讯,现在陈香香还没有抵达西域就离奇被杀,岂不是间接害得西域与北漠之间结成仇怨?"

轩辕尔桀动作闲适地喝了口茶:"我只负责做自己该做的事情,至于不该我做的,就要由你这个当事人来想办法了。毕竟,西域与北漠结仇,关我黑阙什么事?"

虽然看不到他脸上的表情,萧倾尘还是从他那气死人不偿命的语气中听出了嘲弄和讥讽。

这个人真是记仇又小心眼,无时无刻不找些麻烦来刁难自己,简直是坑队友的不二人选!陈香香离奇死亡的消息传到老皇帝耳里的第一时间,他便将萧倾尘给叫到了御前:"老七,对于这件事,你究竟有何看法?"

最近朝中连连发生变故,老皇帝仿佛也在一夜之间苍老了不少。

他越来越觉得力不从心,就连一向健康的身体也开始出现这样或那样的小毛病,折磨得他心神俱疲。

虽然心底知道精明果敢的老七是继承皇位的不二人选,可私心作祟的缘故,他到底还是心有不甘,不愿意北漠下一任继承人的血统和黑阙沾染上半点儿关系。

面对老皇帝的询问,萧倾尘不卑不亢道:"天有不测风云,人有旦夕祸福,陈香香遭此一难,或许是上天的意思,我等凡人又岂能更改他人的命数?"

老皇帝深深看了他一眼,哼道:"她死得这样不明不白,你一句天灾人祸就可以抹杀?"

萧倾尘神色依然倨傲地反驳:"儿臣也不希望这种惨剧发生在眼前,但事情既然已经发生了,悲天悯人并不能从根本上解决问题。儿臣已经派人大力彻查那些流寇的下落,一旦抓捕,将会从重发落。"

老皇帝忽然冷笑了一声:"其实在你内心深处,巴不得陈香香客死异乡吧?"

萧倾尘挑了挑眉,状似漫不经心地问:"父皇怎会有这种想法?"

老皇帝也不再继续与他虚与委蛇,冷冷盯着儿子的眼睛,质问道:"那黑阙使者的真正身份,究竟是谁?"

第六十八章 误闯入诡异森林

萧倾尘答得不疾不徐："他姓秦名越，乃黑阙皇帝身边的御用心腹之一。不然父皇以为，他究竟是何人？"

老皇帝显然不接受这个说辞，厉声道："朕已经派人去打听过，黑阙朝并没有秦越这么一号人物。自从那秦越踏入我北漠境内，与你之间走动得最是频繁。老七，你敢拍胸脯保证，你和那秦越私底下没有任何勾结？"

萧倾尘并没有被质问的窘迫，反而容色淡定地挑了挑眉："父皇这话说得可真是让儿臣不懂了，从秦御使踏入我北漠境内之后，儿臣便奉父皇的旨意尽心招待黑阙使团。儿臣自问自己上对得起天，下对得起地，怎么到了父皇口中，儿臣却成了一个里通外国的奸佞小人？"

"老七，你就别在朕面前继续演戏了，你心中对朕有多少不满，即便嘴上不说，朕也看得出来。说一千道一万，你不就是怪朕不肯履行协议上的条款，迟迟没有将你扶上帝王之位吗？至于那个不久的将来与你成亲的千凰郡主，无论她的本事如何惊人，也改变不了她是黑阙人的事实。朕只是比较好奇，你究竟允诺了她什么条件，肯让她心甘情愿与你演这场戏？"

见老皇帝已经将话说得这么清楚明白，萧倾尘也懒得再跟他继续演戏，他冷冷看了老皇帝一眼，皮笑肉不笑地反问："父皇有什么证据，认为儿臣与千凰之间的婚事是在演戏？"

老皇帝眉头紧蹙："几乎所有人都知道，千凰郡主与黑阙帝王之间关系匪浅，就算两个人的婚事还没有被公之于众，早晚有一天，千凰郡主也会以黑阙皇后的身份嫁给黑阙的皇帝。"

听到这话，萧倾尘忽然笑了一声。

老皇帝不满地问："你笑什么？"

萧倾尘语带讥讽道："儿臣笑是因为，父皇明知道千凰郡主是黑阙帝王命定的妻

子，却偏要逼着儿子将千凰郡主娶进家门。敢问父皇，您用这种将儿臣逼上死路的方式来逼儿臣放弃皇位，究竟有何意义？"

老皇帝终于被激怒了，厉声道："意义就在于朕无法接受！无法接受你身体里所流的那一半的黑阙血液！虽然北漠如今在不得已的情况下被黑阙降服，但这只是权宜之计，早晚有一天，朕会重振北漠雄威，举兵向黑阙展开第二次、第三次或是更多次的厮杀！在朕心里，黑阙不是友邦，而是仇敌，一天不灭黑阙王朝，朕便一天难以真正心安！"

"所以父皇宁愿把皇位给一个扶不起的阿斗等着灭国，也不愿意交给儿臣来发扬光大？"

"发扬光大？你有这个本事吗？"

萧倾尘也不恼怒，他神色戏谑地看了老皇帝一眼："既然父皇心意已决，咱们就来较量较量，谁才是最后的赢家，谁才可以笑到最后吧。"

老皇帝非要将伪装在两个人脸上的最后一层面具狠狠撕破，他也就没必要再藏着掖着，继续在老皇帝面前装乖儿子。

自古天家无父子，就算他和老皇帝是亲生父子，却因身体缘故被早早送到黑阙交给外公抚养，久而久之，他与父皇之间的感情自是淡漠了许多。而且很久以前，他就知道生养他的母妃之所以会年纪轻轻便香消玉殒，正是被老皇帝这个薄情的夫君欺骗了感情才会郁郁而终。他打心底对这个父皇厌恶至极，却不得不为了北漠的皇权同父皇上演父子情深。

事情发展到今天这个地步，完全在萧倾尘的意料之内。陈香香的死，不但会刺激到一心爱慕她的老八，向来心思多疑的老皇帝也会从这起事件中嗅到不寻常的味道，从而对他这个儿子产生抵抗和恐惧。很好，一切都在按照计划有条不紊地发展，现在，就看老八那边在得知陈香香死亡之后，会被刺激到何种地步吧！

事实证明，轩辕尔栐猜得并没有错，当陈香香惨死异乡的消息传到萧倾昱耳中时，他整个人都被愤怒和绝望所占据。

直到现在他都不敢相信，三天前还被他拥在怀里哭诉的姑娘，眨眼之间竟变成了一具冰冷的尸体！那可是他从小就发誓要用生命来爱护一辈子的女人啊！就算陈香香一门心思将爱慕的目光放在萧倾尘身上，也改变不了他一心一意想要对她好的念头。

可是现在，这个支撑他人生的动力竟然被这最后一根稻草压倒了，萧倾昱又恨又怒，眼都不眨一下，便将负责汇报这件事的侍卫给一剑刺死！房间里的婢女内侍被主子眼底迸发出来的怒意给吓得肝胆俱裂，没人敢上前去理会那个已经气绝身亡的传话侍卫，他们战战兢兢地跪在地上，猛低着头，大气都不敢喘。唯有从小在萧倾昱身边长大的一个贴身心腹斗着胆，命人赶紧将那个死掉的侍卫给拖出去埋了。

"主子，您节哀顺便，莫要让这件悲剧扰了心神。因为您还有更远大的抱负等着去实现，至少在那个位置被争来之前，您绝不能乱了阵脚。"

萧倾昱将双拳捏得"咯咯"直响，沉着脸怒道："什么流寇？什么打劫？当真以为本殿下不知道，香香的死，定与那姓秦的男人脱不开关系。"

他早就看出，秦越对陈子诚一家充满恨意，不然也不会揪着香香刺杀洛千凰不成这件事没完没了地逼着父皇一定要给他一个满意的交代。

那天在议事殿，姓秦的看似对萧倾尘的决策毫无异议，他却可以清楚明白地从秦越那咄咄逼人的话语之中感觉到一抹残佞的杀意。

心腹忙将屋子里的闲杂人等全部驱赶，直到偌大的书房中只剩下主仆二人，才低声在萧倾昱耳边道："如今朝中局势不稳，主子说话的时候最好还是小心一些，免得隔墙有耳，坏了主子计划多年的大业。"

萧倾昱眯了眯眼，转而又看向自己的心腹："本殿下让你查的事情，现如今可有眉目了？"

心腹点了点头："属下已经查到，负责守护云清宫的侍卫早就在神不知鬼不觉的情况下被换了一批。那些人并非七殿下所派，反倒像是秦御使身边带来的那些人。"

"什么？"

听到这里，萧倾昱的眉头狠狠皱了一下："也就是说，现在负责守护洛千凰的，是黑阙侍卫？"

"属下不敢十分确定，但可以向主子保证，那些人都是生面孔。"

萧倾昱皱眉沉吟了片刻，越想越觉得那个秦越的身份十分可疑："这个人来历不明，身份成谜，而且早不来晚不来，偏偏赶在老七和洛千凰即将成亲的时候来。最值得人怀疑的，是他脸上居然还戴着一张神秘的面具，莫非他是想掩饰他的真实身份？可他的真实身份又会是谁？"

萧倾昱并不是草包，仔细回想最近发生在身边的种种，忽然，他生出了一个颇为大胆的猜测："你说，这个秦越……会不会就是黑阙的皇帝——轩辕尔桀？"

当这个答案被他一口说出来时，萧倾昱浑身上下的血液瞬间就沸腾了："如果秦越真的就是黑阙的帝王，一旦他死在北漠，黑阙必将面临朝廷大乱。好，很好，本殿下倒要看看，这个连真面目都不敢露一下的秦御使，这一次将会如何为自己脱身！"

洛千凰怎么也想不到，世上居然真有像萧倾昱这么厚脸皮的男人。

她数次对他的不满表现得十分明显，可隔三岔五，他都会想尽办法厚着脸皮出现在自己的眼皮子底下。就像今天，由于天公作美，阳光甚好，很少踏出云清宫的洛千凰决定在眉儿的陪同下去花园里散散心。逛了片刻，她有些渴，眉儿便贴心地让她暂时在凉亭中休息片刻，自己则匆匆回到云清宫准备茶水点心。

就在这须臾之间，萧倾昱不请自来，并堂而皇之地坐到了洛千凰的对面，露出一脸神秘诡异的坏笑。

看到他，洛千凰的好心情瞬间跌至谷底，忙不迭地起身要走，却听萧倾昱道："你就这么怕我？为何每次看到我，都要迫不及待地选择逃跑，在你心里，我就是这般可怕的一个男人？"

洛千凰面无表情地看他一眼，冷声道："你又不是三头六臂的怪物，我对你何来怕意？之所以不想与你过多接触，仅仅是因为我与你之间无话可谈。"

萧倾昱咄咄逼人："是无话可谈，还是心中有鬼？"

洛千凰眉头一耸，不动声色地问："鬼从何来？"

萧倾昱淡淡一笑，冲她打了一个请坐的手势："你就不能平心静气地和我聊上几句？再怎么说，当初你误闯冷霄殿并险些被人杀害时，是我及时出手，才保住了你的性命。"

不提这个还好，提到这个，洛千凰的眉头瞬间皱了起来："你当真以为我是傻瓜，直到现在还不清楚，那日我险些因误闯禁地被人杀害一事，是你精心策划出来的一场局？"

萧倾昱并没有谎言被揭穿的窘迫，反而露出一个讥讽的笑容："你会这样认为，定是受了老七的蛊惑吧？"

洛千凰已经彻底失去耐性，起身道："你与萧倾尘之间的恩怨与我毫无关系，不管他有没有在我面前诋毁你，这都改变不了我讨厌你的事实。"

萧倾昱眼神一狠，冷声道："我之前还以为你聪明灵慧，可以看透事情的本质，原来你也像那些庸碌之人一般，仅凭别人三言两语就被迷惑于其中。没错，我不否认当初发生在冷霄殿附近的那起事件是我亲手策划，但我这么做，可曾伤害到你半分半毫？说到底，我只是对于宫里新来的姑娘产生了些许兴趣，才会利用这种不成熟的手段吸引你对我的注意。可老七为此做了什么你是否知道？"

他目光灼灼地盯着洛千凰："你还记不记得你初到北漠时，曾伺候过你的那个名叫水月的婢女？"

水月这个名字，瞬间引起洛千凰的注意。她当然记得水月，那可是她睁眼之后，第一个认识的姑娘。

萧倾昱根本不给她过多思考的时间，一字一顿道："她死了！而且是被老七所杀！"

洛千凰胸口一紧，目光不太确定地盯着萧倾昱。

萧倾昱见自己的话终于引起她的注意，才继续说道："老七单方面认为水月是我安插在他身边的奸细，在那起变故发生之后，便亲手结束了水月的性命。像他这种乖张暴戾的男人，我实在不明白你为何会对他言听计从。"

洛千凰不是傻瓜，岂会听不出萧倾昱话中的挑拨。

她戏谑地看了萧倾昱一眼，皮笑肉不笑道："或许的确如你所说，萧倾尘并非什么好人，但和他相比，你觉得你自己就很高尚吗？当初在你的蛊惑之下，我差点儿将回归黑阙的希望寄托在你的身上，可当我试图去八王府找你帮忙时，却亲眼看到你为了芝麻绿豆大的小事，将一个无辜的婢女乱棍打死。和小肚鸡肠、残忍暴虐的你相比，至少萧倾尘还有那么一丝良知和血性！"

听到这里，萧倾昱总算明白她为何会对自己如此生厌。

他就奇怪，自己当初连连为她设了好几场局，每一局，都足以让她成为自己手中的筹码，用来对付心机深沉的萧倾尘。没想到人算不如天算，到头来，他竟栽在了自己的自负和狂傲之上。想到这里，萧倾昱忽然笑了，起初只是轻声嗤笑，笑到后来，他渐渐控制不住心魔缭绕，笑得越来越失控，越来越癫狂。

洛千凰被他的疯癫的模样吓得连连后退，她转身就要走，却被萧倾昱一把拦住去路，他横挡在她面前，居高临下地看着她："我不否认之前连连设局吸引你对我的注意，的确有拉拢你来对付老七的想法。但说到底，从你踏入北漠直到现在，我未曾做过任何伤害你的事情，可是你呢？"

他的目光忽然在一瞬之间变得阴森可怖起来："你可知道，每个人心中都有一处不可被触碰的逆鳞，而你……"

他语气阴狠地瞪向洛千凰："却生生将我最在意的那个人亲手送进了地狱。"

洛千凰面色一白，惊惶道："你在说谁？"

原本挂在萧倾昱脸上的恨意忽然又被满满的柔情所取代，他像是回忆到了什么美好的事情，喃喃自语道："虽然从小到大，她从未用依恋的目光看过我，但我却永远也忘不了，当那些年长于我的兄弟为了争权夺势而在父皇看不到的地方狠狠践踏我的自尊时，若非抱打不平的香香每次为我挺身而出，给我活下去的勇气和动力，恐怕早在很多年前，我就被那些人给活活欺负死了……"

世上没有无缘无故的恨，也没有无缘无故的爱。虽然萧倾昱不否认自己在性格方面有着连他自己都无法控制的戾气和暴虐，但每每想到从小与自己一起长大的陈香香，总能让他心底最深处的那个阴暗角落洒上一层温暖的阳光。

外人眼中的陈香香泼辣刁钻，蛮不讲理，这些缺点到了他的眼中却成了无人可以替代的优点。年幼时的他被手中握有重权的兄长们欺辱刁难，甚至就连宫中最底层的婢女太监都敢在他这个皇子头上撒野放肆。

在这种压抑、愤恨、不满和焦躁的成长环境中，他渐渐意识到，只有让自己变得强大，那些欺他辱他害他之人才能被他狠狠踩在脚下。这些年，他一直用温柔和善的外表来蒙蔽无知的世人，直到那些自以为是的兄弟一个个由于这样或那样的原因惨死于宫斗之中，他这个平时不显山不露水的八殿下，才终于闯进了父皇的视线之内。

就算有老七这个各方面条件都优于自己的皇兄又如何？与血统不纯正的萧倾尘相比，他知道父皇更愿意将北漠的皇位留给自己。他处心积虑、小心翼翼地一步一步经营着自己的夺位之策，却没想到那个被他发誓放在手心中想要保护一辈子的女人，却在他大业即成之时惨死于他人的阴谋之下……

萧倾昱忘我地沉浸在过去的那些或美好，或悲伤的回忆之中，洛千凰却从他不自觉说出来的只言片语之中意识到一个非常可怕的真相：原来刁蛮跋扈的陈香香，居然被萧倾昱喜欢了那么多年。可是现在，因为她，陈香香不但被迫远嫁到西域，还在去往西域的途中遭人劫杀，惨死于荒郊野岭之中。

如果陈香香的死真的和朝阳哥哥有关，那么……

不敢再继续想下去的洛千凰下意识地向后退了几步："我对你的事情并不感兴趣，你有时间在这里回忆从前的过往，还不如尽快去寺院里请几个得道高僧，为枉死在途中的陈小姐好好超度。若有来生，希望她能做一个心地善良的好人，而非像今世这般，年纪轻轻，就坠落于黄泉之中。你且记得，欲知前世因，今生受者是；欲知后世果，今生作者是。"

言下之意，陈香香能有今天，都怪她前世造孽太深，今世才落得如此下场。

萧倾昱不怒反笑："休要用这种无稽之谈来抹杀你们所犯下的罪责，我的铁律只有一个，顺我者昌，逆我者亡！"

说罢，不给洛千凰反应的机会，他留下一抹残佞的笑容，扬长而去。

回到云清宫，洛千凰的心情始终无法平复下来。

只要闭上眼，耳边就会回荡起萧倾昱在她耳边说的那句：顺我者昌，逆我者亡。

她一直都知道萧倾昱是个心机深重的男子，他可以因为一丁点儿微不足道的过错便将一个无辜的婢女杖责至死，一旦被这种阴狠无情的变态给记恨上，她几乎可以想象，害得他与陈香香天人永隔的罪魁祸首，必会在他的报复下遭到灭顶的灾难。

虽然朝阳哥哥从来不在她面前提起那些腌臜事情，她却已经隐隐猜到，陈香香的死，必然与他有千丝万缕的关系。

不然，区区几个山匪流寇，怎么可能会将那么庞大的送亲队伍给全部剿灭？就算陈子诚再怎么不待见他这个女儿，也会竭尽全力保护女儿安然无恙地抵达西域。

而朝阳哥哥在陈香香远嫁途中对她下此狠手，说到底，他就是不想留下祸患，给陈香香卷土重来、伤害自己的机会。

她洛千凰能想到的事情，身处于其中的萧倾昱又如何想象不到？所以此时此刻，她有足够的理由相信，萧倾昱必是猜到了凶手是何人，才会肆无忌惮地跑到她面前说出那么一番似挑衅又似警告的话。

不行！想到这里，洛千凰再也按捺不住心底的担忧和焦躁，她必须出宫一趟，将萧倾昱是个危险分子这件事告诉朝阳哥哥，让他提早做好防范，切莫中了奸佞小人的毒计。

"洛姑娘，你这么着急，是要去哪里？"

见她随便在身上披了件斗篷就要出门，负责伺候她起居饮食的眉儿急忙追了过去，想拦住她的去路。

轻功一向了得的洛千凰当然不可能让眉儿知道自己要赶往的地方是距皇宫不远的龙庭小筑，于是骗她道："我有事去东宫找七殿下商谈，你无须跟着，我去去就回。"

萧倾尘所居住的东宫离云清宫只有数步之遥，自从主子颁下不用再时时刻刻盯着洛姑娘的命令，眉儿便非常识趣地收回脚步，只关心了一句："还请洛姑娘速去速回。"

洛千凰随口应了一句，便匆匆走了出去。

由于她的身份比较特殊，手中又握有萧倾尘给她的出宫令牌，有了这个通行证，无论去哪儿，都没有人会强加阻止。

一边走，她一边在心底盘算着，万一萧倾昱做出对朝阳哥哥不利的事情，她要不要动用手中的力量，再一次掀起北漠与黑阙之间的矛盾？

就在这时，耳力一向极佳的洛千凰忽然听到不远处传来一道焦急的呐喊声："阿布，你在哪里？快别玩了，万一主子发现你消失不见，奴婢这条小命可就被你给牵连进去了。"

阿布？洛千凰被这个名字拉回了心神，急忙向婢女的方向走去，就见东宫里一位略有几分眼熟的粉衣婢女一边小跑，一边呼唤阿布的名字。

虽然明知道阿布不过是一只小雪貂，不见得能听懂人话，那婢女还是将自己心中的惊慌与畏惧表现得淋漓尽致，就好像被她不小心弄丢的不是一只小动物，而是一个不听大人话的小孩子一般。

"你是翡翠姑娘？"

洛千凰的出现，将正在奔跑中的婢女吓了一跳，待她看清来人的长相，才屈膝行礼："正是奴婢，奴婢见过千凰郡主。"

洛千凰急忙上前虚扶了她一把，不解地问："发生了何事？你为什么如此焦急？"

翡翠哭丧着脸道："奴婢在东宫是专门伺候主子饲养的阿布的，按照以往的惯例，每天这个时候，主子都会让奴婢抱着阿布出来晒晒太阳，顺便再呼吸新鲜空气。虽然阿布是一只小貂，可它非常乖巧，很少会随意乱跑。今日不知为何，奴婢刚抱着它出了东宫，它就像受到了什么奇怪的吸引，拼了命地挣脱奴婢的束缚，往前面跑了过去。起初奴婢还追得上它的身影，跑着跑着，阿布忽然不见了……"

说到这里，翡翠的脸色已渐渐被惨白所取代，她"扑通"一声跪倒在地，捂着双眼道："万一阿布有什么三长两短，主子一定不会饶了奴婢的。"

洛千凰见她着实被吓得不轻，急忙将她从地上拉起，好言劝慰道："你先别急，告诉我，阿布在跑之前究竟有何异状发生？从你怀中逃脱之后又朝哪个方向跑去了？"

翡翠用力摇头："并无异状，前一刻还好好的，忽然间性情大变，很快就跑得不见踪影。"

说着，她向前面指了指："奴婢最后看到它的时候，就见它朝着东边一路狂跑，怎么喊都喊不住。"

洛千凰朝东边看了一眼，猛然想起，一直往东，正是之前关押丽贵妃的冷霄殿。

记得冷霄殿附近有一种红色的小果子，阿布对那个味道特别喜欢，之前她误闯冷霄殿，就是受到了阿布的吸引，才差点儿酿下滔天大祸。连自己这个可以驾驭动物的异类都唤不住阿布的脚步，可想而知，受果子味道吸引的阿布也不会在意翡翠的召唤。

想到冷霄殿，她忽然想起萧倾尘当日在她耳边的提醒，就算丽贵妃已经去世，那里依旧危险重重，她还被郑重警告，绝对不可以再踏入冷霄殿半步。

可是，阿布只是一只懵懂无知的小雪貂，万一遇到危险的时候没有主人在旁边看护，该受到怎样灭顶的惊吓？

思及此，洛千凰拍了拍翡翠的肩膀："你别害怕，安心在这里等着，我这就去把阿布给找回来……"

说罢，不给翡翠应声的机会，洛千凰施展轻功，飞也似的朝冷霄殿的方向奔了过去。

虽然事情已经过了许久，她对曾经关押丽贵妃的那座冷宫依旧心存忌惮。直到现在她都无法想象，曾经被称为"天下第一美人"的丽贵妃，为何会在皇权贵胄的残害下，落得那么一个不体面的下场？

正所谓强扭的瓜儿不甜，老皇帝却偏要用极端的方式将一个不喜欢自己的女人用那种残酷的方式留在身边，这无疑是折了对方的羽翼，毁了本该属于对方的一切。

好在丽贵妃死亡的案子没有被人继续追究下去，不然那个亲手结束丽贵妃性命的姑娘，可能会被当成通缉犯被满城追捕。说起来，她到现在都很后悔，那姑娘临走之前，为什么没有问问她的姓名。就这样一路想着念着，洛千凰终于熟门熟路地抵达冷霄殿的宫门口。门前那道铁迹斑斑的大锁已经生了锈，她压根儿没指望从正门进去，纵身一跃，像上次那般从院墙翻了过去。

"阿布……"

本以为进了院子，就能在长满野果子的地方发现阿布的身影，定睛一看才发现那里空空如也，根本就不见阿布的踪迹。

这下，洛千凰有些慌神儿。如果阿布不在这里，那它现在究竟在什么地方？

就在她茫然无措之际，已经空置很久的冷宫之内忽然传来一阵怪异的声响。

不会吧……

她心尖一抖，忽然就生出了几分畏惧。自从丽贵妃过世之后，冷霄殿就被彻底空置了下来，别说人影，就算鬼影也不见一个，怎么可能会从屋子里发出奇怪的声音？

难道说，是阿布调皮，在吃饱喝足之后误闯进里面玩耍？想到阿布，她又强撑起几分胆子，试探着向屋内走去。

不愧是阴气森森的冷宫，放眼望去，却是连一扇完好的窗子也没有，偌大的寝殿之中，除了丽贵妃生前留下的一些残旧衣物，桌椅家具已经被厚厚的尘土所积满。

屋内还残留着一股霉味和恶臭，想也知道，丽贵妃去了之后，这里并不曾有人过来打扫。

她无心其他，只顾着寻找阿布的下落，刚刚那巨大的响动她不会听错，无缘无故，屋子里绝不会发生任何响动。

于是，洛千凰又扯着嗓子喊了好几声阿布的名字，回应她的却是一片诡异的死寂。

洛千凰里里外外将所有的大殿小殿全都搜了个遍，始终找不见阿布的身影，这才灰溜溜地准备离开这个可怕的地方。这时，眼前忽然闪过一抹娇小的白影，虽然看得不够仔细，却惊觉那就是阿布的身影。

只见那白影飞也似的从殿内一跃而出，直奔后窗的方向而去。

洛千凰急忙顺着后窗的方向跃了出去，边跑边喊："阿布，你要去哪里？快给我站住……"

因为距离有些远，她不确定那抹白色的身影究竟是不是阿布，不过当她从后窗跃出的时候才发现，偌大的冷霄殿后院，居然另有一番光景。

放眼望去，是一眼看不到头的森林，即使现在是炎热的夏季，森林里依旧传来阵阵冷意，让人觉得不寒而栗。

若是旁人见到这样茂密的森林，定会生出几分畏惧，不敢往深处去。

从小在燕归山长大的洛千凰却对森林这种地方十分亲切，眼看那抹白色的身影渐行渐远，她顾不得其他，飞也似的朝森林的方向跑了过去。

就在她将全部心思都放在阿布身上时，脚下不知踩到了什么，紧接着，眼前的森林忽然变得诡异起来。

它们好像被注入了灵魂和生命，左一排右一排地开始疯狂移动。

饶是见多识广的洛千凰，也被这恐怖的一幕给吓得节节败退。

莫非她在做梦？不然这些被埋在泥土里的参天老树，怎么会迅速地挪动起来？

她心生畏惧，迅速转身，开始疯狂往后跑。

她记得很清楚，从踏入森林的那一刻起直到现在，只走了十几二十步，以她的脚程想要返回原位，顷刻之间便可做到。

可让她意外的事情再一次发生了，当她转身的时候她忽然发现，原本该近在咫尺的冷霄殿不知何时竟离奇消失了。

放眼望去，四周尽是一片看不到头的诡异森林，无论她怎么走，就是没办法找到出口。这下，洛千凰终于意识到自己可能是误入阵法，闯进了一个不该闯的离奇境界之中……

洛千凰离奇失踪的消息，很快就传到了轩辕尔桀的耳朵里。

这突如其来的意外，简直比取了他的性命还要令人无法接受。

就连对此事完全不知情的萧倾尘也没想到，好好的一个大活人，怎么会在皇宫之中离奇消失？

从眉儿只言片语的叙述中，轩辕尔桀听到了一个很关键的词语，洛洛匆匆离开云清宫之前曾亲口说过，她要去东宫太子殿找萧倾尘商议事情。

萧倾尘一脸凝重地摇了摇头："这绝不可能，洛姑娘并不曾来过东宫……"

就在众人沉浸在洛千凰忽然不见的恐惧中时，东宫里一个面色惨白的小婢女哆哆嗦嗦跪了下来："奴婢该死，郡主殿下无故失踪，都是奴婢的过错，求主子责罚。"

众人齐齐将目光移向跪在地上的婢女，萧倾尘眉头微皱："翡翠，你可知道自己都在说些什么？"

翡翠趴伏在地，哭着道："今天上午，奴婢像往常一样抱着阿布出门遛弯。不知何故，阿布忽然从奴婢怀中挣脱，且跑得不见踪影。就在奴婢因寻不到阿布而急得不知所措时，郡主忽然出现，说可以帮奴婢找回阿布。然后，郡主就朝着冷霄殿的方向跑去，当奴婢想唤住她的脚步时，郡主已经跑得不见踪影……"

她每说一句，萧倾尘的脸色就难看一分。

冷霄殿！又是冷霄殿！

翡翠的声音继续在耳边响起，只是多了几分颤抖和畏惧："就在郡主离开之后没多久，阿布自己又溜溜达达地跑了回来。奴婢以为阿布的回归是郡主的功劳，便留在原地左等右等，却始终不见郡主的踪影。当时奴婢还以为郡主找回阿布之后就回去了云清宫，没想到……"

说到这里，翡翠已经吓得抖如筛糠，脸白如纸。

萧倾尘猛地起身，上前一把揪住翡翠的衣襟，将她整个人从地上提了起来，目眦欲裂道："所以你是说，从洛姑娘闯进冷霄殿直到现在，始终不见她回来？"

差点儿被勒断气的翡翠强忍着喉间的窒息点了点头："一切都是奴婢的错，奴婢该死，奴婢该死……"

不明所以的轩辕尔桀猛然起身，厉声对萧倾尘道："这冷霄殿到底是怎么回事？"

萧倾尘不敢去看他的眼睛，为了不将事情闹大，他只能暂时将房中闲杂人等全部挥退，直到偌大的屋子里只剩下他和轩辕尔桀两个人，才压低声音道："冷霄殿乃皇宫之中阴气最盛的极阴之地，那里曾关着父皇求而不得的一位妃子。在你没来北漠之前，洛姑娘阴差阳错，曾数次闯进冷霄殿，甚至还差点儿牵扯进一起离奇的谋杀案件之中。当然这一切都不是重点，重点是，表面上看，冷霄殿是一座人人避之不及的冷宫，真正让人觉得恐怖的是，冷霄殿后面的那片森林，才是真正令人闻风丧胆的魔鬼森林。"

尔桀强忍住心中的不安，急切道："何谓魔鬼森林？"

这个问题对萧倾尘来说实在是有些难以启齿，但想到洛千凰如今下落不明，他也不敢再多作隐瞒，只能语气艰涩道："冷霄殿后院的那片森林之所以会被喻为魔鬼森林，是因为当初被父皇求而不得的丽贵妃，真正的身份乃天族之后……"

"天族？"

饶是冷静如轩辕尔桀，在听到这两个字时，也被吓了一跳。

这是一个神秘而又古老的部落，兴起于几百甚至上千年前。

天族之所以会被世人称为天族，是因为这个落部的创始人从降生那天开始，便被上天赋予了神奇的能力。

每个天族后裔所表现出来的能力都不同，有人可预测未来，有人能疗伤治病，有人会巧设机关……

总之，天族对于皇家来说，绝对是神助攻一般的存在。

大多数天族后裔被皇族所重用，渐渐地，天族的势力越来越大，在当时的朝廷中所占据的地位也越来越坚不可摧。

直到几百年前，一位生性多疑的帝王担心天族一脉的势力会触犯到他的龙威，于是想尽办法，花了毕生的时间，终于将整个天族给破坏得分崩离析。

从那时起，天族渐渐在世间消失，就算还有残党余孽存活于世，在皇权的高压政策之下，也被毁得一塌糊涂，再无翻身的可能。

随着历史长河的洗礼，曾经名震天下的天氏一族渐渐消失在人们的记忆之中。

但这并不代表天族的后裔彻底消失，比如丽贵妃，就是侥幸存活下来的天族后裔之一。

凡是拥有天族血脉之人，无一不是上天的宠儿，他们生就一张世人无法想象的绝世美貌，让人一见倾心，再见倾情，简直就是仙魔的双重化身。

而早已失去天族庇佑的丽贵妃，虽然拥有一张令天下人为之倾狂的绝世面孔，命运却十分不济，几经辗转，居然被人以贡品的方式送到了北漠帝王的面前。

当时还很年轻的老皇帝在看到丽贵妃的那一刻，整个人都被她的绝世美貌所吸引，甚至不顾群臣的反对，执意要将丽贵妃扶上一人之下、万人之上的皇后之位。

本以为至高无上的权势可以让心高气傲的丽贵妃从此心甘情愿地留在宫中，伴其左右，没想到丽贵妃早在入宫之前便已经有了心上人。

她坚决不肯接受帝王的垂爱，几次下来，终于让热脸贴冷屁股的帝王大受打击，并一怒之下将丽贵妃打入了冷宫，关进了无人问津的冷霄殿。

说起这个丽贵妃，不愧是天族还残留在民间的后裔，虽然她没有先祖那般逆天的能力，从小却被赋予了布置各种神秘机关阵法的可怕能力。

冷霄殿后院是一片一眼望不到头的茂密森林，打从丽贵妃失宠之后，便利用自身能力，花了整整一年的时间，不动声色地在那片普通森林中排了神秘的阵法，凡是闯入者，都会迷失于其中，再无半点儿逃出的可能。

而丽贵妃这么做的目的很简单，待阵法成熟之时，便是她逃离北漠之日。

就在她不声不响地在森林里秘密排阵时，老皇帝的爪牙忽然发现了她的小动作。

得知事情已经败露，丽贵妃顾不得阵法还没有彻底完成，匆匆闯进森林，想要以此来摆脱皇帝的纠缠。

让她做梦也没想到的是，就在丽贵妃准备逃跑时，早一步获知她动向的老皇帝，将她的心上人抓到森林外面，并厉声警告，如果丽贵妃胆敢逃跑，就将她的心上人凌迟处死。

老皇帝当时也是气个半死，自己好不容易对一个女人动心，结果这个女人却不识好歹，偷偷与另一个男人有书信往来。

若非有人通风报信，他恐怕会被丽贵妃一直欺瞒下去。

丽贵妃终究是个心软的女人，舍不得心上人为自己而死，这才打消逃跑的念头，从那个吞噬过无数条人命的森林中走了出来。

她以为只要自己向皇帝妥协，便可以换来心上人的自由。

却没想到，老皇帝竟是一个不讲信用的伪君子，不但当着她的面一刀砍下心上人的头颅，为了防止她再次逃跑，还命人斩断了她的手和脚，从此让她沦为一个彻头彻尾的废人。

而那座被丽贵妃施以阵法的森林，也被宫中的一些知情人称为"魔鬼森林"。

据说，除了丽贵妃之外，此阵法无人能解，所有深入其中的人，到最后都会惨死于森林之中，连尸骨都遍寻不到。

第二十八章 误闯入诡异森林

久而久之，那里便成了北漠皇宫的头号禁地，别说闯入，就是稍稍提起，都会令人胆战心惊，汗毛倒竖。

听完萧倾尘的叙述，轩辕尔桀陷入了癫狂之中。

如果洛洛真的误闯进魔鬼森林，她岂不是会遭受到致命的威胁？

"不！我绝对不能容许洛洛出半点儿变故。"

他豁然起身，不顾萧倾尘的阻拦，飞也似的朝魔鬼森林的方向赶了过去。

萧倾尘无法，只能紧随其后，两个人身边虽有暗卫追随，但面对可怕的魔鬼森林，谁都无法保证会全身而退。

"秦御使……"

眼看轩辕尔桀越来越逼近冷霄殿的方向，萧倾尘沉着脸道："洛姑娘误闯魔鬼森林这件事只是我们在遍寻不到她踪迹的情况下的最坏猜测，或许她只是按捺不住宫中的寂寞，偷偷溜到外面玩……"

"你给我闭嘴！"

要不是担心洛洛的安危，轩辕尔桀很想一拳将萧倾尘这个罪魁祸首给打飞出去："我警告你，万一洛洛有什么三长两短，我会让你们整个北漠作为陪葬品，来付出这个沉重的代价。"

说话之间，他已经匆匆来到传说中的魔鬼森林外围。

放眼望去，那只不过就是一片再平凡不过的森林。至少在他看来，这地方除了潮湿寒冷，阴气又稍稍重了一点儿之外，并无其他可怕的地方。

他一步步朝着森林的方向走，手臂却被萧倾尘用力抓住，他郑而重之道："你紧张洛姑娘安危的心情我能理解，但有句话我必须说在前面，别以为这片树林表面看着无伤无害，一旦闯入其中，可能就要付出生命的代价。别忘了你的真正身份，一旦你有什么三长两短，整个黑阙恐怕都要出现史无前例的动荡……"

轩辕尔桀用戴着银色面具的脸冷冷看了萧倾尘一眼，片刻后，他语带讥讽道："我与你最大的不同就在于，你永远都将利益摆在最前面。而我……"

他一把甩开萧倾尘的手臂，一字一句道："此生若没有洛洛陪伴，就算坐拥天下江山，也不会重拾往昔的快乐。她是我生命中不可或缺的重要存在，只要还有一线生机，我绝不会让她独自一人面对死亡的威胁。"

说罢，他再不顾萧倾尘和众属下的阻拦，飞也似的闯进那片无底的魔鬼森林之中。

萧倾尘被他刚刚那番话说得心里直发堵，只踌躇了片刻，便下定决心，尾随尔桀的脚步，跟他一起闯进了可怕而又神秘的魔鬼森林。

后面跟随他们的侍卫都是主子身边最信任的心腹，见主子不顾性命地闯进森林，他们也不敢在原地停留，赶紧随着主子们一起闯了进去。

当轩辕尔桀不顾一切地闯进密林中时才发现，和树林外面的温度相比，这里的气温显然低了许多。

"主子您看，这块帕子是不是郡主的贴身之物？"

一个黑衣侍卫从铺满落叶的地上拾起一块粉色的绣帕，匆匆递到轩辕尔桀的面前。

轩辕尔桀忙不迭地接过帕子仔细一看，正是洛洛经常系在腰间使用的丝帕。

帕子上只沾了少许泥土，上面仿佛还散发着属于洛千凰身上特有的沁人药香。

"没错，这帕子的确是洛洛的。"

轩辕尔桀紧紧将帕子捏在手中，心中更加确定洛洛是误闯到了森林里面，才会在他的眼皮子底下消失得无影无踪。

他顾不得再想其他，飞身往森林深处闯去，来不及叫住他的萧倾尘只能紧随其后，还不忘在他耳边提醒："虽然我从未见识过魔鬼森林的厉害，却也听说这里面到处都是被布置好的机关阵法。万一不小心踩中陷阱……"

接下来的话还没等他说出口，只听"啪嗒"一声脆响，不知是谁踩到了深埋在落叶下的硬物，紧接着，原本排列整齐的森林在人们肉眼可见的情况下发生了惊天动地的变化。

这些死气沉沉的树就好像活了一般，开始毫无规则地左挪右窜。

为了避免被参天大树给活活撞死，闯进森林里的这些人只能左躲右闪，几乎是眨眼之间，原本聚在一起的众人就在树木的错位之下被迫分散。

当疯狂移动的树木渐渐平静下来时，现场只剩下了轩辕尔桀和萧倾尘两个人大眼瞪小眼，而那些追随他们的心腹侍卫，却早已不见了踪影。

萧倾尘心有余悸道："若非亲眼所见，我绝不相信深深扎在地底下的这些树，居然还能自行走动……"

第六十九章 乱天下惊变北漠

事情已经发展到了这个地步，轩辕尔桀也没必要再隐藏自己的身份，他摘下面具，露出真容，皱紧眉头道："天族能人辈出，所拥有的能力非常人所能理解。如果那丽贵妃真的是天族后裔，能在这偌大的森林中制造出这样出神入化的阵法，倒真是令人由衷敬佩。"

　　说到这里，他戏谑地看向萧倾尘："你父皇真是目光短浅，居然将丽贵妃这样的能人给迫害致死。如果当年他肯成全丽贵妃和她心上人的好事，顺便再将她拉拢到身边为己效命，你北漠疆土的范围，怕是早就居于我黑阙之上。"

　　萧倾尘无言以对，只能用沉默来掩饰自己内心的尴尬。

　　就在轩辕尔桀试图继续寻找洛千凰下落之际，耳边忽然传来一道响彻天际的口哨声。

　　哨声响起之时，不但尔桀浑身一颤，就连萧倾尘也敛起眉头，迫不及待道："我若没记错，这哨声应是洛姑娘所发。"

　　尔桀眼前一亮，忙循着哨声的方向大喊："洛洛，是你吗？你在哪里？"

　　尔桀自幼习武，内力浑厚，刚刚那一嗓子他几乎使出了十分的气力，声音在空旷的森林中久久回荡，仿佛可以传至数里之外。

　　那边的洛千凰像是听到了他的召唤，再一次吹起响亮的哨声，来回应他的倾力召唤。

　　这下，尔桀和萧倾尘全都露出欣喜的神色，两个人按照哨声的提示飞速向前奔去。

　　可是很快，他们就发现自己高兴不起来了，林中的阵法不知何时再一次被启动，那些静而不动的树木再一次毫无章法地挪动起来，直逼得两个人连连后退，甚至还在躲闪不及之下被树尖刮倒，摔得好不狼狈。

　　"等等，千万别乱动！"

　　有过之前的经验，轩辕尔桀忙喝住还想继续向前跑的萧倾尘，厉声道："这里每隔几步就有深埋在暗处的机关，稍微走错一步，便会触动阵法，改变原来的地形走势。"

　　虽然嘴上说得极其平静，心底却对天族人这神奇的阵法唏嘘连连。

不愧是被神化了的天族血脉，仅仅是一个小小的阵法，就能将人给逼上绝路。

这样一个神奇的部落若是放在鼎盛时期，将会给当时的朝廷带来多大的利益或是隐患？难怪当年那个对天族人斩尽杀绝的君主会对天族人产生这样的忌惮，凭天族的智慧和能力，别说夺权，就是想颠覆整个天下恐怕都不费吹灰之力。

有了轩辕尔桀的警告，萧倾尘不敢再挪动半步。值得庆幸的是，经过这第二次阵法的变动，从洛千凰那边传来的哨声已经越来越近。

"洛洛，你听得到我的声音吗？"

尔桀再次高喊，回应他的是越来越近的口哨声。

随着一阵凌乱脚步声的靠近，洛千凰那久违的声音也渐渐由远及近："朝阳哥哥，是我……我在这里，你在哪儿？"

尔桀眉头一展，翻身从地上一跃而起，习武之人对声音的辨别能力超乎常人，他几乎立刻就找到了洛千凰的方向，高声喊道："洛洛，你不要乱动，这里处处都是机关阵法，走错一步，咱们可能又要被强行分开。"

听到这话，那边的脚步声果然停止了，只是声音依旧焦急，还略带几分哽咽："你也要小心一点儿，这个鬼地方太可怕了，我在这里绕了一整天，却怎么也找不到出去的路口……"

说话的工夫，轩辕尔桀已经在最短的时间里找到她的踪迹，随着两个人的距离被拉得越来越近，彼此再也按捺不住心中的想念，不顾一切地向对方扑了过去。直到将心爱的姑娘紧紧抱进自己怀中，尔桀那颗狂跳不止的心才算慢慢找到了安全的港湾。

洛千凰一看到他，就"哇"的一声哭了出来，一边诉说心中的恐惧，一边又感叹劫后余生的喜悦："我以为这辈子再也看不到你了，朝阳哥哥，你都不知道我误闯进这里的时候心里究竟有多怕。世上怎么可能会有这么怪异的地方，这明明就是一片普通的森林，可身陷其中的时候才发现这里堪比人间地狱……"

尔桀忙抹去她眼角的泪水，柔声安慰："以后不要再说什么见不到的傻话，只要我还活着一天，就绝不会让你再遇到任何危险。"

看着她因紧张害怕而哭花的小脸，尔桀又心疼又懊恼，恨自己没有在她失踪的第一时间寻到她的身影，害她一个小姑娘家在这可怕的森林中受到了那么巨大的惊吓。

直到两个人抱在一起又说了许多安慰彼此的话，看不过眼的萧倾尘才用力咳了一声。

"我说二位，等走出这片森林之后，你们想怎么抱就怎么抱，想怎么哭就怎么哭。而眼下最重要的不是你侬我侬，而是尽快想办法离开这里……"

洛千凰这才发现萧倾尘也在这里，她抹了把眼角的泪水，没好气道："我能落得今天这个下场，都怪你当初没有把话说清楚。"

萧倾尘满脸无辜："为何要怪我？"

"怎么不怪你？"洛千凰一改刚刚见到尔桀时的柔弱和可怜，厉声斥道，"早在我差点儿被牵扯到丽贵妃那起案子中时，你就该将这座森林的情况如实讲给我听。当时你只说这个地方不可随意踏入，却从未说过这里还设置了机关阵法。如果你能早点儿给我提个醒，我何至于沦落到今天这样倒霉的下场？"

萧倾尘被她噎得无言以对，只能摆手求饶道："好好好，都是我的错，都是我不对。当初之所以没有将林中有阵法一事告诉你，是因为我也不知道这里究竟藏着怎样的危险。所有关于这里的一切，我都是从宫人口中听说而来。若与你说上太多，不但会让你觉得我在危言耸听，反而还会在无形之中把你吓到。总之，今天的结果绝非是我愿意发生的，你想找我算账，等咱们离开这里，我随你发落。"

洛千凰见他认错态度还算良好，这才暂时按捺住心中的不满，转而对两个人道："想要尽快离开这里，我劝你们还是别抱这个心思了。从我误闯进来里直到现在，已过了四五个时辰。你们知道，我从小在江州燕归山附近长大，对森林中的环境可谓十分了解。我想过无数种方法离开这里，到头来却始终在原地打转。"

尔桀皱起眉头，试探着问："你可曾想过利用你的天赋来尝试？"

洛千凰摇头："没用，你们刚刚听到了，我接连吹了数声口哨，若按照以往，只要听到我哨声的动物，上至飞禽，下至走兽，就连隐没在地底的虫子蚂蚁都可以受到吸引。可事实却证明，这座森林之中除了我们几个之外，竟然没有一个活物。"

轩辕尔桀和萧倾尘听到这话，脸色全都白了几分。这么茂密的森林，这么幽深的环境，居然连一个活物都没有，这听起来实在是让人觉得匪夷所思，无法想象。

为了避免再误触机关，几个人只能在空地找一处比较干净的地方坐下来休息。

洛千凰之前独自一人的时候被这诡异的环境吓得不轻，眼下朝阳哥哥前来搭救自己，这既让她觉得心安，又让她感动万分。

有了朝阳哥哥给自己当靠山，她将这几个时辰中所发生的情况如实说给两个人来听。

这座森林虽然阵法重重，里里外外又不见任何活物出现，但值得庆幸的是，这里并没有被设置伤人的暗器，所以就算误踩机关之后会导致树林变动，最多就是被吓到或是撞到而已，只要躲闪及时，应该不会伤及性命。

"我也试过利用轻功从树上行走，但这个方法好像并不奏效。布置阵法的人在布阵的时候想得非常周道，不但地上设有机关，就连树上也是机关重重……"

说到这里，洛千凰的语气中夹杂着些许疲惫："所以说，这绝对是我有生以来见过的最奇怪的一座森林。"

尔桀又恼怒又心疼，忍不住掐了掐她肉嘟嘟的脸颊，低声训道："看你以后还敢不敢多管闲事！"

洛千凰吃痛，揉着被掐疼的脸颊小声道："我只是担心阿布的安危，你也知道，它那么可爱，万一遇到危险……"

萧倾尘适时插话："阿布现如今还安然无恙地在东宫里被人伺候着。"

"什么？"

洛千凰大吃了一惊："不可能，我明明看到它闯进了森林。要不是被它引到这里，我怎么可能会傻傻地闯进这么可怕的地方？"

听到这话，尔桀和萧倾尘不由得对视一眼，忙向她询问当时的情况。

洛千凰事无巨细地将她如何被翡翠引导，又如何一步步追着"阿布"的身影闯到这里的事情和盘托出。

当尔桀问她为何要骗眉儿说她去东宫找萧倾尘时，洛千凰才急急道："那个萧倾昱昨天突然进宫来找我，说了一些莫名其妙的话。我怀疑他已经猜到你的身份，担心你的处境会有危险，这才急急想要出宫去给你通风报信。结果我还没走出宫门，途中就遇到了翡翠。我本来以为寻找阿布并不会浪费太多时间，没想到……"

后面的话，她说得越来越小声，因为她清楚地从两个男人眼中看到了恍然大悟。

尔桀和萧倾尘几乎异口同声道："咱们怕是中了萧倾昱的陷阱！"

仔细推敲事情的始末，从陈香香的死讯被故意透露给萧倾昱知道时，这个因为心爱之人惨死荒野而陷入绝望之中的男人就已经启动了他的复仇计划。

"该死！"

萧倾尘怒喝一声："这个老八平时看着不显山不露水，甚至还极尽所能将他最愚蠢的一面表现出来，原来是故意藏拙，让所有人都在不知不觉的情况下对他降低警惕。我一门心思将死对头的目标落在父皇身上，却不知原来老八才是在暗中坐山观虎斗的真正赢家。轻敌了！这次真是轻敌了！"

虽然萧倾尘对萧倾昱也有些忌惮，却一直将他视为跳梁小丑，压根儿就没将他太放在眼里。

没想到就是这样一个名不见经传的小人物，居然可以将阴谋策划得如此天衣无缝。

　　先是利用阿布来吸引洛千凰的担忧，接着又故意将洛千凰陷入险境的消息通过翡翠之口告诉担心她性命安危的人。

　　萧倾昱料定轩辕尔桀不会放着洛千凰不管，也料定萧倾尘为了抓稳洛千凰这颗筹码而与轩辕尔桀共赴险境。

　　如此不难推断，早在翡翠将阿布可能"失踪"的消息告诉给洛千凰的那一刻，这步棋，便已经正式开始启动了。也就是说，除了当初那个背叛他的水月之外，翡翠也是萧倾昱安排在东宫里的重要眼线。

　　水月！翡翠！呵呵，这老八的手，伸得还真是够长的。

　　萧倾尘此时的心情就像是吃了一只苍蝇，想他运筹帷幄这么多年，一直以为自己聪明绝顶，天下无双。到头来，却被人耍得差点儿连命都要没了。

　　可惜无论他怎么恼恨，也改变不了已经发生的事实，眼下摆在众人面前的难题不是如何找萧倾昱算账，而是该怎样离开魔鬼森林这块是非之地。

　　几个人虽然功夫不错，野外求生的能力也不差，却对机关阵法这种事情一窍不通。

　　好在森林里虽然寻不到山猫野兽，却有野果子可以充饥解渴，以至于几个人被困在这里足有八九天，却始终没有出现饿死或是渴死的情况。

　　当然，这还多亏洛千凰对各种野果子有着超强的辨认能力。毕竟这种生长在野外的果子有的可以充当食物，而有的却有致命的剧毒，万一不小心吃错了毒物，付出的代价就是一整条性命。除了利用这些野果子来充饥之外，洛千凰还在森林里找到了不少可以让人补充体力的草药。

　　这些草药看着其貌不扬，吃下去之后的一段时间里，不但可以让人保持精力充沛，顺便还能调解各方面身体机能。

　　否则，仅凭几只野果子充饥，众人早就饿得面黄肌瘦、没有人形了。

　　每到这个时候，尔桀就会对自己此生能拥有洛洛这样的伴侣而心生喜悦。这么可怕的事情若是落到其他姑娘身上，不是被吓得花容失色，就是哭哭啼啼展示柔弱。

　　可他的洛洛就像一个永远也打不败的女战神，无论身处何种环境，她都可以将自己照顾得妥妥当当。看着两个人每天在自己面前秀恩爱，萧倾尘每每被气得直翻白眼，却又不得不承认洛千凰的能耐和本事。

　　也不知轩辕尔桀这厮上辈子到底积了多少福气，茫茫人海之中竟然让他遇到这么好的姑娘。

就这么像野人一样在似乎永远也走不出去的森林里过了十来天，一场意外的发生，终于打破了这里诡异的平衡。森林里忽然被放了一把大火，随着火势越来越大，几个人的性命也受到了前所未有的威胁。

早在几天之前，众人就想过用放火的方式来摆脱困境。可他们又担心，一旦放火，所有隐藏在暗处的阵法说不定全部启动，这样一来，躲闪不及的众人将会必死无疑。

没想到他们到死都不敢做的事情，竟然被人提前一步付诸行动。不用想也猜得到，那个在背后放火欲将众人全部烧死的罪魁祸首，定是萧倾昱。几个人一边忙着躲闪随时可能会被触动的机关，一边又要避开越来越接近他们的熊熊大火。

就在致命的危险将他们逼得无路可退时，空旷而又诡异的森林里忽然传来一阵银铃般的笑声："看来这里的麻烦似乎有些不太好解决的样子呢……"

正忙着逃难的众人齐齐向声音的发源处望去，就见一个身材颀长、容貌绝美的漂亮姑娘，如天仙下凡般从一棵参天老树上飘然落下。

用"天仙"两个字来形容姑娘的长相一点儿都不为过，就算是见惯天下美女的轩辕尔桀和萧倾尘，活到今天也绝对没见过比这个姑娘更漂亮的人出现过。

她就像是上天笔下一件最有价值的艺术品，无论是身材长相，还是周身气势，简直完美得让人移不开视线。当然，不管是轩辕尔桀还是萧倾尘，看到这样一个绝世美女时，有的只是欣赏，心中却无半分绮念。

倒是洛千凰的表情渐渐从震惊变成了惊喜，她急忙扑了过去，上上下下打量着这个陌生的少女，兴奋道："是你啊，你怎么会出现在这里？"

看清来人的长相，她才认出对方的身份，正是之前在冷霄殿一刀结束丽贵妃悲惨命运的那个漂亮姑娘。

漂亮姑娘并没有去看洛千凰身后的两个男人，而是直接将目光落在了她的脸上："我这个人向来不喜欢欠债，既然你曾帮我渡过一次难关，在你遇到危险之时，我自当还你这个人情帮你脱难。"

说着，她冲几个人勾了勾手指："那边的大火很快就会燃到这边，跟我来，我带你们走出这片魔鬼森林。"

不知为何，洛千凰对漂亮姑娘的话简直是言听计从，乐颠颠地就尾随对方追了过去。

还是轩辕尔桀的警惕心比较高，一把扯住她的手腕，蹙眉道："洛洛，这个人究竟是谁？"

萧倾尘也摆出满脸戒备的模样，并不打算将自己的性命交给一个陌生的女人。

漂亮姑娘回眸看了两个人一眼，嘴边勾出一个嘲讽的冷笑："你们现在已经自身难保，除了相信我之外，根本无路可走！"

洛千凰用力点头："虽然我不知道这位姑娘姓甚名谁，但直觉告诉我，她并不是一个坏人……"

"直觉？"

尔桀觉得他的洛洛简直是天底下最好骗的小傻瓜，居然可以凭直觉去判断一个人是好是坏。

眼看熊熊大火就要向这边烧过来了，洛千凰一把扯住尔桀的手臂，劝道："不管你信不信，与其留在这里继续等死，为什么不试着相信她的话？说不定她真的能带我们离开这里。"

洛千凰毫无原则的信任，让漂亮姑娘的脸上又添上了几分笑意，她自来熟地上前拉住她的手，就像对待相识多年的好姐妹一般亲切道："第一次见你的时候我就觉得咱们之间缘分匪浅，没想到你亲眼看到我杀人之后，还能选择对我无条件信任。他们是死是活我不去管，你的性命我今天一定会负责到底。"

说罢，无视两个男人瞬间眯起的双眸，拉着洛千凰便向另一边走去。

被她拉在手中的洛千凰笑得见牙不见眼，颠颠儿地跟上她的脚步，还不忘讨好地追问："上次就想问你来着，你叫什么名字？为什么会闯入冷宫去杀掉那个丽贵妃？我知道你一定是个好人，因为你长得好，所以心地也一定非常好。还有，你怎么会突然来到这么危险的地方，我们几个被困在这里十余天，想尽一切办法都没能走出这片魔鬼森林……"

她一迭声地问了漂亮姑娘好几个问题，直把对方问得咯咯直笑："名字这种东西只是一个代号，你若非要问，就叫我阿璃好了。至于杀害丽贵妃的原因我当时已经告诉过你，与其让她痛苦地活着，不如给她一个痛快的死法。毕竟……"

说到这里，阿璃的声音飘忽了一下："她是我在这个世上能寻找得到的唯一一位亲人。"

"你说什么？"

一直紧随其后的轩辕尔桀和萧倾尘同时惊叫了一声："如果丽贵妃是你的亲人，岂不是意味着，你也是天族后裔？"

阿璃面无表情地回头看了两个人一眼，并未承认也并未否认，只是勾唇淡笑了一声："我是什么来头并不重要,你们只需知道,我并无伤害你们的念头就好。之所以会出现在这里救你们于危难之中,是因为我姑姑当年在这里布下的阵法遭到了严重的破坏……"

洛千凰惊道："难道丽贵妃就是你姑姑?"

阿璃点了点头："我小时候就知道还有一位与我同族的姑姑活在世上,只是一直没有寻找到她的下落。当我通过各种渠道找到她踪迹的时候,她已经被那个该死的皇帝给害成了一个人不人、鬼不鬼的怪物。杀她并非是我真心所愿,只是不想让她继续留在世上受苦罢了。这座魔鬼森林固然可怕,却由于时间原因,并没有被姑姑设计到尽善尽美的地步。虽是如此,当阵法遭到毁灭之时,我也会提前得到消息。原本我并不打算多管闲事,直到我看到身陷阵法中的受害者是你时,才临时改变主意,决定把你们给救出去。"

说话之间,阿璃忽然从腰间抽出一条漆黑的长鞭,对着空中甩了几记令人眼花缭乱的鞭花。鞭尾所触之地,发出奇怪的脆响,紧接着,众人就看到原本排列整齐,且还没有被大火给烧到的树林,正以肉眼可见的速度向两旁迅速挪去,为众人开辟出一条宽敞明亮的大道。

若非亲眼所见,众人绝不会相信世间竟有这样的奇事。

见洛千凰像看到什么新奇的事情般瞪圆了双眼,张大了小嘴,阿璃笑道："所谓阵法,只是一种失传已久的迷幻术,并非你们所看到的这般神奇。毕竟这些树的树根都深深埋在土壤之中,怎么可能会显现神迹,随意挪动?只要破了阵法,幻象自然消失。你们之所以身陷其中十余天走不出去,不过是中了障眼法,一直在原地打转罢了。"

当阿璃解开阵法的那一刻,之前与主子们走散的那些侍卫忽然也在森林之中凭空出现。看到主子们安然无恙,众人聚在一起,喜极而泣。

只是比起两位主子和千凰郡主,这些侍卫的形象有些过于凄惨。虽然他们没有在林中活活饿死,却因为营养不足而变得面黄肌瘦。按下主仆众人重逢不提,在阿璃的带领下,众人很快就从迷宫一样的魔鬼森林中闯了出来。

由于最初的放火点是在冷霄殿后院,众人无法从原路返回,只能在滔天的火势追来之前,朝相反的方向迅速离去。

有了阿璃这个神助攻,魔鬼森林瞬间变成了通天大道。当众人终于走出魔鬼森林的困局时才发现,森林的另一头,居然是北漠皇城十里之外的西城郊。

"既然你们已经安然无恙,我的使命也就彻底完成。"

阿璃的性格干脆利落,做事向来不喜欢拖泥带水,在她眼中,根本没有其他人的存在,只将一直信任自己的洛千凰当成自己人来看待。

她拍了拍洛千凰的肩膀:"今日一别,不知日后何时再见,若你我有缘,相信重逢之日应该不会太遥远。另外……"

她忽然将视线落在萧倾尘的脸上:"看在你一直跟你那个死鬼爹不对付的面子上,友情提醒你一句:在你们陷入魔鬼森林的这些天,北漠朝廷已经发生了翻天覆地的变化。你的死鬼爹被他那居心叵测的八儿子给活活毒死,顺便将弑君的罪名扣在了你的头上,并对外宣称,你在弑君之后畏罪潜逃,并颁下皇榜,对你展开绝命追杀。一连解决两个绊脚石,三天之后,他将正式在宫中举行登基仪式。"

一口气说完,她无视众人脸上瞬间石化的表情,转而珍而重之地对洛千凰道:"保重,有缘再见!"

说完,施展轻功,飞身离去。直到阿璃像神仙一样凭空消失,受惊不小的众人才从她刚刚提供出来的消息中醒过神。

什么?老皇帝居然死了?萧倾昱居然就要登基了?轩辕尔桀和萧倾尘互看一眼,越发觉得差点儿将他们给活活害死的萧倾昱手段着实令人不敢小觑。

"主子……"

就在几个人留在原地你看我、我看你,茫然不知所措时,熟悉的声音忽然从不远处传了过来。

回头一看,正是轩辕尔桀的两名心腹,周离和苏湛。

这两个人一直被尔桀安置在皇城之外,为的就是与他里外结合,共同对敌。

看到已经失联多日的自家主子总算出现在两个人面前,周离、苏湛激动得难以自抑,飞也似的急奔过来,向主子迅速汇报近些日子发生在北漠的这场惊天变故。

阿璃说得没错,四天前,老皇帝驾崩的消息从宫内传出,据说弑杀老皇帝的凶手正是七殿下萧倾尘。

现在整个北漠皇城贴满了萧倾尘的通缉画像,皇城侍卫队也将会对这个弑君之徒展开绝命追杀。事情发展到这个地步,简直出乎所有人的意料。苏湛和周离一边担忧主子的安危,一边又时刻注意着朝中的动向。

没想到就在两个人因联系不到主子而束手无策之际,竟然在西郊城外与主子意外重逢。

得知主子这些天被困在魔鬼森林中险象环生，两个人心有余悸的同时，顺便还给众人带来一个好消息。

黑阙的兵马早已在城外部署妥当，只等主子一声令下，便可颠覆北漠的朝廷命运！

与此同时，北漠朝廷这边也是乱得一塌糊涂。老皇帝驾崩的事情几乎是震惊了整个朝野，不管外人信与不信，先帝一死，作为凶手的七殿下又逃得不见踪影，身为皇室最后一滴血脉的八殿下将毫无疑问地成为北漠下任国君的不二人选。

"开什么玩笑？"

很快便有不赞同的大臣提出反对："七殿下是先帝早就内定好的储君人选，在北漠江山稳握手中的前提下，他怎么可能会犯下弑君之罪，将自己的亲生父亲活活杀死？这里面一定有冤情存在，所以老臣建议，待找到七殿下之后，再来商议储君上位一事也不迟。"

这些年，萧倾尘运筹帷幄，在朝中笼络了不少心腹重臣，就等着上位之后加以重用。眼下出了这样的变故，这些大臣顿时嗅出了阴谋的味道，自是极力反对八殿下。

听到这话，陈子诚冷笑出声："刘尚书，你老糊涂了不成？如果七殿下没有弑君，他何至于逃得不见踪影？况且，在朝为官的各位同僚应该有理由相信，七殿下并非没有弑君的动机和理由。早在北漠与黑阙签下和解条约时，先帝就答应七殿下扶他上位。可是事后，先帝却接二连三以各种借口迟迟不肯退位，久而久之，对权力有着极大渴望的七殿下自然会对先帝生出必杀之心。正所谓国不可一日无君，现在先帝驾崩，七殿下畏罪潜逃，身为先帝膝下的最后一滴血脉，八殿下有足够的理由被立为储君，接管这大片北漠江山。"

萧倾尘在朝中笼络拥趸的同时，萧倾昱也在极力拉拢自己的心腹。痛失爱女的陈子诚早就对七殿下恨之入骨，自然会将拥立新主的目标落在八殿下的身上。

那个被陈子诚痛斥的大臣眉头紧皱："总之，老臣绝不相信七殿下是弑君凶手，毕竟这件事发生得太过离奇，在没有找到七殿下之前，不可妄下结论……"

披麻戴孝的萧倾昱冷冷看了那个极力在为老七开脱的大臣一眼，皮笑肉不笑道："老七在弑杀父皇之后闯入了冷霄殿后面的魔鬼森林，临走之前，他还带走了神秘不明的秦御史以及他的未婚妻千凰郡主。诸多证据不难断定，早在很久以前，他就已经与黑阙勾结，誓要将我北漠陷于水深火热之中。若你继续替老七开脱，本殿下有理由怀疑，你也加入了叛国的行列，等待你的将是我北漠国法的制裁。"

陈子诚适时接口："没错，虽然七殿下身体里流着北漠皇室的血液，可从小将他抚养成人的却是他的外公。当年珍贵妃因得不到皇宠最后抑郁而终，这让七殿下单方面认为，他的母妃之所以年纪轻轻便香消玉殒，罪魁祸首正是如今已故的先帝爷。所以七殿下憎恨先帝并想亲手夺其性命这一点，有理有据，可谓不争的事实。"

在陈子诚的煽动之下，之前还有些摇摆不定的大臣，为了保住自己的身家性命，只能站到八殿下这边，暂时向命运妥协。

就在灵堂里的众人吵得不可开交之时，灵堂外忽然传来一阵刺耳的骚动。

只听一个尖细的声音在殿下大喊："来人哪，弑君之徒已经现身，还不速速将他绳之以法……"

话还没说完，就听门外传来一声惨叫，紧接着，那个刚刚还嚷嚷着要抓人的太监，被人一刀斩下头颅，惨死在当场。

突如其来的变故，将灵堂里的众人给吓了个措手不及。

待众人看清闯入者的身份，瞬间有人欢喜有人愁，正是被冠上弑君之名的七殿下萧倾尘。

他身边跟着大批人马，其中还有不少手握重权的军中将领。这些人早在很久以前就被萧倾尘收在麾下，这次老皇帝忽然驾崩，七殿下以弑君之罪的身份离奇失踪，那些真心拥护他的将领表面不动声色，心底却在静观其变。

除了萧倾昱一众党羽之外，没有人会将弑君的罪名冠在七殿下头上。

如果七殿下真有谋反之心，早在老皇帝不履行条约之时，就已经暗自动手，岂会等到如今这个时日？

自从萧倾尘与轩辕尔桀等人从魔鬼森林中逃出之后，便迅速召集心腹人马，匆匆闯进北漠皇城，将一门心思准备登基上位的萧倾昱给来了个措手不及。

看到萧倾尘活生生出现在自己面前，那一刻，萧倾昱整个人都有些发蒙。

不可能！先不说魔鬼森林有去无回，就算他们能在森林中保住性命，在那场漫天大火的肆虐之下，这些人也会被烧为灰烬，绝不可能再有任何生还的机会。

可此时此刻，萧倾尘不但活着回来了，身后还跟着好几位掌管军中重权的武将，谁能给他解释解释，这一切究竟是怎么回事？

萧倾昱愣神儿的工夫，那些死都不肯相信七殿下会弑父的大臣呼啦啦全都围了过来，语气激动道："七殿下，您终于回来了……"

第七十章 大业成班师回朝

这些大臣是真心看好萧倾尘的治国本事,至于他的血统究竟纯不纯正,这根本不是最重要的问题。

只要北漠皇朝能在七殿下的统领之下日益壮大,就算七殿下身体里流的全部都是黑阙的血液那又如何?之前那些还摇摆不定的大臣见此情景,也蜂拥而至,急不可待地向七殿下表达自己的忠心。

唯有陈子诚及朝中几个与他私交甚密的同僚被这一幕刺激得眼睛直热,他厉声道:"你们一个个都疯了吗?七殿下弑君杀父,犯下滔天罪责,像他这种手段残忍之人,根本就没有资格被拥上至尊之位……"

萧倾昱也在这个时候醒过神来,恨声恨气地瞪向萧倾尘:"相爷说得没错,父皇被他亲手毒杀,泉下有知,绝不可能会拥他上位。来人,还不将这个罪魁祸首给本殿下抓起来……"

话还没说完,萧倾尘便大步走到他面前,对着他的脸狠狠挥去一耳光:"畜牲,为了争权夺势,你不但毒杀了生你养你的亲生父亲,甚至还想将这个罪名嫁祸到兄长头上。我北漠皇室有你这样的败类,简直是朝廷之不幸,百姓之不幸!"

这一巴掌他打得极狠,完全没有心理准备的萧倾昱被一掌打飞出去,"砰"的一声摔落在地。

"你……"

他捂着肿胀麻痛的脸颊,不敢置信道:"你居然敢打我,我可是至尊无上的万岁爷……"

萧倾尘嗤笑一声:"万岁爷?就凭你也配?"

说话之间,他轻击双掌,很快便有人将一个长相阴柔的中年太监给带到众人面前,这个人正是老皇帝身边最得用的太监总管福禄。

看到福禄的那一刻,众臣皆惊,因为老皇帝驾崩之后,这位太监总管也离奇失踪，就连萧倾昱也不知道他的具体下落。

一进门，福禄便扑倒在地，指着脸色不太好的萧倾昱厉声斥责："凶手！凶手！八殿下就是害死先帝的杀人凶手。那天夜里，老奴亲眼看到他将一碗投了剧毒的汤药强行灌入先帝的口中，还扬言说道，七殿下已经在他的算计之下死在了魔鬼森林，北漠这片大好的江山，从那一刻起，将由他掌管。老奴做梦也没想到，先帝对八殿下一向疼爱有加，到头来，他却死在他最疼爱的儿子手中。先帝爷，您去得可真是冤枉啊……"

说罢，福禄连滚带爬地来到盛装老皇帝尸体的棺椁之前，痛哭失声。

在场的众人都知道，福禄与老皇帝之间的主仆情谊十分深厚，由于老皇帝平时比较偏疼八殿下，福禄也爱屋及乌，对八殿下更加高看一眼。

若今天在这里指责萧倾昱罪行的证人另有其人，或许还没有这么强的说服力。

可当这些指控从福禄口中说出来时，意义可就不太一样了。萧倾尘根本不给众人过多反应的机会，大手一挥，将所有的乱臣叛党全部抓获，投进刑部候审。

直到这一刻，萧倾昱和陈子诚等才意识到他们的夺位计划彻底以失败告终。

一些手中还握有军权且拥护萧倾昱上位的武将，起初还对萧倾尘登基颇有微词，当他们得知秦御使率领的黑阙大军就在北漠城外四十里之地驻营扎寨，等着接应七殿下时，这些武将算是彻底放下了反抗的念头，不但被降了等级，就连手中的军权也被一并收回，败得可谓一塌糊涂。

至此，经过长达数月的艰苦对决，萧倾尘总算等来登基为帝的历史性时刻。

登基仪式举行得非常隆重，为了给轩辕尔桀和洛千凰一个完美的交代，正式登基这天，萧倾尘当众宣布，黑阙的千凰郡主和他只是非常要好的朋友，至于两个人的婚约，不过是先帝逼迫之下的一个不得已的约定。

如今老皇帝已经驾崩，萧倾尘不介意将父皇当日为了为难自己上位而提出的非理要求公之于众。而他之所以会找来千凰郡主演这场戏，只是不想让自私的老皇帝公然毁了黑阙与北漠之间好不容易建立起来的和平。

如今千凰郡主在北漠的使命已经完成，他自然要完璧归赵，郑重地将郡主殿下交由"秦御使"负责带回黑阙。不管这番话究竟有几分真、几分假，只要不破坏老百姓现在的安康生活，皇帝爱娶谁就娶谁，和他们一点儿关系都没有。

当然，那些曾经被蒙在鼓里的大臣听到这个消息可是非常高兴。如果千凰郡主不嫁了，为了延续北漠皇室的血统，皇上势必会在众位大臣家中挑选贵女来填充后宫。如此一来，被他们娇养在闺阁中的宝贝女儿们，总算可以发挥作用，来光耀自家门楣了。

不管其他人作何感想，总算破镜重圆的轩辕尔桀和洛千凰终于完成他们在北漠的使命。为了报复当初害人不浅的萧倾尘，临走前，轩辕尔桀私下里逼着满脸无奈的萧倾尘签下了好几份不平等合约。迫于北漠城外那些黑阙大军的威压，萧倾尘除了乖乖点头答应的份儿，也是别无他法。

当然，"睚眦必报"的洛千凰也没让萧倾尘得好，她这次被他捉弄得差点儿和心上人感情破裂，这笔账，她都在心里记着呢。于是临走之前也有样学样，从萧倾尘那里索要了许多被珍藏在藏书阁中的上古医书以及世间难求的名贵药材。

直到萧倾尘一一满足她提出的要求，她才展颜一笑，放过这浑蛋一马。

回程的日期就定在萧倾尘登基之后的第三天，为了表示对黑阙的尊重和礼遇，萧倾尘这个刚刚登基没多久的帝王，亲自带人将黑阙使者以及千凰郡主送到北漠都城门口。

"今日一别，后会有期！"

虽然萧倾尘心里仍有些放不下被他真心喜欢了这么久的洛千凰，但身为一国之君，现在的他必须以朝政为重，儿女私情什么的，只能放在一边，来日再议。

看着萧倾尘那依依不舍的模样，脸上仍戴着面具的轩辕尔桀冷笑着回了一句："尽好你应尽的帝王责任，此生一别，后会无期。"

说完，不给萧倾尘再接口的机会，他冲着自己麾下的人马高喊一声："启程！"

看着黑阙大部队浩浩荡荡地离开北漠，被留了一句"后会无期"的萧倾尘不知该气还是该笑。不过，能在茫茫人海中遇到轩辕尔桀这样强大的对手，也称得上是此生值得回味的一件趣事。

按下萧倾尘留在原地独自感叹不提，已经率领麾下人马踏出北漠地界的轩辕尔桀，则揭下一直戴在头上的银色面具，恢复了自己本来的身份和模样。

从探子口中得知，他以御使的身份离开黑阙的这段时间里，朝中的大小事务皆由父皇及连城等人代为管理。

如今江山安稳，四海升平，没有外忧困扰，也没有内患忧虑，他这个手握江山重权的皇帝，也就不急着赶回黑阙重新接管自己的帝王之位。反正父皇年纪还轻，由他代自己的儿子掌管朝政，轩辕尔桀真是一点儿愧疚心都没有。

既然不急着回去，他自然要利用这个机会带着心爱的洛洛好好游游山、玩玩水，顺便再巩固一下两个人之间已经坚不可摧的感情。

原本半个月的路程，硬是被两个人拖了整整两个月。每到一处，尔桀便会伪装成富家公子的模样，带着洛千凰吃吃喝喝、游游逛逛，小日子过得简直不要太惬意。

第七十章 大业成班师回朝

　　眼看再赶两天的路程便可以抵达黑阙的京城，轩辕尔桀忽然有些舍不得时间流逝得这样快。

　　他尽可能地放缓脚程，恨不能将所有景色美好的地方都带着洛洛游逛一遍。

　　这天，两个人途经灵泉寺，听着寺里时不时传出朗诵佛经的声音，洛千凰忽然灵机一动，拉着尔桀的手道："朝阳哥哥，要不要去寺院里拜上一拜？"

　　轩辕尔桀远远地看了灵泉寺一眼："今儿不是初一也不是十五？寺里的香火肯定不盛。"

　　洛千凰不认同地睨他一眼："谁说烧香拜佛一定要初一十五的，想当初我娘在我病危之时抱着我去佛祖面前诚心祈求，才换来我今天健朗的身体。所以说，烧香拜佛并不一定要选在初一十五，只要心诚，无论何时何地，慈悲的佛祖都会满足世人的心愿。"

　　听她说得头头是道，尔桀也不想扫她的兴，于是两个人手拉着手，溜溜达达踏进了灵泉寺的庙门。由于今天并不是初一十五，偌大的灵泉寺内冷冷清清，除了在院子里打扫落叶的小沙弥之外，几乎很少能够看到香客的身影。

　　两个人直接踏入灵泉寺的大雄宝殿，慈眉善目的佛祖金身被塑造得高大威猛，让人看一眼之后便觉得心生敬畏。

　　虽然尔桀并不相信世间的神神鬼鬼，但看到洛洛在踏进大雄宝殿之后便规规矩矩跪在蒲团上念念叨叨、认真磕头的模样，他忍不住也跟着跪了下来，象征性地拜上几拜。

　　当洛千凰郑重其事地磕完三个头，抬眼去看跪在自己身边的男人时，就见他满眼戏谑地看着自己，饶有兴味道："洛洛，你唠唠叨叨都跟佛祖说了什么？"

　　洛千凰见他态度怠慢，并没有诚心拜佛的架势，俏脸一沉，数落道："佛祖面前，不可不敬。想当初我一脚都要迈进鬼门关，若非我娘抱着我去佛祖面前诚心祈祷，今生今世，你也未必会在茫茫人海中与我相遇。所以从小到大我虽然并没有见过真正的神佛，却在心底坚定不移地相信他们是真实存在的。"

　　听她旧事重提，尔桀总算是收敛起几分吊儿郎当，然后恭恭敬敬地学着她刚刚的样子给佛祖磕了三个头。

　　起身的时候，他双手合十，语气虔诚地对着佛祖的塑像道："佛祖在上，不管您是否听得到我此时的心愿，我都要亲口对您说一句感谢。感谢您当年慈悲为怀，让险些被阎罗王召走的洛洛有幸生还。若非如此，我如何能在万千世界中寻到自己心中所爱？只要有生之年您能保佑洛洛一世安康，我愿用自己十年寿命来答谢佛祖的垂爱……"

　　听到这里，洛千凰一下子扑过去，捂住了他的嘴，气极败坏道："朝阳哥哥，你怎么能随便向佛祖提出这样的要求？生死有命，富贵在天，我不需要你用折寿的方式来护我周全……"

说完，她又郑重地对佛祖道："佛祖，朝阳哥哥刚刚的祈求并不作数，您大人大量，可千万别把他的胡言乱语记在心里。"

她那一脸焦急又紧张的样子，把尔桀给逗得直笑。

由于佛门重地应该举止得宜，他只能按捺住将她一把揽入怀中的冲动，语重心长道："洛洛，只要你此生过得安康幸福，我不介意用折寿的方式来实现这个愿望。要知道……"

他的语气忽然凝重起来："我可是被佛祖任命为人界的帝王，帝者，紫微星下凡，发出的誓言，自是比寻常百姓要有力度得多。所以洛洛，你一定要答应我，不管我们之间的未来还要历经多少艰难险阻，咱们都要彼此信任地一同走下去，您愿意吗？"

洛千凰被他眼中的虔诚所感染，不受控制地点了点头："我愿意！"

虽然两个人都很舍不得这种朝夕相处的日子就这样匆匆结束，但京城已经近在咫尺，就算他们再怎么想拖延归京的时间，该面对的事情，也总要去勇敢地面对。

更何况，离开京城这么久，洛千凰对自己的父母也十分想念，恨不能早一点儿飞奔回去与父母团聚。当众人匆匆抵达京城的北城门时，就见多日不见的贺连城率领一众皇城军正守在城门口迎接众人的归来。

"小千……"

一道娇脆的声音从人群中破空而出，定睛一看，正是与洛千凰私交甚笃的轩辕灵儿。看到好友安全抵达，灵儿再顾不得什么郡主身份，匆匆从人群中挤了出来，兴高采烈地扑向洛千凰，一把抱住了她的脖子。

"小千，你终于回来了，这些日子，你可把我给活活想死了……"

洛千凰被热情的灵儿抱了个措手不及，险些一屁股摔在地上。

还是尔桀眼明手快，一把扶住洛洛的手臂，才避免她当众出丑。

他脸色不悦地瞪向始作俑者，怒斥："堂堂郡主，不留在闺阁中绣花习字，怎能如此毫无形象地与一群男人一起出现在这种地方？"

轩辕灵儿从小就天不怕地不怕，更是压根儿就没把最喜欢教训她的皇兄放在眼中。

她傲娇地向自家皇兄投去一个鄙视的眼神，哼道："当初如果不是你派人拦着我，我岂会等到现在才与小千重逢？你知不知道，小千不在的这些日子里，我每天东想西想，就怕小千在北漠那边被人给害了去。如今我总算看到自己的好友还安然无恙地活着，当然要来到城门口亲自迎接小千！"

尔桀瞪了自家妹妹一眼："像你这种连言行举止都控制不好的笨蛋，朕把你带在身边，就等于是带了一个麻烦和累赘。如果活到这把年纪，你连这个自知之明都没有，朕劝你还是回炉重造，别在这儿碍朕的眼了。"

这世上唯一让轩辕尔桀头痛的只有他这个刁蛮成性的妹妹，大概是从小被她爹娘及自己的爹娘给宠得无法无天，简直不把他这个皇兄放在眼中。

被骂成是麻烦和累赘的轩辕灵儿气得俏脸通红，跺着脚道："你还好意思骂我？当初要不是你没把小千保护好，我们小千何至于被人抢走，沦落到这么悲惨的地步？"

眼看两兄妹当着众皇城军的面就要吵起来，忍俊不禁的贺连城赶紧过来当和事佬："灵儿，皇上与郡主赶路多日，眼下最重要的是护送他们回去休息。有什么话，等他们养足了精神再说也不迟。"

轩辕灵儿耍小脾气地瞪了自家皇兄一眼，然后在皇兄想要杀人的眼神中一把拉住洛千凰的手，兴高采烈道："小千，快给我讲讲，这些日子你在北漠那边过得如何？那个讨人厌的七皇子有没有欺负你？你们回来的时候有没有受到那些坏人的阻拦？哼！早知道北漠这么不靠谱，当初就不该跟他们签什么和平协议。还有那个该死的徐紫月，我就说有一段时间你怎么变得那么不招人待见，原来那个时候的你，已经被徐紫月给阴了。每次想起这个不要脸的女人居然顶替你的身份和我套近乎，我就想抓花她的脸！居然连我轩辕灵儿的朋友都敢欺负，活得不耐烦了吧……"

轩辕灵儿此时的心情实在是过于激动，才不管不顾地一口气说了这么多。见灵儿还是如往常那般调皮活泼，洛千凰的心也不自觉地跟着暖了起来。

两个姑娘手拉着手，自是有一肚子的话想要跟对方倾诉。那边，贺连城也向皇上汇报京城近日的情况，尔桀一边听，一边用眼角的余光去瞟洛洛的动向，生怕他那个讨人厌的妹妹趁他不注意，直接把洛洛给拐跑。

像是看出他眼中的不舍，贺连城笑着调侃："明明只有半个月的路程，却被皇上走了整整两个月，难道这还不足以培养皇上和郡主之间的感情吗？"

尔桀瞪他一眼："朕希望这条路永远也走不完！"

贺连城笑道："既如此，皇上也可以效仿太上皇，早日将郡主娶进家门，尽快生个可以继承大统的小皇子，然后在人生最美好的时光里，与自己心爱的姑娘离开皇宫，去过自由潇洒的二人世界。"

尔桀颇为认真地凝思片刻，并用力点了点头："此法甚妙！"

两个人在这边低声交谈的同时，洛千凰那边的心情也是非常激动。因为在她离开黑阙的这段时间里，灵儿与连城已经正式结为夫妻，成立了自己的小家庭。

洛千凰既为好友找到归宿而感到高兴，又为自己没能参加好友的婚宴而感到遗憾。

灵儿拉着她的手噘着嘴巴："本来我们是想等你回来之后再举办婚宴的，奈何婚期是早在很久之前就定好的。婚宴的帖子在你离开黑阙之前就已经分发下去，再更改婚期，怕是会沦为别人眼中的笑柄。另外，我们两家按照我和连城的生辰八字算出，那日的婚期是最佳的黄道吉日，之后三年之内，都找不到比那个更好的日子。最终只能按原计划进行，在你们没回来之前，便行了大婚之礼。不过小千，你虽然没能参加我的婚礼，我却一点儿也不介意你速速将我的婚宴礼物补送给我……"

洛千凰被好友那直率的性子逗得直乐，连忙点头应道："放心吧，一定会补给你一份你终生难忘的大礼！"

灵儿顿时高兴了，用力点头："好嘞！那我可等着你早日将这份大礼送到我面前了。"

两个人聊得热火朝天之际，不远处飞奔而来一队人马，定睛一看，骑在最前面的不是别人，正是名震天下的骆逍遥。阔别数日，这位风流俊俏的逍遥王不减当日风采，依旧是那么年轻俊朗，可以在瞬息之间迷煞众人。

洛千凰心头一喜，忙不迭地飞扑过去，甜甜地喊了一声："爹！"

看到宝贝女儿安然无恙地出现在自己面前，骆逍遥再也控制不住心底的想念，帅气地纵身下马，一把将宝贝女儿拉到了自己的怀里。

"乖女儿，都怪为父没有保护好你，才害你受到了这样的惊吓。幸亏你还活着，幸亏你还活着……"

说到最后，这叱咤风云的男人，喉间竟发出哽咽的声音。

没有人能体会他此时的心情，之前那十几年，他已经对女儿有所亏欠，这次居然没能在第一时间识破敌人的诡计，害得女儿差点儿命丧黄泉。

这种失而复得的心情，没有经历过的人，恐怕永远也无法体会。

轩辕尔桀也感动于这种相逢的场面，只是这里不是叙话的最佳场所，于是劝道："逍遥叔叔……"

他刚要说些什么，骆逍遥已经放开女儿，并拦腰将她抱坐上自己的坐骑，转身对轩辕尔桀道："洛洛与她娘亲阔别数日，如今她娘对流落在外的女儿甚是想念，还请皇上体谅一下为人父母对子女的思念之苦，臣这就带着女儿先走一步了。"

说完，骆逍遥面色不悦地瞪了轩辕尔桀一眼，就这么当着众人的面，直接骑着马，带着宝贝女儿跑远了。

轩辕尔桀又气又急，忙向前追了两步。

恰逢洛千凰在此时回头，就听尔桀在她身后大声说："洛洛，你且在家里等着朕，不日之后，朕必会提着聘礼，上门求娶！"

洛千凰在风中大声应了一声："我会等着你……"

骆逍遥并没有夸大其词，洛千凰这次失踪，的确是把墨红鸾给吓得不轻。

几经周折的夫妻二人本以为成亲之后便会给女儿创造一份迟来的幸福，没想到好日子才过了没几天，就发生女儿被人偷龙转凤的事情。

难怪女儿被冒牌货冒充那段时间，夫妻二人总觉得女儿有哪里不对劲。

当女儿哭着嚷着想要早点儿嫁进皇家时，骆逍遥虽然心有不甘，也深深觉得这根本就不像宝贝女儿能做出来的事，但为了不让女儿伤心难过，他还是一改之前强硬的态度，答应将婚期提前。直到冒牌货的身份被揭穿那天，两个人才意识到，女儿早已经不是他们真正的女儿，真正的女儿，如今已经彻底失踪。

两夫妻直接崩溃，墨红鸾更是难过得整日以泪洗面。

直到骆逍遥意外得知，宝贝女儿居然在失踪那段时间里被轩辕尔桀当成使唤丫头一样呼来喝去，甚至好几次还在别人的陷害下差点儿丧命，他对尔桀才生出不满，总觉得是尔桀没有保护好自己的女儿，明明就活在他的眼皮子底下，竟让女儿白白遭了那么多罪。

阔别数月，洛千凰总算安然无恙地被尔桀从北漠给带了回来，夫妻俩又激动又难过。尤其是墨红鸾，从女儿踏进逍遥王府的那一刻起，就紧紧将失而复得的女儿搂在怀中哭得稀里哗啦。

一家三口伤心难过了好半晌，直到洛千凰将她这次在北漠的种种遭遇如实说给父母听，骆逍遥才知道女儿被抓去北漠的日子过得并不是那么艰难。饶是如此，他还是心疼得够呛，恨不能将当初害宝贝女儿流落异乡的罪魁祸首给千刀万剐。

"爹，其实萧倾尘并不如您想象中那么坏。虽然他这个人的心机有时候的确是深了一些，但几次交手下来，他却并不曾真正做过害我之事。如果他真的有心害我，我也不会完好无缺地重回你们身边。总之，现在所有的事情都已经得到完美解决，我不想再因为自己，导致两国好不容易稳定下来的关系再次恶化。"

骆逍遥依旧愤愤不平："先不提北漠那个姓萧的人品究竟是好是坏，真正让为父生气的是那个口口声声说会将你保护得万般周全的皇上。虽然那个时候你中了蛊毒被易容成别人的模样，可人与人之间的感觉是永远不会出错的。你在他面前晃悠了那么久，他居然没有在第一时间认出你的身份，甚至还跟一个冒牌货差点儿结为夫妻。每每想起这些事，你让为父怎么心甘情愿再把你的终身幸福托付给他？"

洛千凰自然不想爹爹对朝阳哥哥误会至深，于是极力劝解："其实朝阳哥哥当时没有在第一时间认出我，也算是人之常情嘛。毕竟那时的我只是一个没名没分而且其貌不扬的小宫女。口不能言，手不能写，每天只能小心翼翼地活在他的眼皮子底下。如果在这种情况下，他忽然对逍遥王府的冒牌货疾言厉色，转而对一个没有身份的小婢女关怀备至，那他的人品才真正值得咱们怀疑了。而且……"

顿了顿，洛千凰又接着道："这次朝阳哥哥为了解救我于危难之中，不顾自身危险，伪装成御使的身份去北漠接我，这已经是非常不容易的事情了。毕竟在北漠帝王眼中，黑阙上至君主下至百姓，都让他们恨得牙痒痒。朝阳哥哥贵为天子，又不能带大批军队在身边，只带了一些心腹随从独自面对庞大的北漠，这已经是非常难得了。"

骆逍遥又气又笑，捏了捏女儿的俏鼻，恨铁不成钢道："你这个小笨蛋，到了这个时候，居然还为他说好话。"

洛千凰急忙扑过去抱住自家爹爹的手臂，撒娇道："爹，总之，您就别再生朝阳哥哥的气了嘛。"

墨红鸾见女儿一心向着未来夫君，这时也破涕为笑道："好了逍遥，闺女大了，很多事情已经由不得咱们当爹娘的来做主。更何况皇上对女儿的感情究竟有多深，相信聪明如你也看得出来。你私底下气上一气也就算了，难道还真打算破坏女儿和皇上之间已经定下来的婚事？"

说完，她不理会骆逍遥臭臭的俊脸，又重新搂过女儿："小千，只要你还好好地活着，无论你提出什么样的要求，娘都答应。"

洛千凰小女儿般将脸颊埋在母亲的怀里，直到这一刻，她才感觉到自己的人生又回到了最初幸福的起点。

"对了，娘……"

半晌后，她忽然想起一件事："听朝阳哥哥说，当初你们知道我被萧倾尘带去北漠时，本来爹爹要随朝阳哥哥一起去北漠接我的，后来家里忽然发生了变故，临时拖住了爹爹的脚步，当时到底发生了何事？"

听到这话，墨红鸾的俏脸瞬间红了个透顶。

"咳……"

骆逍遥轻轻咳了一声，来掩饰脸上的尴尬，他底气不足道："洛洛，这件事说出来，你可千万别生气啊……"

洛千凰的心一下子就提了起来，急忙问道："究竟怎么了？"

墨红鸾的脸依旧红得不像话。

骆逍遥吞吞吐吐了半晌，才说："是你娘，她肚子里又怀了为父的孩子。"

说起来，这个孩子来得实在是有些意外。毕竟流落在外的女儿刚认回来没多久，两夫妻恨不能抽出全部精力来补偿多年来亏欠女儿的感情。

结果就在这时，墨红鸾居然怀了身孕，而且当时的情况还有些危险，以至于骆逍遥两头顾不上，最后还是轩辕尔桀向他拍胸脯保证，一定会把洛千凰安然无恙地带回来，骆逍遥才暂时打消随他一起去北漠的念头，留在府中照顾妻子。

本以为受尽委屈的女儿接受不了弟弟或妹妹的出生，结果当洛千凰听到这个消息后，脸上瞬间露出狂喜的表情，她一把拉住母亲的手，激动地问："娘，真的吗？您的肚子里真的怀上了我的小弟弟或是小妹妹？"

墨红鸾红着脸道："小千，你放心，就算有了新的孩子，你也一样是我和你爹心中最重要的宝贝，无人可以替代……"

她很害怕新生命的到来，会让小千觉得自己不受宠了，毕竟天底下所有当爹娘的，都会对小一点儿的孩子投入更多的感情。万一女儿接受不了这个弟弟或是妹妹，墨红鸾甚至想过，干脆打掉这个孩子，绝对不能让女儿在这个家庭中受半点儿委屈。

洛千凰被母亲那一脸小心翼翼的样子逗得直乐，她亲昵地挽住母亲的手臂，开心道："娘，这是好事啊，您怎么会认为我接受不了呢？您和我爹彼此错失了十几年，如今好不容易夫妻团聚，当然需要一个新生命的到来来稳固你们之间的感情。至于我，怎么可能会小气到连自己的亲弟弟或是亲妹妹都无法容忍？你们都是值得尊敬的人，教养出来的孩子，也一定是世间最优秀的孩子。"

见女儿这么深明大义，不管是墨红鸾还是骆逍遥都很感动。

尤其是骆逍遥，他郑重其事道："不管你娘肚子里的孩子是儿子还是闺女，爹爹都会亲自将他调教成世上最厉害的那种人。这样一来，等他长大之后，便可以代替爹娘，用一辈子的时间来保护你这个姐姐。洛洛，你是爹在这个世上最疼爱的孩子，爹绝对会想尽一切办法，保证你的人生绝不会再受到半点儿磨难。"

洛千凰又是哭笑不得，又是感动万分。

也不知她上辈子到底积了多少福气，这辈子才投生在这样的父母膝下。

好不容易聚在一起的一家三口，彼此说了许多贴心话之后，便在管家的张罗下，吃了一顿团圆饭。

随着天色渐渐黑了下来，墨红鸾知道女儿路上奔波，定是又乏又累，便吩咐人赶紧伺候小姐更衣洗漱，准备休息。

等洛千凰舒舒服服地洗完一个热水澡，就见墨红鸾端着一碗香喷喷的人参鸡汤推门而入，并笑着对她道："这是娘亲自下厨给你熬来补身体的，这些日子你一直在外面风餐露宿，瞧瞧，比离京之前瘦了许多。"

洛千凰急忙迎了过去，接过参汤，不认同道："娘，您现在有了身孕，怎么能亲自下厨做这种事情呢？以后这样的事就交给府里的婢女去做，您一定要好好保重身体，争取给我生个大胖弟弟。"

墨红鸾被女儿的话逗得直乐，连忙解释："放心吧，除了刚开始的时候胎气有些不稳，经过一番调养，现下已经没什么大碍了。倒是你，在外面吃了那么多苦，真是想想就让娘心里难过。"

洛千凰摇头："有朝阳哥哥一直在我身边陪伴保护，我怎么可能会吃苦？"

提到这个，墨红鸾叹了口气："说起皇上，他对你是真的非常用心。当他得知你莫名失踪，整个人都陷入了一种疯魔的状态，非要亲自前往北漠把你给带回来。你也知道当时北漠与我黑阙的关系并不如表面看着那么和谐，万一他在那边出了变故，整个黑阙就会陷入危局之中。可饶是这样，皇上最后还是义无反顾地去了，可见他对你用情之深。"

从自家娘亲口中听到这些，洛千凰心中又感动又后怕。

墨红鸾拍了拍女儿的手背："小千，一个男人，而且还是一个身为帝王的男人，能为自己心爱的女人做到这个地步，足以证明他对你用心良苦。你若真觉得嫁给他可以托付终身，娘会祝福你。至于你爹那边，不用理会，他就是个彻头彻尾的女儿控，才会变得像现在这么不理智。"

洛千凰笑出声来，将脸颊埋在母亲怀中，点了点头："娘，我会幸福的。"

第七十一章 帝与后共享江山

洛千凰回到逍遥王府与父母团聚的同时，轩辕尔桀也带着自己的心腹暗卫回到皇宫与父母团聚。

因为他故意在回京的途中耽误了将近两个月的路程，回宫之后，被轩辕容锦叫到面前好一顿数落。

儿子离开黑阙这段时间，已经退下皇位无事一身轻的容锦不得不肩负起执掌江山的任务，每日早起晚归，为了操劳国事而忙得一塌糊涂。

从探子口中得知儿子已经搞定北漠的一切，并正式踏上回京的路程，被国事叨扰已久的容锦总算松了一口气，就等着儿子带着未来儿媳妇早日归京，他也可以理所当然地卸下帝王之职，带着心爱的九卿过二人世界。

让容锦万万没想到的是，从北漠回到黑阙只需半个月的路程，却被这个浑蛋儿子浪费了整整两个月。

为此，他一而再、再而三地派人去催促小浑蛋赶紧给他滚回来接管皇位。

奈何翅膀硬了的轩辕尔桀直接无视父皇的命令，浑然忘我地带着他心爱的姑娘在外面游山玩水，完全忘了他身上还有天下百姓的生计需要他这个皇帝来亲自操心。

所以，当尔桀眼睁睁看着洛洛被骆逍遥当众劫走而灰溜溜地回到皇宫时，容锦先是劈头盖脸将不负责任的儿子臭骂一顿，接着又数落儿子在感情方面简直弱得丢光他这个父皇的脸。

身为一国之尊，居然连一个心爱的姑娘都搞不定，他轩辕容锦怎么会生出这种笨儿子？

连续挨了父皇好几顿教训的尔桀，打从回宫之后，心头便被一层看不见、摸不着的阴霾所笼罩。

不为别的，正是因为当初差点儿害得他失去洛洛的罪魁祸首徐紫月。

自从徐紫月偷龙转凤，以冒牌货的身份差点儿嫁进皇宫的计划失败之后，她就以罪人之身被关进了刑部大牢。

皇上不在，这个案子便一直被押后审理，直到尔桀带着御使团浩浩荡荡地回到京城，贺连城才将徐紫月受审之后的情况如实汇报到皇上面前。

让尔桀做梦也没想到的是，洛千凰之所以会在神不知、鬼不觉的情况下中蛊易容，真正的罪魁祸首居然是那只被徐紫月当成礼物送来的十八连环锁。

十八连环锁构造奇特，设计繁复，早在徐紫月将它送到尔桀面前时，就在锁里置放了蛊毒。

当贺连城说到这里的时候，尔桀剑眉上扬，满脸诧异："这怎么可能？如果她真的将蛊毒事先藏在十八连环锁里，为何朕没有像洛洛那般中蛊易容？"

贺连城道："那是因为徐紫月将十八连环锁送到皇上面前时，曾偷偷在你饮用的茶水中投放了解药。她最终的目的是想借用千凰郡主的身份嫁你为妻，并没有害你性命之意。所以阴谋得逞之前，自然不会害你性命。而她料准在你得到十八连环锁之后，定会将那个稀奇的玩意拿到千凰郡主面前给她赏玩。只要千凰郡主碰到十八连环锁，蛊毒便会成功在她身体里种植下来。"

听到这里，轩辕尔桀浑身上下出了一层冷汗。

他气得重重拍击了一下桌案，厉声道："岂有此理！徐紫月这该死的女人，朕一定要将她千刀万剐！"

当初他之所以没有将事情的始末问得这样清楚，是因为担心洛洛的安危，不得不在最短的时间里打点行程，带人速速去北漠营救洛洛。

对于徐紫月的一些阴谋细节的审问，直接交给贺连城来处理。

直到此番回京，才将洛洛被徐紫月谋害的始末问了个清楚明白。

他恨徐紫月心机深重，可仔细一琢磨才发现，如果当初他肯顾及洛洛的感受，拒徐紫月于千里之外，那恶毒的女人何至于会利用这么千载难逢的机会，将算计的目标落在他的身上？

说到底，真正害得洛洛走投无路、身陷险境的罪魁祸首不是别人，正是口口声声说会将她保护得密不透风的自己。

见他满脸自责，懊恼不已，贺连城劝道："皇上，俗话说得好，福兮祸所倚，祸兮福所伏。凡事都有两面性，你也不要太过愧疚。这一场场变故，不但增加了皇上与郡主之间对彼此的信任，同时也让黑阙与北漠之间的关系变得比从前更加坚固。眼下最重要的问题不是追究徐紫月的过错，而是如何应付光禄侯的苦苦哀求……"

尔桀闻言冷笑一声："他女儿犯下了滔天大错，他难道还想在这起事件后全身而退？哼！真是做梦！"

贺连城轻咳一声："太上皇帮着皇上处理朝政这段时间，一直将徐紫月的案子搁置不动。太上皇说了，既然这件事因皇上而起，最终解决这件事的人理应还是皇上本人。所以太上皇一直袖手旁观。不治罪，也不宽恕，徐紫月便一直以犯人的身份被关在阴冷潮湿的刑部大牢。这期间，光禄侯不止一次求太上皇法外开恩，还利用当年他为朝廷立下的汗马功劳来博同情。甚至到了最后，他还将求救的目光移到了逍遥王的身上……"

听到这里，轩辕尔桀脸上的冷笑更加明显了："逍遥王护女，那可是朝廷上下皆知的事情，这次光禄侯那个不成器的女儿差点儿害得逍遥王的心肝宝贝命丧黄泉，凭逍遥王那睚眦必报的性子，就没一巴掌将厚颜无耻的光禄侯给抽飞？"

贺连城笑了笑："光禄侯在逍遥王那里的确吃了好几次闷亏，不过为了被关在刑部大牢受苦的女儿，他这次是铁了心要跟皇家对抗到底。说起这个光禄侯，也的确是挺惨，他早年与妻子本来生有一个漂亮可爱的儿子，奈何那个孩子命薄如纸，活到十四岁便患了一场重病被阎王爷给召走。徐紫月是光禄侯的老来女，平日里宠得跟眼珠子似的。徐家的子嗣之所以这么稀薄，皆因为光禄侯当年在战场上对敌厮杀的时候受了重伤，以至于生育能力下降，就连太医对光禄侯的情况都束手无策。正因如此，他才要极力保住徐紫月的性命，坚决忍受不了白发人送黑发人这种惨剧发生。"

轩辕尔桀沉默了一下。

虽然他对光禄侯父女恨之入骨，但如果光禄侯利用当年为朝廷立下的功勋来换徐紫月的性命，他还真是没办法将徐紫月这个心如蛇蝎的女人处死。

否则，不但会寒了其他大臣的心，也会让洛洛的形象在众臣面前大打折扣。

如此一想，尔桀忽然觉得事情变得有些棘手。

"皇上，臣倒有一个建议，不知当不当提？"

尔桀抬头看了贺连城一眼，道："说说看。"

贺连城道："虽然光禄侯得了封地，被打发到了偏远的地方干扰不到朝廷的命脉，但他手中却握有朝廷十五万兵权。经此一事，想必光禄侯已经将皇家彻底恨上了，万一他回到封地之后自封为王，做出不利于朝廷的事情，无疑会给朝廷带来巨大的困扰。既然他死也要保住徐紫月的性命，不如趁这个机会收回他手中的兵权。如此一来，既满足了他的心愿，又割除了朝廷的一大隐患，一箭双雕，一举两得，岂不美哉？"

第七十一章 帝与后共享江山

尔桀眉头紧皱了起来，不太赞同道："放了徐紫月，对洛洛这个受害者来说岂不是非常不公平？"

贺连城摇了摇头："皇上此言差矣。要知道徐紫月此生最大的心愿就是嫁进皇家成为一国之母。一旦光禄侯失去兵权，摇身变成一介白丁，就算她有命活着回去，以她的出身，又有哪个豪门子弟会将这样的女人娶进家门？说句不好听的，很多时候，对于仇人的处理方法，与其让他们死掉，倒不如让他们活着受罪。没了光禄侯这个庞大的靠山给徐紫月撑腰，凭她一介小小女流，难道还能翻出天去？"

虽然尔桀对此仍有些不甘，仔细琢磨之后，发现这是唯一一个能解决眼前麻烦的途径。

于是，尔桀便对贺连城道："既如此，朕便将这件事交给你来处理。"

"皇上尽管放心，臣定会给皇上及千凰郡主一个满意的交代。"

贺连城不愧是尔桀身边最值得信任的心腹重臣，无须皇上动口动手，便将光禄侯和徐紫月的事情处理得妥妥当当。

起初，光禄侯死也不肯放弃手中那十五万兵权。

有兵权傍身，他在同僚面前才挺得起胸、抬得起头。

一旦失了兵权，他可就什么都没有了，即便救回女儿，将来也会因为光禄侯府失势而嫁不到一个好人家。

贺连城也不跟他客气，只问他一句，究竟是要女儿还是要兵权？

两厢权衡之下，已经年过半百的光禄侯强忍住心中的不甘，只能向皇权低头。

就算他身上有再多军功在身，也改变不了女儿设计谋害未来皇后的事实。

女儿犯下的是株连九族的死罪，皇家肯网开一面，饶女儿不死，这已经是他积了大德才换来的福气。

至于兵权，生不带来，死不带去，就算死死握在手中又有何用？女儿才是他生命中最重要的存在。

当然，兵权上缴之后还不算，贺连城还要求光禄侯必须签下一份协议，此生此世，他们父女不得再以任何借口或是理由踏进京城半步。

就算徐紫月日后嫁人，她的夫君也绝对不可以是京城人士，否则全家就要按照谋害皇后的罪名接受律法的制裁。

光禄侯又生气又恼怒，偏偏在皇权面前，他只是一个失了势且纵容女儿行凶的失败父亲。

只要能保住女儿的性命，其他的条件他已经不敢去奢求。

至此，光禄侯和徐紫月这两个大麻烦总算是被贺连城轻而易举地解决了。

从牢房里放出来的那一刻，已经被折磨得不成人形的徐紫月居然还扯着喉咙喊着要去面见皇上，并大声嚷嚷着自己就是黑阙王朝的未来皇后。

押她出牢房的狱卒忍不住冷笑，狠狠推了她一把，斥骂道："未来皇后？你也不撒泡尿照照你现在的样子，连街边要饭的乞丐都不如，也敢痴心地去妄想皇上的垂爱。你还是有多远滚多远，回你自己的封地去做这个春秋大梦吧。"

这些狱卒之所以会对徐紫月出言不逊，皆是因为被徐紫月谋害的那个人是被天下人敬仰的千凰郡主。

千凰郡主一次又一次为朝廷立下不朽功勋，如今却差点儿死在徐紫月这个阴险女人的手中，这让狱卒们如何不恨，如何不怒？

就算光禄侯花了不少银子买通狱卒首领切不可怠慢自己的女儿，一些真正热血沸腾、为朝廷命脉着想的人还是会在暗地里将徐紫月往死里折磨。

以至于当徐紫月被放出牢房的时候，不但瘦得不成人形，就连精神状态也有些失常，疯言疯语地声称自己是黑阙皇后，还大声嚷嚷着要去面见皇帝。

直到光禄侯将疯疯癫癫的女儿拉上回程的马车，这场闹剧才得以最终收场。

从回京之后就被当成瓷娃娃一样娇养在逍遥王府里的洛千凰，对于徐紫月究竟落得个什么下场，全然不知。

她是个活得很简单的小姑娘，只要别人不来招惹她，她也不会主动去招惹其他人。

徐紫月之于她来说，不过就是生命中曾出现过的一个不讨她喜欢的过客。

就算这个过客曾用非常恶毒的手段差点儿将她从神台上推下摔死，雨过天晴之后，她也懒得再跟这种人计较。

因为她知道，那些真心在意她、心疼她的人，是不会让曾伤害过她的人有好下场的。

既然恶人终得了恶报，她又何必跟自己过不去，非要抓着徐紫月不放？

当所有的一切渐渐趋于平静时，在家里休养了整整三天的洛千凰终于迎来了进宫的机会。

这次皇上以使者的身份从北漠那边又换来了不少好处，朝廷上下一片热血沸腾。

洛千凰还以为此次进宫，参加的又是那种大型的宫宴。

随父母进宫的时候才发现，此次被宴请的客人都是自己人。

太上皇夫妇是这场宴席的主人，被他们宴请的客人有贺明睿夫妇、七王夫妇、逍遥王夫妇，当然，现在还多了一对贺连城夫妇，轩辕尔桀也在被邀请的名单之中。

阔别三天，他对洛洛甚是想念。

无奈御书房有成堆的折子等着他亲自批阅，好不容易将积在案头的那些重要事情处理妥当，已经是三天之后。

看到洛千凰毫发无伤地出现在众人面前，最先迎过来的便是真心将她当儿媳妇儿来疼的凤九卿。

真货就是真货，无论冒牌货模仿得有多么相像，只要身体里的灵魂是假的，便逃不过凤九卿的法眼。

如今看到真正的洛千凰活生生地出现在自己眼前，凤九卿亲切地拉着她的手，珍而重之地说道："你安然无恙，便是我们今日收到的最好的礼物。"

早在北漠的时候，洛千凰就从朝阳哥哥口中得知，他能在短短时间里发现真相，凤太后功不可没。

想到一而再、再而三地帮助过自己的凤太后，洛千凰再顾不得什么尊卑有别，像个乖巧的小女儿般扑进凤九卿怀里："太后，我好想您！"

这句话说得情真意切，令在场众人无不动容。

尤其是骆逍遥，看到自己的宝贝女儿与曾经令他心动过的女人相处得如此亲密，他心里真有说不出来的感动，握在墨红鸾手上的力道，也不由自主地加重了几分。

墨红鸾抬头看了他一眼，骆逍遥也在这个时候深深看了自己心爱的妻子一眼。

不管曾经他对凤九卿有多深的执念，现如今都已经成为过去式。

现在，他有了喜欢的妻子、可爱的女儿，人生活到这个地步，他已经别无所求了。

洛千凰在众多亲朋好友的问候下，不自觉地融入了这个温馨甜蜜的大家庭里。

七王夫妇及贺明睿夫妇一如既往地见面就喜欢吵来吵去，看着你挤对我，我挤对你，其实彼此之间的感情却十分深厚。

太上皇不改爱妻形象，从头到尾，目光始终追随着容光焕发且又年轻貌美的凤九卿。

妻子的魅力越来越大，身为夫君，他与有荣焉。

但已经四十出头的凤九卿，放在人群里却如同二十出头的妙龄少女，这让容锦很是担忧，总害怕哪个不长眼的人对他家九卿暗生情愫，所以只要是人多的场合，他就会紧随其后，寸步不离，惹来了不少笑料。

最有趣的就是连城和灵儿这对刚成亲不久的小夫妻，本以为成亲之后灵儿就会成熟一些，结果这姑娘一点儿也没有已成亲的自觉性，三五不时就跟贺连城闹上一闹，小日子过得简直可以用"鸡飞狗跳"来形容。

好在两家大人对这两个小的十分纵容，他们想闹就让他们闹腾去，反正闹到最后，像个小刺猬一样的轩辕灵儿便会自觉地敛起身上的毛刺，乖乖化身为一只小猫，投身于贺连城的怀中。

席间，看不惯自己的儿子一直被骆逍遥狠狠欺负的轩辕容锦，忍不住旧事重提道："逍遥，既然咱们的儿女在一起历经了这么多磨难，干脆趁今天这个大好日子，将他们的婚期正式提前吧。"

虽然冒牌货郡主已经将婚期提前过一次，但后来发生了一连串变故，那个被重新选出来的婚期已经被彻底作废了。

按照两家之前谈好的婚期，还要等到来年开春。对尔桀来说，这个时间简直漫长得让他有些无法忍受。

听父皇提起自己的婚事，尔桀的双眼瞬间亮闪了几分。

他无比激动地向父皇投去感激的目光，暗想，不愧是朕的亲爹，连儿子心底在想些什么，都知道得清清楚楚。

面对儿子频频投来的感激视线，容锦直接回了他一记大白眼。

想他轩辕容锦风光一世，生出来的儿子竟然如此不争气，他真想将这个蠢儿子塞回娘胎回炉重造，简直丢光他一代铁血帝王的脸面。

要不是为了这个蠢儿子，他何至于在骆逍遥这个老对手兼死对头面前低三下四？

正慢条斯理给妻子剥虾壳的骆逍遥抬头冷冷看了一脸热切的容锦一眼，冷声道："关于婚期这件事，这几日我想了又想，最后决定，将婚期再向后拖延半年。我夫人说了，来年入秋，也有一个极佳的黄道吉日……"

"你说什么？"

容锦的俊脸瞬间就沉了下来，语气也变得不满了几分："来年入秋，还要再等上整整一年。"

骆逍遥特别欣赏容锦那气极败坏的模样，气死人不偿命道："你们不想娶，我们还不嫁呢。"

容锦大怒:"别得寸进尺啊,你媳妇儿再过几个月就要给你生娃了,你怎么能自私自利到不让自己的女儿风光嫁人?破坏别人婚姻是要被驴踢的。"

骆逍遥邪肆一笑:"那你来踢我啊!"

容锦被他噎了一下,反应过来时才发现自己被人骂成是驴了。

他又气又怒,指着骆逍遥道:"好你个骆逍遥,咱俩斗了二十几年,今儿总算被你找到机会翻身了是吧?我告诉你,别以为我拿你这个无赖没办法,天底下所有的人都知道你女儿早晚得嫁给我儿子,你想抵赖,门儿都没有!"

骆逍遥凉凉地回了一句:"谁稀罕跟你斗?我之所以不让我家闺女嫁给你家儿子,那可是经过多方考虑之后做出的决定。你想啊,这次要不是你儿子观察力不够,我闺女怎么能被人轻而易举地拐去北漠?说一千道一万,你儿子既然没有保护我闺女的能力,我就要考虑考虑要不要把我闺女嫁过去。"

容锦瞪他:"之前那件事只是一场意外,经过这次教训,我儿子以后定会把你女儿护得周周全全,妥妥当当。身为长辈,你要给小辈一点儿信心和动力,凭什么一言堂就更改已经定好的婚事?总之,这场亲,你们结也得结,不结也得结!"

"哟!"

骆逍遥翻容锦一个白眼:"难道你还打算强买强卖?"

容锦帅气地扬了扬下巴:"就强买强卖了,你还能怎么样?"

两个当爹的在这边吵得不可开交,再看凤九卿和墨红鸾这两个当娘的,正脑袋对着脑袋商讨着护肤心得。

墨红鸾看着凤九卿那越来越年轻的漂亮面孔,赞叹道:"太后这皮肤真是又白皙又娇嫩,简直比二十岁的小姑娘还要让人眼红嫉妒。"

凤九卿也有样学样地回道:"怎么能跟你相比,肚子里明明有了几个月的娃,却丝毫不受怀孕初期的折磨,而且,你这皮肤的底子可比我保养得好多了,真是连一丝皱纹都看不到。"

"哪里哪里,这还不都是小千的功劳,她给我的养颜膏简直不要太神奇。"

旁边正跟贺夫人聊天的七王妃听了这话,也跟着点头赞道:"千凰郡主配制的养颜护肤品果然神奇,你们看看我这眼角,之前还出现了两条皱纹,自从用了郡主的方子,那两条皱纹居然奇迹般地消失不见了。"

"对啊对啊!"

贺夫人也是笑得一脸春光灿烂:"自从用了郡主的养颜膏,我娘家侄女和我相比都要老上两分……"

之前还因为一点儿芝麻绿豆大的小事而吵得脸红脖子粗的贺明睿和七王，见到这样的场景，忽然有点儿想笑。

这里哪是皇家宴会？分明比寻常百姓家聚在一起用餐时的气氛还要温馨几分。

贺连城和轩辕灵儿不知说到了什么有趣的事情，脸贴着脸嘻嘻直笑。

唯有被故意分开很远的轩辕尔烋和洛千凰，从坐下来的那一刻起，便遥望彼此，眼中深情款款，简直是你中有我、我中有你，浑然忘了身边还有其他人存在……

虽然宴席的场面热闹得有些难以控制，好在最后宾主尽欢，酒过三巡之后，都拖家带口地回到了各自该回的地方。

临走前，尔烋趁人不备，紧紧拉住洛千凰的手，小声在她耳边低喃："洛洛，不管你爹同不同意，朕都会为你安排一场盛大的婚宴，你就安安心心留在家里，等着做天底下最幸福的美娇娘吧！"

起初，洛千凰还不知道这话是为何意，直到第二天一早，她被外面不断传来的嘈杂声给吵醒，院子里的使唤婢女才满脸焦急地推门而入，指着门外道："郡主，快起床吧，外面发生了了不得的事情了。"

这个婢女是骆逍遥安排在女儿闺房中的心腹，平日里待人处事十分冷静，今天却一反常态，显然是被外面发生的事情给吓到了。

洛千凰忧患意识极重，顾不得问婢女究竟发生了何事，便匆匆忙忙穿好衣裳，一边往外跑一边问婢女："究竟怎么了？可是府里出了什么状况？"

婢女欲言又止，最后只回了一句："等郡主到了外面自然就知道了。"

带着满头雾水，洛千凰一路小跑着来到王府门口，就见外面人山人海，整个逍遥王府几乎被围了个水泄不通。

府里的管家和仆人似乎已经控制不住眼前的局面，只能畏畏缩缩地守在门口，进也不是，出也不是。

洛千凰快步上前，踏出门外，刚要问到底发生什么了不得的事情，就被眼前的一幕给吓呆了。

只见轩辕尔烋骑在一匹威风凛凛的高大骏马上，身穿龙袍，头戴珠玉龙冠，年轻英俊的面庞流露出十足的自信模样。

他的身后，尾随着至少两千名皇城精兵。

这些兵将将王府门前的整条街道给围了个水泄不通，一眼望去，就像是一条蜿蜒的长龙，不但无人能挡，还威武霸气，震人心弦。

当轩辕尔桀看到洛千凰露面的那一刻，他忽然纵身下马，大步走到她的面前。

然后……

令洛千凰及周围看热闹的老百姓不敢置信的一幕发生了。

只见年轻俊美的当朝天子突然单膝跪倒，眼神诚挚地看向洛千凰，并用无比深情的语气道："朕对郡主心仪已久，今亲自登门，带皇城精兵一千九百九十九人，及聘礼九百九十九抬向郡主提亲。只要郡主答应嫁与朕为妻，朕愿以皇后之尊，以及终生不再纳妃的誓言为据，诚求郡主，嫁与朕共享这黑阙江山。"

短短几句话刚说出口，那些被轩辕尔桀带来的皇城精兵也跟着呼啦啦跪倒在地，并异口同声道："属下等跪求郡主嫁入皇家，成为我黑阙皇朝下一任国母……"

如山洪般的声音几乎响彻了整个皇城，不绝于耳，连绵不断……

从来没见过这种阵势的洛千凰已经彻底傻了眼，谁能告诉她，她现在究竟是不是在做梦？

就算朝阳哥哥想娶她进门，也没必要将事情搞得这么隆重吧？

最要命的就是，朝阳哥哥可是黑阙的帝王，身为帝王，却当着这么多人的面给自己单膝下跪，只为求娶，这简直是在折杀她所有的福气。

那些围观的老百姓也被这样宏大的求亲场面深深震慑住了。

自古以来，皇帝想要娶哪个女人，只需一道圣旨降下，不管你愿不愿嫁，圣命难违，谁敢反抗？

可是今天，老百姓总算是开了眼。

年轻俊美的帝王，竟一改祖例，不但亲自上门求亲，还带着史无前例的厚重聘礼，亲自跪倒在自己心爱的姑娘面前，并在众目睽睽之下，发下永不纳妃的誓言。

这样深情的帝王，自古以来简直闻所未闻，见所未见。

就连其父轩辕容锦跟他儿子相比，恐怕也要逊色几分，自愧不如。

骆逍遥和墨红鸾在听到仆人汇报匆匆赶出来的时候，看到的就是这样一幅震慑人心的画面。

骆逍遥想要上前说什么，手臂却被墨红鸾紧紧拉住。

"洛洛……"

当众将士的声音渐渐息了下去，轩辕尔桀依旧保持着单膝下跪的姿态，语气真诚地说："洛洛，你愿意嫁给朕，陪朕共同面对这繁华天下吗？"

已经被感动得一塌糊涂的洛千凰哪还顾得上什么矜持和闺誉，她不顾一切地扑进尔桀的怀里，紧紧抱着他，喜极而泣道："我当然愿意！"

骆逍遥在看到女儿不顾一切扑进轩辕尔桀怀抱的那一刻，就知道自己这个当爹的大势已去。

他恨铁不成钢道："女大不中留！女大不中留啊……"

墨红鸢一边感动于女儿这辈子能在人海之中寻找到这样一位值得托付终身的夫君，一边又戏谑地对自己男人道："该放手时就放手，等哪天你真将女儿留成了老姑娘，到时候可有你这个当爹的哭的。"

虽然知道是这么个理，可骆逍遥舍不得啊。

那可是他好不容易找回来的宝贝女儿，如今他还没有享受到父女之间的亲情快乐，单纯可爱的宝贝女儿就要被轩辕尔桀那家伙抢走，他于心何忍哪？

不过事已至此，骆逍遥知道女儿的婚事无论如何是再也拖不下去了。

不愧是轩辕容锦亲手调教出来的儿子，行事手段果然不给别人留有任何反击的余地。

眼下他以帝王之尊在众目睽睽之下来求娶自己的女儿，如果他这个当爹的执意拒绝这门亲事，说不定会招来众怒，落一个不分是非的下场。

他恨恨地瞪向不远处正频频朝自己抛来得意眼神的皇帝，心底这个恨啊……

轩辕容锦、轩辕尔桀，你们爷俩给我记着，这辈子别有求到我面前的时候，不然，可有你们爷俩受难的日子……

心底恨得牙痒痒，为了女儿的幸福，骆逍遥却不得不在接下来的日子里开始张罗女儿的婚事。

得知皇上用这种惊天动地的方式求娶逍遥王府的闺女，那些名门闺秀无不哭昏在自己的闺房里。

洛千凰究竟何德何能，此生竟换来堂堂帝王为她单膝下跪？

真是让人羡慕嫉妒恨！

不管外人对这场轰动全京城的求亲仪式有着怎样认同或不认同的看法，轩辕尔桀都如愿以偿地将他与洛洛的婚期提前到了一个令他满意的日期。

荣德五年九月初九，荣德帝大婚，娶逍遥王府之女洛千凰为妻，并册封其为明孝皇后，执掌凤印，管理后宫。

帝后大婚这天，天降祥瑞，有五彩祥云高挂于空，令所有看到此景的百姓无不惊叹，并纷纷跪倒伏地，口称神仙显灵。

除此之外，更有成千上万的动物大军围聚在皇宫外面发出震耳的呼啸。

狮群、虎群、豹群霸气威武地率领着各种各样的动物将整个皇宫包围得水泄不通。

平日里，这些猛兽随便一只出来都会将人吓得胆战心惊，此时却井然有序地围在皇宫门口一动不动。

皇城上空密密麻麻地盘旋着各种飞禽，有老鹰，有小鸟，它们的翅膀五颜六色，它们的叫声千奇百怪。

最奇特的就是，老百姓家养的猫狗鸡鸭仿佛也得到了某种召唤，在帝后大婚这一天，纷纷云集到皇宫周围，加入了浩浩荡荡的动物大军。

这些飞禽走兽仿佛在用它们特有的方式来庆祝万兽之神终于大婚嫁人。

让老百姓惊讶的是，这些看似凶恶的野兽，居然没有伤人性命的迹象，它们就如同被驯化的动物大军，井然有序地围在皇宫门口，观赏着帝王纳后的这场盛大婚宴。

别说老百姓被这样的奇景惊得瞠目结舌，就连朝中众官员也被这样的画面震撼得无以复加，不知该如何来形容自己的心情。

不愧是被帝王亲自下跪迎娶的万兽之神，就凭洛千凰可以在顷刻之间驾驭世间百兽，就有足够的资格让一代帝王为她所倾倒。

整个大婚现场在这些动物大军的衬托下变得越发令人震惊叹服。

除了这一幕又一幕的异象之外，朝中的大臣们也一一送出了自己精心准备的礼物，将这场隆重的婚宴，推上了一个史无前例的新高潮。

最后一个送礼物过来的是一个小太监，他捧着一只红色的丝绒盒子，恭恭敬敬道："皇上，皇后，刚刚宫外来了一位名叫阿璃的姑娘，说这盒子里的东西，是她送给帝后的成亲礼物。"

听到"阿璃"这两个字，洛千凰的眼睛一下子亮了，忙不迭地让小太监将礼物拿过来，并亲手将盒子打开。

只见丝绒盒子里面躺着一块龙凤呈祥的玉佩，玉佩的玉质非比寻常，雕工也是极其细致，一眼看去，就知道这东西价格不菲。

盒子下面放了一张字条，展开一看，只见上面写着几个龙飞凤舞的大字——*祝新婚快乐、百年好合！*

洛千凰将字条紧紧捏在手中，喃喃自语道："若有缘分，你我日后定会相见！"

尔桀不语，只是轻轻将好不容易求娶来的妻子揽在怀中，轻声应道："这位阿璃姑娘倒是有心了！"

……

直到很久以后，洛千凰的"洛"字也没有随其父骆逍遥一样从"洛"改成"骆"。

不管姓洛还是姓骆，她都是骆逍遥的女儿。

而且这个洛字，是墨红鸾曾经用过的姓氏。

为了纪念曾经存在过的那个洛音音，洛千凰这个名字，将会以黑阙国母的身份，被永久传承！

婚姻的开始，并不代表人生的结束，历经千难万阻才嫁进帝王家的洛千凰，也在这一刻，正式开启了她在黑阙宫廷的皇后之路。

且看未来的人生，等待她的究竟是新婚的甜蜜，还是身为一朝皇后的各种艰辛考验！

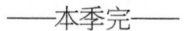

——本季完——